맛있는 동거

맛있는
동거

2

———————— 여름날 장편소설

고즈넉이엔티 GOZKNOCK ENT

맛있는 동거 2

초판 1쇄 발행 2018년 4월 15일

지은이 여름날
펴낸이 배선아
펴낸곳 (주)고즈넉이엔티

출판등록 2017년 3월 13일 제2017-000022호
주소 서울시 강서구 공항대로 649 제성빌딩 303호
대표전화 02-6269-8166 **팩스** 02-6166-9199
이메일 gozknock@naver.com

ⓒ 여름날, 2018
ISBN 979-11-88504-79-4   04810
     979-11-88504-77-0   (세트)

차례

9화

태민이 홀에 서 있으니 베이커리는 조명을 하나 더 달기라도 한 것 마냥 반짝반짝 빛이 났다. 그 빛에 홀려 베이커리로 들어온 고객들을 태민은 부드러운 영업용 미소로 반기며 능숙하게 응대했다.

그때 화려한 차림의 한 여자가 베이커리로 들어섰다. 세라였다.

세라는 태민을 보고는 매혹적인 미소를 보냈다.

저 여자가 여긴 왜 온 거지? 태민은 세라를 보고는 살짝 미간을 구겼다. 하지만 이내 다시 영업용 미소로 세라를 맞았다.

"어서 오십시오."

"거기, 나 좀 도와줄래요?"

세라는 태민을 가리키며 말했다.

태민은 어쩔 수 없이 세라에게 다가갔다.

"제게 어울릴 만한 디저트 좀 추천해주겠어요?"

"구체적으로 원하는 걸 말씀해주시면 거기에 맞춰 추천해드리겠습니다."

"그쪽이 내 남자 친구라고 가정했을 때, 여자 친구에게 주고 싶은 걸로?"

세라가 입 꼬리를 끌어올려 환하게 웃어 보이며 태민에게 말했다. 태민은 영업용 미소에 서늘한 눈빛으로 세라를 잠시 보았다.

"마침 어울리는 게 있네요. 피칸 파이 어떨까요? 피칸은 장점이 아주 많은 견과류인데, 특히 뇌신경계에 필요한 엽산이 호두의 두 배나 많죠. 이 피칸 파이를 드시면 머리가 맑아져 올바른 판단을 내리시는 데 큰 도움이 될 겁니다."

세라는 어이없다는 표정으로 헛웃음을 지었다. 하지만 곧 표정을 가다듬고는 말했다.

"그럼 피칸 파이로 두 개 하죠. 하나는 내가, 하나는 추천에 대한 답례로 그쪽 드리죠. 그쪽도 피칸이 필요한 거 같으니까."

세라가 다시 입 꼬리를 끌어올리며 태민을 뚫어져라 보았다.

나름 멋을 잔뜩 낸 현아가 룩 베이커리로 향했다. 현아는 괜히 긴장됐다. 늘 집에서 보던 사람이었지만, 밖에서 보는 건 전혀 다른 느낌이었다.

어, 태민 씨다! 베이커리 입구로 가자 홀에서 세라를 응대하는 태민이 보였다. 현아는 자신도 모르게 멈춰 섰다. 늘씬하게 빠진 몸매에 작은 얼굴에 커다란 눈, 코, 입. 연예인인가 싶을 정도로 예쁜 여자가 태민의 옆에 서 있으니 인정하긴 싫지만 어울렸다.

그때 현아 근처에 서 있던 사람들이 베이커리를 힐끔거리며 수군거렸다.

"저 여자 박세라 맞지?"

"맞아, 맞아. 한국의 패리스 힐튼, 박세라."

"근데, 쟤 한국호텔 딸 아냐? 지네 호텔 두고 룩 호텔에는 왜 왔대?"

"저 남자 때문 아냐? 엄청 멋있게 생겼잖아."

사람들이 수군거리는 소리에 현아는 세라를 더 유심히 보았다. 생긴 것도 예쁜데 부자이기까지 하네. 괜히 주눅 드네. 현아는 살짝 자신의 모습이 초라하게 느껴졌다. 그나저나 왜 저렇게 친절해? 우리 가게에서는 저렇게 친절해본 적도 없으면서. 현아는 태민의 응대하는 모습에 괜히 짜증이 났다.

나, 지금 손님들한테까지 질투하는 거야? 김현아, 정말 못 났다. 현아는 속 좁게 구는 자신의 모습을 태민에게는 보이고 싶지 않아 호텔을 나왔다.

현아가 야간근무를 마치고 나오자 태민이 차를 가지고 와 기다리고 있었다. 현아는 그런 태민이 반가우면서도 아까 세라에게 상냥했던 얼굴을 생각하면 질투가 끓어올랐다. 하지만 그런 추한 모습을 태민에게는 들키고 싶지 않았다.

"피곤해서 좀 잘게요."

현아는 얼른 말하고는 눈을 감았다. 무슨 일이라도 있는 건지, 태민은 걱정스레 현아를 보았다.

현아가 다시 눈을 떴을 때는 방 안이었다. 그리고 현아의 옆에 태민이 팔을 베개 삼아 기대어 잠들어 있었다. 창문 밖 가로등 불빛이 들어와 깜깜한 방을 은은하게 밝혀주었다.

새벽 어스름에도 태민의 얼굴은 빛났다. 이렇게나 멋진 남자가 나를 사랑한다니. 현아는 여전히 믿기지가 않았다. 조심스레 손을 뻗어 잠든 태민의 얼굴을 어루만졌다. 그 순간 태민이 감았던 눈을 떠 현아를 보았다. 조심스레 손을 뻗어 잠든 태민의 얼굴을 어루만졌다.

그 순간 태민이 감았던 눈을 떠 현아를 보았다. 어딘지 모르게 나른하면서도 유혹적인 눈빛이었다. 그가 제 얼굴을 만지던 현아의 손을 잡아 손등에 살포시 입을 맞췄다.

"왜 여기서 자요, 불편하지 않아요?"

"조금이라도 더 보고 싶어서."

다정하게 자신을 바라보는 태민의 눈빛에 현아는 참으려고 하는데도 자꾸만 웃음이 나왔다.

이런 게 행복인 건가?

"아까 홀에 왔었어?"

"아… 니요."

태민이 문득 호텔에서 현아의 뒷모습을 언뜻 봤던 게 떠올라 물었다. 하지만 현아는 왠지 솔직하게 대답할 수가 없었다.

"그래? 딱 이런 뒷모습을 봤는데."

새벽 어스름의 묘한 분위기 때문일까? 현아는 갑자기 솔직하게 말하고 싶어졌다. 태민에게 들키고 싶지 않은 모습이긴 했지만,

그런 나도 나니까.

"실은… 갔었어요. 태민 씨 일하는 게 보고 싶어서."

"그런데?"

"근데 손님들한테 너무 상냥한 태민 씨 보니까 질투가 나서, 그런 내가 너무 못나 보여서 그냥 돌아왔어요."

현아의 고백에 태민이 피식 웃으며 볼을 살짝 잡아 흔들었다.

"바보."

엄청 쪽팔리지만 기껏 용기 내서 말한 건데, 바보라니! 현아가 입술을 쭉 내밀고 못마땅한 얼굴을 했다. 태민이 현아의 볼을 감싸 안으며 자신의 얼굴을 바싹 들이댔다. 그리고 달콤한 목소리로 나지막이 말했다.

"김현아, 앞으로도 그렇게 계속 질투해줘. 많이, 아주 많이."

태민이 천천히 현아의 입술에 제 입술을 가져갔다. 현아가 자연스럽게 눈을 감자 입술에 살짝 닿았다 떨어졌다. 그리고 마치 문을 열어주기를 기다리는 듯 그의 입술이 다시 한 번 닿았다 떨어졌다.

또다시 다가들 때, 현아의 입술이 태민을 떠나지 못하게 끌어당겼다. 그러자 그는 현아가 잡아주기를 기다렸던 것처럼 강렬하게 그녀를 안으로 당겼다. 태민은 키스를 하며 천천히 현아를 바로 눕혔다. 현아의 손이 그의 목을 부드럽게 감싸 안았다.

태민의 손은 바쁘게 현아의 가디건 단추를 풀었다. 가디건 안에는 하얀 셔츠가 있었다. 태민이 셔츠 단추를 두 개쯤 풀었을 때, 갑자기 현아가 목을 둘렀던 손을 내려 셔츠 앞을 가렸다.

"갑자기 뭐하자는 거지?"

"그게…."

현아는 어제아침, 이런 일이 있을 걸 전혀 예상하지 못하고 한 파주의보란 말에 아무 생각 없이 얇은 내의를 꺼내 입었다. 아, 정말 왜 이런 걸 챙겨 입었을까? 현아는 딱 죽고 싶은 심정이었다. 내복이라니, 역사적인 첫날에 내복이라니!

"내복."

"내복?"

"최고로 추운 날이라고 그래서…."

현아는 부끄러워 말끝을 흐렸다. 순간 태민은 웃음이 터졌다. 현아는 삽이 옆에 있었다면 땅을 파고 들어가고 싶은 심정이었다. 그럴 수 없어 대신 눈을 꼬옥 감고 사라지길 기도하는데, 갑자기 얼굴에 태민의 입맞춤이 쏟아졌다.

엥? 현아가 의아해서 눈을 번쩍 떴다. 태민이 활짝 웃고 있었다. 사랑스러워 못 견디겠다는 눈빛으로 자신을 내려다보고 있었다.

"김현아, 당신 왜 이렇게까지 귀여운 거지?"

귀엽다는 거지? 깬다가 아니라 귀엽다 맞지? 현아는 슬며시 웃음이 났다. 내복 입고 있는데 귀엽대, 히히. 현아가 좋아라 하는 모습이 부끄러워 셔츠를 쥔 손을 들어 얼굴을 가렸다. 태민은 그 틈에 다시 단추를 풀었다. 셔츠를 열자 남색의 얇은 내의가 드러났다. 그래도 이상한 색을 안 입어 다행이라며 현아는 부끄러웠지만 안도했다.

"내가 해줄게. 팔을 쭉 뻗어 올려봐."

현아는 수줍게 팔을 뻗었다. 문득 현아는 속옷을 짝짝이로 입었단 게 생각이 났다.

아차! 현아가 팔을 내려 손으로 다시 가슴께를 가렸다.

"뭐지, 또?"

"그게…."

나 같이 이렇게 대책 없는 애는 없을 거야! 하은이가 언제 역사가 일어날지 모른다고 항상 준비하고 다녀야 한다고 할 때 잘 들어둘 걸. 그 역사가 오늘이라니. 현아는 뒤늦게 한탄했지만 이미 엎어진 물이었다.

"속옷이…."

"속옷이 왜?"

"속옷이 세트가 아니라 위아래가 달라요."

또다시 태민이 웃음을 터트렸다. 왜 저렇게 웃어? 난 부끄러워 죽겠는데. 현아가 살짝 눈을 흘겼다. 그러자 태민이 현아의 입에 살포시 입을 맞추고 귓가에 작게 속삭였다.

"김현아, 날 죽일 셈이야? 당신이 너무 귀여워서 내가 지금 아주 돌아버리겠거든."

태민이 나지막이 속삭이며 현아의 귓불을 살짝 물었다. 그리고 목덜미에 부드럽게 입을 맞췄다. 순간 심장이 금방이라도 터질 것처럼 미친 듯 뛰기 시작했다. 더 나갔다간 죽을지도 모른단 생각이 들어 그를 밀쳐냈다.

"도저히 안 되겠어요. 더 했다가는 심장이 터져 죽을지도 모르겠어요."

짐짓 심각한 얼굴로 말했지만 태민은 여전히 즐거운 얼굴이었다.

"나 정말 심각하거든요?"

"바보, 자기만 그런 줄 알지?"

태민이 현아의 손을 가져다 제 심장에 얹었다. 심하게 요동치는 움직임이 느껴졌다. 이 사람도 지금 나처럼 떨리는구나, 그런 생각을 하자 마음이 한결 편해졌다.

"그럼 계속할까?"

부드럽게 건네는 말에 현아가 고개를 끄덕이며 팔을 위로 들었다. 그런데 태민이 현아의 내의를 벗기다 말고 손목에 슬쩍 걸쳐 놓았다.

"뭐 하는 거예요?"

현아는 내의에 손이 묶인 모양새가 되자 당황한 얼굴로 물었다. 태민이 슬쩍 입을 맞추며 말했다.

"잠시만 이러고 있어. 내가 다 해줄 테니까."

태민이 현아를 다시 조심스레 눕히고는 목덜미와 격한 박동이 느껴지는 부분을 부드럽게 핥고 입을 맞췄다. 짜릿한 느낌에 현아는 저도 모르게 살짝 몸을 떨었다. 이어 바지 후크를 풀자 안에 입은 얇은 내의가 드러났다. 창피해 눈을 질끈 감았다.

"우리 현아, 참 따뜻하게도 입었네."

"그렇게 말로 안 해도 이미 충분히 부끄럽거든요."

현아가 투덜거리며 고개를 옆으로 홱 돌렸다. 태민이 말랑한 현아의 옆구리를 간질였다. 현아가 발끈해서 보았다. 그 순간 태민이 입술에 입을 맞췄다.

"귀여워."

태민이 다정하게 굴자 현아는 또 언제 삐쳤나 싶게 마음이 풀어졌다. 그 틈에 태민은 부드럽지만 빠르게 현아의 바지와 얇은 내의를 걷어냈다. 그러자 오리 무늬 속옷이 나타났다. 현아는 순식간에 아래가 횅해지자 저도 모르게 살짝 다리를 꼬았다.

"오리, 오랜만이네."

태민이 현아를 향해 씩 웃으며 말하더니 오리에게 입을 맞췄다. 헐! 현아는 아래서 생생하게 전해져오는 뜨거운 숨결에 얼굴이 확 달아올랐다.

왜? 거기에 왜? 현아는 당황스럽긴 했지만 심장이 간질간질하고 묘한 기분에 취해 멍해졌다. 태민은 마음이 급한지 벌떡 일어서더니 옷을 훌훌 벗어던지고 드로우즈 하나만을 남기고 섰다.

어스름한 새벽 푸른 빛 아래 태민의 몸이 빛났다. 아름다워…. 현아는 잠시 넋을 잃고 조각 같은 몸을 바라보았다.

"와!"

현아는 자기도 모르게 감탄사를 내뱉었다. 넓은 어깨, 쭉 뻗은 쇄골, 탄탄한 가슴, 식스팩이 선명한 배, 드로우즈에 반쯤 가려진 섹시한 치골, 단단한 허벅지. 너무나 완벽한, 그래서 너무나 비현실적인 태민의 몸을 보고 있자니 현아는 꿈을 꾸고 있는 것 같은 기분이 들었다.

"조금만 기다려, 가지게 해줄 테니까."

짓궂은 농담에 현아는 얼굴을 붉히며 고개를 숙였다. 태민은 몸을 낮춰 현아의 몸에 제 몸을 붙였다. 따뜻한 체온이 잔뜩 긴장하고 있던 몸을 포근히 감쌌다.

태민이 다시 부드럽게 키스를 해왔다. 방 안을 맴도는 차가운 공기에 온몸의 신경이 혀끝으로 몰리는 기분이 들었다. 그래서인지 키스는 훨씬 더 강렬한 느낌이 들었다. 입술이 점점 멀어지자 현아는 저도 모르게 아쉬워 눈을 떴다.

태민은 현아의 이마에 입을 맞췄다. 그리고 예술 작품이라도 다루듯 조심스럽고 다정하게 현아의 얼굴을, 목을, 쇄골을 손등으로 쓸어내렸다. 그의 손길이 스칠 때마다 현아는 불에 덴 듯 몸이 뜨거워졌다.

"여기도 오랜만이네."

가슴골 부근의 낯익은 점을 손가락으로 살포시 누르던 태민이 그곳에 입술을 가져가 부드럽게 삼켰다. 그러자 현아가 저도 모르게 몸을 비틀며 살짝 등을 말아 올렸다. 그 틈을 타 재빠르게 브라의 후크를 풀자 아담한 현아의 가슴이 드러났다. 서늘한 공기에 가슴 끝이 봉긋 올라섰다. 태민이 아주 조심스럽게 가슴 끝을 매만졌다.

"아흣."

현아는 저도 모르게 신음소리를 내고는 부끄러워 고개를 돌렸다. 태민은 그런 반응을 즐기며 가슴 끝에 부드럽게 입을 맞췄다. 그리고 봉긋한 가슴 끝을 입술로 품었다. 촉촉한 입맞춤에 현아는 정신이 몽롱해졌다.

태민의 손은 쉴 틈 없이 현아의 갈비뼈를, 말랑한 허리를 사랑스럽게 어루만지며 아래로 내려갔다. 그리고 그 뒤를 입술이 뒤따르며 구석구석 정성스러우면서도 따스한 입맞춤을 했다. 입술이 닿을 때마다 현아의 몸이 파르르 떨렸다.

이윽고 태민의 손이 매끄러운 허벅지로 향했다. 그리고 부드러우면서도 리듬감 있게 어루만졌다. 현아는 간질간질한 느낌에 기분이 좋아져 저도 모르게 꼬았던 다리를 풀었다. 태민은 자연스럽게 현아의 다리 사이에 자리를 잡고 앉았다. 그리곤 입을 맞췄다. 천천히 정성스럽게 입을 맞추면서 점점 오리에게 다가갔다.

현아는 그의 키스가 오리에 점점 가까워지자 겁이 나면서도 그 묘하게 기분 좋은 느낌을 다시 느끼고 싶었다.

"나도 오리가 좋아."

다시 만난 오리에게 하는 입맞춤은 길고, 깊었다. 그러자 심장을 간질이던 느낌이 순식간에 온몸으로 퍼졌다. 온몸이 금방이라도 녹아내릴 것만 같은 기분이 들었다. 태민은 재빠르게 현아의 마지막 속옷을 벗겨냈다. 그리고 부드러운 그곳에 따스하게 입맞춤을 했다. 아까보다 훨씬 더 강렬한 느낌이었다.

현아는 순간 뭐라 설명할 수 없는 쾌감에 정신이 아찔해졌다. 태민은 제 마지막 옷을 벗어 던지고는 조심스럽게 현아의 안으로 들어갔다. 현아는 묵직한 느낌에 숨이 턱 막혀왔다. 태민은 그제야 현아의 손에 얽혀 있던 옷을 걷어내고 그녀의 몸을 안아 일으켰다. 현아는 조금 편해진 듯 숨을 몰아쉬며 부끄러워 고개를 돌렸다. 그러자 태민이 현아의 얼굴을 감싸 안아 자신을 보게 했다.

"예뻐, 너무."

태민은 감동한 듯 떨리는 목소리로 말하며 입을 맞췄다. 현아는 두 팔로 목을 감싸 안고 태민은 허리를 감싸 안았다. 그리고 천천히 몸을 움직였다. 오르락내리락, 가까워졌다 멀어지는 일련의 움직임 속에 둘의 숨이 점차 가빠졌다.

묘한 느낌이 처음에는 심장을 간질이더니, 온몸을 녹일 듯 뒤틀리게 만들었다. 그리고는 언제 터질지 모르는 풍선처럼 점점 부풀어 오르더니 순식간에 펑, 하고 터져버리면서 머릿속을 새하얗게 만들었다.

둘은 가쁜 숨을 내쉬며 서로에게 기대었다. 현아는 온몸에 힘이 다 빠져서 꼼짝도 할 수 없었다. 태민은 자신에게 기댄 현아의 어깨에 가볍게 입을 맞추며 등을 조심스레 쓸어내렸다.

"평생 이러고 있었으면 좋겠다."

태민은 현아에게서 나오기가 싫었다. 현아는 자신의 어깨에 기대 투정을 부리는 그가 사랑스러워 머리를 손으로 다정하게 토닥였다.

"사랑해요, 이태민 씨. 내가 당신을 아주 많이 사랑해요."

현아가 태민의 귓가에 속삭이며 입을 맞췄다. 그러자 현아의 안에서 자고 있던 태민이 일어났다. 순간 현아는 다시금 자신을 가득 채우는 묵직한 느낌에 놀라 소리를 질렀다.

"나, 정말 힘들다구요!"

"아니, 이건 온전히 당신 때문이야. 난 진짜 그만하려고 했어. 근데 당신이 날 사랑한다고 말하면서 입을 맞췄잖아. 이건 당신 때문이야."

현아가 어이없다는 듯 바라보자 태민은 능청스러운 얼굴로 입술에 키스했다. 현아는 정말 이러다 녹아져 없어져버릴 것만 같은 기분이 들었다. 하지만 그와 함께라면 그렇게 사라져버려도 좋을 것 같았다.

격렬한 한때를 보낸 후, 현아는 기절하듯 잠들었다. 아침이 밝아오고 어디론가 바쁘게 걸어가는 사람들의 부산한 소리에 현아가 살짝 잠이 깼다. 눈을 뜨자 잠들어 있는 태민의 반듯한 얼굴이 보였다. 현아는 더 가까이 태민의 품안에 안기며 생각했다.

이렇게 이 남자랑 평생 살았으면 좋겠다. 내가 할머니가 되고, 이 사람이 할아버지가 되어서도 이렇게 매일 함께 잠들면 좋겠다. 현아는 그렇게 소망하며 다시 눈을 감았다.

태민은 눈을 뜨자마자 부엌으로 가 아침을 준비했다. 힘을 너무 많이 쓰게 했으니 제대로 좀 먹여야지. 최대한 솜씨를 부려 이것저것 만들어 식탁을 채우기 시작했다. 상을 다 차렸을 즈음이었다. 드르르, 태민의 휴대폰이 울렸다. 황집사였다. 태민은 가볍게 전화를 받았다. 한 없이 너그러워질 수 있는 아침이었으니까.

"황집사, 좋은 아침."

-도련님, 급히 오셔야 할 것 같습니다.

현아가 다시 눈 떴을 때, 태민은 옆에 없었다. 출근했을 거라 생각하면서도 못내 아쉬운 마음이 들었다. 문득 몇 시간 전 서로를 뜨겁게 안았던 순간들이 떠올라 얼굴이 화끈 달아올랐다. 그러니까 이태민 씨랑 나랑, 이런 것도 하고, 저런 것도 하고….

"까악!"

현아는 좋으면서도 조금은 부끄러운 마음에 소리를 내지르며 이불을 뒤집어썼다. 그러니까, 나랑 이태민 씨랑 이제 그렇고 그런 사이라는 거지.

"까악!"

현아는 한껏 붕 뜬 기분을 주체할 수 없어 이불 안에서 발을 동동 구르며 뒹굴었다. 한참을 그러다 진정이 되었는지 머리를 불쑥 내밀고는 주위를 둘러보았다. 한쪽에 곱게 개어놓은 옷가지들이 보였다.

현아가 팔을 쭉 뻗어 주섬주섬 속옷을 주워 입고 일어났다. 그리고는 태민이 개어놓은 내복을 보며 심각한 표정을 지었다.

김현아, 앞으로는 아무리 추워도 내복은 입지 말자. 현아는 내복을 한쪽으로 밀어내고 나왔다. 부엌에서 맛있는 냄새가 풍겨왔다. 식탁은 하얀 밥상보로 덮여 있었다.

뭐지? 밥상보를 들어보니 정갈하게 차려진 잘 차려놓은 한상차림이었다. 웃음이 배시시 새어나왔다. 언제 이런 걸 다 준비했대? 장어도 있고, 소고기도 있고, 몸에 좋다는 건 다 있네. 현아는 기분 좋게 자리에 앉았다.

아, 인증샷! 사진을 찍으려 휴대폰을 꺼냈는데, 화면이 영 이상했다. 갑자기 화면에 줄들이 생기더니 팍, 하고 검은 화면으로 바뀌어버렸다. 며칠 전부터 가끔씩 이러더니만, 아무래도 갈 모양인가 보네. 이제 겨우 할부 끝났는데. 그래도 전화 오는 건 받을 수 있으니까 일단은 쓰고, 월급 받으면 그때 바꾸자. 현아는 한숨을 내쉬며 휴대폰을 주머니에 다시 넣었다.

태민은 전용기를 타고 미국의 볼티모어로 향하고 있었다. 오전에 통화했을 때 황집사는 오전에 이회장이 뇌출혈로 급작스럽게 쓰러졌으며, 볼티모어의 병원으로 옮겨져 수술에 들어갔다고 했다. 그리고 수술이 끝나는 즉시 다시 연락을 주겠다고 했지만 세 시간이 지나도록 연락이 없었다.

"도련님, 수석집사님께서 전화하셨습니다."

태민은 비서가 건네는 전화를 받았다.

"할아버지는? 나오셨어? 괜찮으셔?"

-도련님, 진정하십시오. 회장님 수술은 방금 막 끝났고, 수술은 매우 잘 되었다고 합니다. 잠시 회복실에 계시다 병실로 이동하실 예정입니다. 걱정하지 않으셔도 될 것 같습니다.

"그래, 알았어. 나 잠시 후면 도착할 거야."

다행이다. 태민은 그제야 마음이 놓였다. 연락이 없는 그 시간 동안 아무 생각도 안 날 만큼 걱정했다. 태민은 온몸의 긴장이 풀리자 목이 말랐다. 그리고 현아 생각이 났다. 급하게 집을 나서느라 자세한 이야기도 못하고 나왔다. 대신 걱정할 것 같아 간단하게 휴대폰으로 메시지를 보내두었다.

아직 확인 안 한 건가? 왜 답이 없지? 태민은 걱정스러운 마음에 전화를 걸었다. 통화 연결음만 계속 들렸다. 아직 주방에 들어갔을 시간은 아닌데….

태민은 전화를 끊고 다시 메시지를 남겼다.

-최대한 빨리 돌아갈게. 너무 걱정하지 마.

현아가 지하철역을 나서려는데, 비가 내리고 있었다. 집에서 나올 때만 해도 멀쩡하더니, 갑자기 웬 비야? 그냥 맞고 가기에는 비가 너무 세차게 내렸다. 금방 그칠 것 같지가 않았다.

"우산 하나 주세요. 저걸로요."

현아는 지하철역 입구에서 우산을 파는 상인에게 제일 싼 걸로 하나 샀다. 집에 널린 게 우산인데. 우산을 펴려는 순간, 뒤에서 나오던 사람이 툭 치고 지나갔다. 그 바람에 손에 쥐고 있던 휴대폰을 작은 웅덩이에 빠뜨렸다.

"헐!"

놀라서 우산도 안 펴고 달려가서는 물웅덩이에 빠진 휴대폰을 꺼내들었다. 그리고 아주 잽싸게 흔들어 물을 털어내고는 코트자락에 닦았다.

제발, 제발! 무사해라. 현아가 휴대폰의 전원 버튼을 눌렀다. 그러자 줄이 촥촥 그인 화면에 노란색 경고 창이 뜨더니 갑자기 꺼졌다.

아씨, 정말 너무 하네! 절로 욕이 나왔다. 오늘따라 일진이 너무 사납다는 생각이 들었다. 하지만 곧 생각을 고쳐먹었다.

그래, 세상은 만만하지가 않아. 내게 이태민을 주는 대신 그 만큼의 고난을 주려는 게 확실해. 난 이태민을 가진 여자니까 이만 일로 연연하지 말아야지, 히히힛! 그런 생각을 하자 언제 우울했냐는 듯 웃음이 새어나왔다. 지금 마음으로는 우산 없이 비를 맞아도 괜찮을 것 같았다.

그래도 같은 집에 살고, 같은 회사에 다니니 얼마나 다행이야. 안 그랬으면 연락 안 된다고 엄청 걱정했을 텐데, 그럴 일도 없고. 히힛, 출근 전에 잠깐 홀 들렀다가 인사하고 가야겠다. 시간을 확인해보니 더 여유 부렸다가는 지각할 판이었다. 조금만 더 일찍 나올 걸, 후회하며 뛰기 시작했다.

VIP 병실로 태민이 황급히 들어섰다. 이회장은 병실 침대에 조용히 누워 있었다. 곁을 지키고 있던 황집사와 수석비서가 태민을 보고 인사했다.

"도련님."

"할아버지는 깨어나셨어?"

"아직입니다. 담당의사가 말한 대로라면 이제 곧 깨어나실 때가 되었습니다."

태민이 침대 옆으로 다가와 이회장을 걱정스럽게 바라보았다. 머리에 감은 붕대가 없었다면 그냥 평온하게 잠들어 있는 사람 같아 보였다.

"곧 괜찮아지실 겁니다."

"그래, 저번에도 그랬던 것처럼 그렇겠지."

태민은 자신도 모르게 이회장의 손을 살며시 잡았다. 그렇게 손을 잡은 건 부모를 잃은 일곱 살 이후 처음이었다.

할아버지, 얼른 일어나세요. 간절한 마음을 꽉 잡은 손으로 전해보지만, 이회장은 어떤 반응도 보이지 않았다.

현아는 일을 마치자마자 부리나케 룩 호텔을 나왔다. 일 분 일 초라도 더 빨리 보고 싶은 마음에 달려 나왔건만, 익숙한 빨간 세 단이 보이지 않았다.

어? 아직 안 왔나? 하긴 내가 좀 일찍 나오기는 했어. 현아는 대 수롭지 않게 생각하고 태민의 차를 기다렸다. 비는 그쳤지만 바람 이 불어 꽤나 쌀쌀한 날씨였다. 현아는 아까 내던지고 온 내의 생 각이 절로 났다. 추위를 떨치려 제자리걸음을 걸었다. 그렇게라도 하니 좀 덜 추운 것 같기도 했다.

태민 씨가 늦어서 미안하다면서, 내 얼굴을 따뜻한 손으로 녹여 주겠지? 현아는 기분 좋은 상상을 하며 제자리걸음을 했다. 그런 데 십 분이 지나고 이십 분이 지나도록 태민은 오지 않았다.

무슨 일이라도 생겼나? 왜 안 오지? 슬슬 걱정이 들기 시작했 다. 휴대폰이 이 모양이라 전화를 할 수도 없고. 호텔 들어가서 전 화 한 번 해볼까? 아냐, 그러다가 길이 어긋나기라도 하면? 그래, 조금만 기다려보자.

그렇게 조금만이라며 기다리기를 한 시간, 현아는 도저히 안 되 겠다 싶어 공중전화를 찾아 호텔로 들어갔다. 전화를 하려 지갑에 서 동전을 꺼내는데, 손가락이 추위에 굳어 자꾸만 헛손질을 했다. 겨우겨우 동전을 공중전화에 넣고 태민에게 전화를 걸었다. 그런데 통화 연결음이 아니라 전화기가 꺼져 있다는 메시지가 들려왔다.

"왜 아직도 깨어나지 않으시는 거지?"

태민은 침착하게 말했지만 말투에 당혹감이 서려 있었다. 이회장은 깨어날 시간을 넘기고도 의식이 돌아오지 않았다. 당황한 건 의료진들도 마찬가지였다.

"그게… 저희도 이유를 잘 모르겠습니다. 위험한 수술도 아니었고, 수술도 잘 끝났습니다. CT 촬영도 다시 해보았지만 뇌부종이나 재출혈도 없었습니다. 다만, 회장님께서 수술 전 체력이 약해져 계셨던 터라 회복이 느린 게 아닐까 싶습니다."

주치의가 난감해하는 담당의를 대신해 설명했다. 태민은 잠자코 듣다 주치의의 설명이 끝나자 물었다.

"그럼 대체 언제쯤 깨어나시는 거지?"

"동공반사도 정상이고, 자가 호흡도 가능한 상태라 곧 돌아오기는 하실 테지만 언제라고 확정지어 말씀드리기는 힘듭니다. 당장 몇 시간 내로 의식이 돌아오실 수도 있고, 시간이 걸릴 수도 있을 것 같습니다."

태민은 이회장의 초췌한 얼굴을 바라보았다. 그리고 다시 물었다.

"일반적으로는 어떻지?"

"일반적으로 혼수 환자가 의식을 회복하는 기간은 대략 1개월 이내지만 드물게는 수개월 걸리는 경우도 있으며 극히 드물게는 수년 후 회복하는 경우도 있습니다."

이회장을 바라보던 태민의 눈에 슬픈 빛이 떠올랐다. 하지만 애써 덤덤하게 물었다.

"최악은?"

"시간이 지날수록 회복 가능성은 낮아지며 식물인간 상태가 될

가능성이 커지게 됩니다."

태민은 순간 저도 모르게 휘청거렸다. 황 집사가 재빠르게 부축해 소파에 앉혔다.

태민이 괴로운 듯 두 손으로 얼굴을 쓸었다. 사랑보다는 미움이 더 큰 관계였지만 그래도 그 존재만으로도 든든한 가족이었다. 세상에 하나뿐인 가족을 잃을지도 모른다는 생각에 두려움이 엄습했다.

"도련님, 괜찮으십니까?"

"괜찮아."

황집사가 걱정스레 물어왔다. 태민은 얼른 얼굴에서 두려움을 밀어냈다. 이 상황을 걱정하고만 있을 수 없었다. 자신은 슬픔조차 원하는 시간만큼 가질 수 없는 사람이었다. 룩 그룹의 후계자였기에 이회장이 깨어나지 못하면 그를 대신해야할지도 모를 상황에도 대비해야만 했다.

"회장님은 강하신 분이니 반드시 일어나실 겁니다."

"그래, 알아. 반드시 그러실 거야. 일단 할아버지의 상태에 대한 말이 밖으로 새어나가지 않도록 막아."

"네, 도련님."

그때 수석비서가 심각한 얼굴로 병실로 들어왔다.

"무슨 일이지?"

"보스턴 측에서 긴급 주주회의를 소집했습니다."

이미 이회장의 상태가 심각하다는 소식이 보스턴 측에 들어간 모양이었다. 태민은 냉정한 표정으로 잠시 생각에 잠겼다.

"기사님, 빨리 좀 가주세요."

현아는 태민이 전화를 받지 않자, 큰일이 난 게 아닌가 걱정이 되어 택시를 잡아타고 집으로 돌아왔다. 택시에 내려 서둘러 들어가려는데, 집 앞에 주차된 태민의 빨간 세단이 보였다.

설마 집에 있으면서 안 나온 건 아니겠지? 현아는 잠시 못된 생각이 들었다. 아냐, 그럴 리 없어. 뭔가 일이 있는 걸 거야. 나한테 메시지 연락했는데 내가 휴대폰 때문에 모른 걸 거야. 아니, 그래도 그렇지. 여자 친구가 퇴근하고 한 시간이 넘도록 안 오는데 걱정이 돼서라도 와봐야 하는 거 아냐? 현아는 그런 생각이 들자 서운한 마음에 화가 났다.

절대로 말 안 할 거야. 눈도 안 마주쳐줄 거야. 현아가 현관문을 최대한 소리 나게 쾅 닫으며 집으로 들어섰다. 그런데 뭔가 좀 이상했다. 현관에 놓인 신발들도 아침 그대로였다. 게다가 집에서는 인기척이 나지가 않았다. 이상한 느낌에 태민의 방문을 열었는데 태민은 없었다.

어, 대체 무슨 일이지? 현아는 덜컥 겁이 났다. 이태민 씨, 대체 어디 간 거야? 진짜 무슨 일이라도 생겼으면 어떡하지? 얼른 먹통이 되어버린 휴대폰을 꺼내 들어 혹시나 하는 마음에 전원 버튼을 세게 눌렀다. 하지만 안 되던 휴대폰이 갑자기 될 리 만무했다. 태민 씨가 메시지를 남겨놨을지도 모르니까 일단 휴대폰부터 고치자. 현아는 다시 집을 나섰다.

태민은 수석비서와 함께 전용기를 타고 뉴욕으로 향했다. 황 집사는 볼티모어에 남아 이 회장의 곁을 지키기로 했다. 보스턴 측은 이 회장의 혼수상태를 빌미 삼아 경영권을 가져가고자 할 것이다. 그에 대한 대응이 필요했다. 태민은 준비된 자료들을 쉼 없이 읽어 내렸다.

"도련님, 뉴욕에 도착하기 전에 눈 좀 붙이시지요."

"아냐, 그럴 시간 없어. 커피나 갖다 줘."

수석비서가 커피를 가져와 건네자 태민은 그제야 잠시 숨을 돌렸다. 따뜻한 커피 향에 태민은 저도 모르게 현아를 떠올렸다. 그러자 지쳐 있던 몸과 마음에 생기가 돌았다.

태민은 얼굴에 미소를 머금고 휴대폰을 꺼내들었다. 아직 현아에게서는 연락이 없었다. 822로 시작하는 국제전화가 부재중으로 와 있었다. 822면… 서울인데, 혹시 김현아가 건 건가?

태민은 부재중 전화번호로 전화를 걸었다. 하지만 신호음만 갈 뿐이었다. 전화를 끊고 현아의 휴대폰으로 전화를 걸었다. 여전히 받지 않았다.

왜 이렇게 연락이 안 되지? 걱정스러운 마음에 다시 문자를 남겼다.

-메시지 확인하는 대로 연락줘. 앞으로 연락이 힘들어질지도 몰라.

"저는 오늘 아주 슬픈 소식을 들었습니다. 제임스 회장님께서 뇌출혈 수술 후 아직도 깨어나지 못했으며…"

제인의 말에 대회의실에 모인 주주들이 웅성거렸다. 제인은 이 회장의 여동생이자 보스턴 룩 호텔의 사장이었다. 그리고 룩 그룹의 주식을 7%나 가진 대주주이기도 했다.

"혹여 그가 깨어난다고 해도 정상적인 회장직을 수행을 할 수 있을 거란 보장도 없다고 합니다."

제인은 혼란스러워하는 주주들의 얼굴을 보며 비어져 나오는 미소를 감추려 애썼다. 다시 차분하게 말을 이어갔다.

"게다가 후계자인 다니엘 군은 현재 원이어를 수행중입니다. 우리 룩 그룹이 아시아에서의 입지를 다져야 할 중대한 시기에 그룹을 지휘해야 할 자리가 비어 있다니요!"

주주들이 술렁였다. 제인은 이때라고 판단해 진짜 하고자 했던 말을 꺼냈다.

"그래서 보스턴 룩 호텔을 성공적으로 이끈 제가 나서야 할 것 같은데, 대주주 여러분의 생각은 어떠신지요?"

그때였다. 벌컥, 대회의실의 문이 열렸다.

"아니, 그러실 필요 없습니다."

태민이 성큼 대회의실로 들어서며 말했다. 제인은 그가 들이닥칠 거라고는 예상치 못한 얼굴이었다. 태민이 제인을 보며 입 꼬리를 올려 웃으며 인사했다.

"오랜만에 뵙네요, 고모할머님."

갑작스런 태민의 등장에 제인은 많이 놀랐지만 내색을 하지 않으려 애썼다.

"오랜만이구나, 다니엘. 너는 지금 원이어 중일 텐데?"

"제인 지사장님 말씀처럼 아주 중대한 시기니까요."

태민은 제인을 지나쳐 연단에 섰다. 제인의 얼굴이 순간 일그러졌다. 태민은 후계자임을 과시하듯 여유로운 표정으로 주주들에게 인사했다.

"룩 그룹의 후계자, 다니엘 리입니다."

원이어가 끝나기 전까지는 철저하게 비밀에 부쳐지는 신상이었기에, 주주들은 처음 보는 태민의 등장에 웅성거렸다.

"회장님께서는 조금 전 의식을 회복하셨습니다. 다만, 충분한 휴식이 필요하다는 주치의의 조언에 따라 당분간 제가 회장직을 대리 수행할 예정입니다. 어차피 최대주주이신 회장님의 뜻에 따라 제가 물려받을 회사니까, 그리 문제될 것은 없다 생각합니다."

주주들은 오히려 돌려 말하거나 의미를 덮씌우지 않는 담백한 말에 바로 수긍이 된다는 듯 고개를 끄덕였다. 제인이 싸늘한 눈빛으로 태민을 노려보며 말했다.

"회장님께서 모든 주식을 너에게 넘길 거란 건 너의 예상일 뿐, 확실한 게 아니지 않니?"

"확실한 건, 현재 제가 보스턴 지사장님보다 훨씬 많은 주식을 가지고 있다는 점이죠."

태민은 가볍게 제인의 말을 되받아쳤다. 제인은 노골적으로 불쾌한 심기를 드러내며 인상을 찌푸렸지만, 이내 미소를 지어 보였다.

"다니엘, 이곳에 계신 주주분들이 모두 아시다시피 난 보스턴 룩 호텔을 경영하고 있어. 하지만 넌? 넌 아무것도 보여준 게 없지 않니? 게다가 아직 원이어도 끝나지 않았잖니? 그런 너에게 뭘 믿고 룩 그룹을 맡겨야 할까?"

어쩌면 많은 주주들이 수긍을 하면서도 제기하고 싶었던 문제

이기도 했다. 그걸 제인이 거론하니 주주들이 동요하며 술렁거렸다. 제인이 회심의 미소를 지으며 태민을 보았다. 하지만 이미 그런 반응쯤은 예상했다는 듯 태민은 여유로웠다.

"네, 그래서 이 자리에서 제안을 하고자 합니다. 제게 한 달 시간을 주시죠. 그럼 경영권을 걸고 제 능력을 보여드리겠습니다. 이 제안은 제인 지사장님께도 그리 나쁜 건 아닐 겁니다."

태민은 자신만만한 얼굴로 주주들과 제인을 보았다. 제인은 태민의 속내를 도무지 모르겠다는 표정이었다.

"한 달 안에 아시아 지역 입지를 다져줄 인수합병 문제 마무리 짓고, 룩 베이커리의 저조한 매출 문제까지도 해결하겠습니다."

"한 달 안에?"

제인은 기가 막히다는 듯 헛웃음을 쳤다. 아무것도 모르는 애송이가 무슨 말인들 못할까! 하지만 그러기엔 태민의 얼굴이 확신에 차 있어 자꾸만 신경이 쓰였다.

"죄송한데 이거 메인보드가 망가져서 아무래도 다시 쓰시기는 힘들 것 같은데요. 메인보드를 교체해 계속 사용하시는 방법도 있긴 한데…. 교체 비용이 만만치 않아서 차라리 새로 사시는 게 더 나으실 거예요."

수리기사는 현아의 휴대폰을 유심히 살펴보고는 미안한 표정으로 말했다. 현아는 절망스러웠지만 혹시나 하는 한 가닥 희망을 안고 물었다.

"그럼, 문자라도 좀 확인할 수 있을까요? 휴대폰이랑 피씨로 연결해서 다운 받으면 메시지 내용도 볼 수 있는 거 같던데, 안 될까요?"

"이게 메인보드 고장이다 보니까 데이터 같은 건 살릴 수 없다고 봐야지요. 죄송합니다. 통신사 측에 요청하면 문자 내용까지는 몰라도 수신내역 정도는 아실 수 있을 겁니다."

어쨌거나 결론은 문자 내용을 확인할 방법이 없다는 거잖아. 현아는 심각해졌다. 이럴 때가 아니야. 앞으로 오는 연락이라도 안 놓치려면 얼른 휴대폰부터 사자. 현아는 자리에서 벌떡 일어나 아래층 휴대폰 매장으로 달려갔다.

새 휴대폰을 받아들자마자 전화를 걸었다. 하지만 여전히 태민의 휴대폰은 꺼져 있었다. 도대체 휴대폰도 꺼놓고 어디서 뭐하는 거야? 현아는 점점 불안해졌다.

-태민 씨, 어제부터 연락이 안 되네요. 이 메시지 확인하면 연락 좀 주세요.

현아는 하는 수 없이 태민에게 문자를 남기고는 호텔로 향했다. 출근 시간은 한참 남았지만 혹시나 태민이 출근하지 않았을까, 하는 기대로 룩 베이커리로 갔다. 하지만 거기서도 태민을 찾을 수 없었다. 실망하며 돌아서려는데, 홀 캡틴이 현아를 알아보고 인사를 건넸다.

"안녕하세요? 주방에 새로 온 셰프님 맞으시죠?"

"아, 네… 안녕하세요."

"본인이 만든 빵 반응이 궁금해서 온 거죠?"

캡틴은 당황해하는 현아에게 그리 쑥스러워하지 않아도 된다는 듯 자상하게 말했다.

"네? 아뇨. 실은… 이태민 씨 오늘 출근 안 했나요?"

현아는 잠시 머뭇거리다 용기를 내어 물었다. 홀 캡틴이 의아한 눈으로 현아를 보았다. 공연히 주저리주저리 말도 안 되는 변명을 늘어놓았다.

"아, 그게… 이태민 씨랑은 같은 동네 친군데, 동네에서 안 보여서 무슨 일이 있나 걱정이 돼서요."

"이태민 씨 어제부로 베이커리 그만뒀는데, 모르셨어요?"

"네?"

회사를 관뒀다고? 현아는 전혀 예상하지 못했던 상황에 온몸이 굳어버렸다.

수석비서가 자료를 들고 회장실로 들어왔다. 태민은 수석비서가 들어온 줄도 모르고 결재해야 할 서류들을 검토하느라 여념이 없었다. 테이블 한쪽에는 손도 대지 않은 음식들이 다 식어버린 채 놓여 있었다.

"도련님, 아니 사장님."

"어, 왔어? 서류들은 거기 둬."

"아무것도 안 드셨군요."

"생각 없어."

태민은 서류에서 눈을 떼지 않고 수석비서에게 건성으로 대답했다. 태민은 마음이 급했다. 주주들에게 내 건 한 달이라는 시간은 이미 시작되었다. 물론 그 전에라도 이회장의 의식이 돌아오면 다행이지만 확신할 수 없는 일이었다.

"그러다 몸이라도 상하실까 걱정됩니다."

"내 걱정 됐으니까, 한국으로 돌아갈 준비나 서둘러."

태민에게는 시간이 많지 않았다. 어떻게든 한 달 안에 한국호텔과의 인수합병 문제를 해결하고 룩 베이커리의 매출을 끌어올릴 방안도 마련해야만 했다. 그리고 한국에서 자신을 기다리고 있을 현아를 만나 언젠가 때가 되면 해주겠다던 이야기도 해줘야 한다. 그러려면 한시라도 빨리 뉴욕에서의 일을 정리해야 했다.

태민의 퇴사 소식에 현아는 뒤통수를 세게 얻어맞은 것처럼 머리가 어지러웠다. 아무런 생각도 나지 않아 그저 넋 놓고 호텔 주위를 뱅뱅 돌았다. 드르르, 휴대폰 진동 소리가 났다. 혹시나 하는 마음에 반갑게 휴대폰을 꺼내 들었다. 하지만 기다리던 태민의 전화는 아니었다.

"응, 하은아."

-야, 이태민 씨 회사 관뒀어?

"어떻게 알았어?

-이태민 씨, 룩 호텔의 아이돌이잖아. 가만히 앉아만 있어도 여기저기서 소식들이 막 들려오는데, 뭘. 근데 왜 갑자기 관뒀대?

다들 알고 있는 걸 나만 모르고 있었어.

현아는 아무것도 몰랐던 자신이 등신 같았다. 왠지 모르게 서러운 마음이 들어 눈물이 쏟아져 나왔다.

-야, 김현아. 너 울어? 야, 왜 울어?

하은이 휴대폰 너머로 들려오는 흐느낌을 알아차리고 걱정스레 묻자 현아는 그만 주저앉아 엉엉 울음을 터트리고 말았다.

하은은 호텔 화단 한쪽에 쪼그려 앉아 우는 현아를 찾아서는 직원 휴게실로 데리고 들어왔다.

"일단 심호흡부터 해."

하은은 현아가 어느 정도 진정된 것 같아 보이자 다시 입을 열었다.

"다 했어? 자, 그럼 이제 냉철하게 생각해보자."

현아는 하은의 말에 고개를 끄덕였다. 태민의 일이라 냉정하지 못하고 너무 감정이 앞섰던 게 사실이었다.

"니 휴대폰이 먹통이었잖아. 태민 씨가 그 사이에 연락을 했을 수도 있고."

"맞아. 틀림없이 나한테 연락을 했을 텐데, 내가 못 받은 걸 거야."

"그래, 퇴사 이야기도 너한테 미리 말했을 거야. 니가 못 받았을 뿐이지."

"응, 그래. 그럴 거야."

현아는 괜히 서러워 울었던 걸 떠올리며 대체 왜 그랬나 싶었다. 누군가를 사랑하는 게 사람을 한없이 행복하게도 만들지만 한없이 초라하게도 만드는구나….

"그런데 왜 전화는 안 받지?"

"하긴, 한참 뜨겁고 좋을 땐데 연락이 너무 안 되는 건 좀 이상하긴 하다."

"그렇지? 이상하지? 혹시 이태민 씨한테 무슨 일 생긴 건 아닐까?"

현아는 갑자기 심각한 표정을 짓더니 금세 침울해졌다. 하은이 못 말리겠다는 표정으로 쳐다보았다.

"또, 또, 심각해졌네. 릴랙스, 릴랙스."

"그래, 맞아. 이럴 때일수록 더 침착하고 이성적으로."

현아가 굳게 마음을 다잡으며 말했다. 하은도 다행이라는 듯 고개를 끄덕이며 물었다.

"태민 씨가 갈 만한 데 몰라?"

"으응, 모르겠어."

"그래, 그럼 태민 씨 친구 중에 알 만한 친구는?"

"태민 씨 친구, 만난 본 적 없어."

"사귄 지 얼마 안 됐으니 아직 친구 소개는 안 했을 수 있지…."

현아의 눈빛이 급격하게 흔들리자 하은은 안정시키려 서둘러 말을 보탰다.

"그럼 태민 씨 원래 집이 어딘지는 알아?

"아니, 몰라."

"그래, 너 저번에 태민 씨 작은아버지 만났댔잖아. 그분 연락처는 없어?"

"없어."

하은이 답답해 저도 모르게 한숨을 내쉬었다.

어떻게 난, 이태민 씨에 대해 아는 게 아무것도 없냐? 이렇게 갑자기 사라지면 찾을 수도 없는 거네.

현아는 자신이 너무나 한심스럽게 느껴져 또 눈물이 났다.

"야, 너 또 왜 울어?"

"나, 이태민 씨에 대해 아는 게 하나도 없어."

"오늘 집에 가면 돌아와 있을 거야. 그러니까 너무 걱정하지 마."

하은이 서럽게 우는 현아를 안아 등을 토닥거려주었다.

"맞아. 자기 집인데 집 놔두고 어디 가진 않겠지?"

"응. 그래. 너, 오늘은 웬만하면 휴가 내고 쉬어."

하은이 초췌한 현아의 얼굴을 보며 걱정스럽게 말했다. 하지만 현아는 고개를 내저었다.

"아냐. 들어온 지 얼마나 됐다고 벌써 휴가를 써?"

"너 한숨도 못 잤다면서 일은 어떻게 하려고?"

"어차피 잠도 안 와. 그냥 일이라도 해야지."

"안녕하세요?"

현아가 애써 밝은 목소리로 인사를 하며 주방으로 들어섰다. 하지만 창백해진 얼굴을 숨길 수가 없었다. 동원이 멀리서 보고 걱정이 되었는지 얼른 다가왔다.

"현아야."

"네, 선배."

"안색이 안 좋아 보이는데, 괜찮아?"

"아, 밖에 바람이 엄청 불더라구요. 찬바람 맞았더니 추워서 그래요."

현아는 별일 아니라는 듯 말하며 웃어 보였다.

"그래. 혹시라도 몸이 안 좋은 거면 언제든지 말해."

"네, 선배."

동원이 자기 테이블로 돌아가자 현아는 앞주머니에서 휴대폰을 꺼내 보았다. 여전히 연락이 없었다. 룩 베이커리에 입사한 이후로 현아는 늘 주방에 들어오기 전에 휴대폰을 꺼서 사물함에 넣어두었지만 오늘은 그러지 않았다.

계량한 재료들을 넣고 반죽 기계를 돌리던 때였다. 앞주머니의 휴대폰이 드르르, 하고 울렸다. 혹시나 하는 마음에 얼른 휴대폰을 꺼내보았다. 하지만 기다리던 태민이 아니라 하은이었다.

좀 전에 헤어져놓고는 웬 문자지? 현아가 의아한 얼굴로 하은의 메시지를 열어보았다.

-이 사람 이태민 씨 아냐?

하은의 메시지에는 인터넷 주소 하나가 링크되어 있었다. 링크를 클릭하자 뉴스 기사 창이 열렸다.

-한국호텔 후계자 박세라, 룩 그룹 다니엘 리와 결혼설

링크 제대로 보낸 거 맞아? 현아는 난데없는 재벌들의 결혼설 기사를 보고는 의아했다. 대체 누구를 보란 거야? 작게 투덜거리며 천천히 스크롤을 내리는데, 무언가 눈에 들어왔다. 식사를 하고 있는 남녀의 사진이었다.

남자의 얼굴이 낯이 익었다. 현아는 사진을 키워보았다. 사진이 그리 선명하지는 않지만 남자는 태민이 확실했다. 사진 속의 남자가 입은 옷은 중요한 약속이 있다며 아침 일찍 나갔던 그날, 태민이 입고 나갔던 그 옷이었다.

룩 그룹? 다니엘 리? 결혼? 순간 현아는 온몸에 힘이 빠져 저도 모르게 손에 쥔 휴대폰을 떨어뜨렸다.

수석비서가 다급한 표정으로 회장실 문을 열고 들어왔다.

"사장님!"

심상치 않은 목소리에 서류더미에 파묻혀 있던 태민이 고개를 들었다.

"무슨 일이야?"

"사장님께서 꼭 보셔야 할 게 있습니다."

수석비서가 심각한 얼굴로 태블릿 PC를 태민에게 건넸다. 태블릿 PC에는 한국호텔 박세라와 자신의 결혼설 기사가 나와 있었다. 게다가 사진까지 올라와 있었다. 태민이 미간을 구기며 수석비서를 보았다.

"대체 누가 이런 기사를 올린 거지?"

"알아본 결과, 한국호텔 측에서 제공한 정보라고 합니다."

한국호텔? 그 여자가? 태민은 세라의 영악한 미소가 떠올랐다. 시작부터 엇나가기 시작하는 인수합병 때문에 골치가 아파왔다.

"일단 기사부터 해명해. 결혼이 아닌 인수합병 문제로 만난 거라고. 결혼 따윈 절대 없다고."

"사장님, 이왕 이렇게 된 거 기사를 이용하시는 게 어떠실까요? 결혼설은 오히려 주주들에게 인수합병에 대한 확신을 줄 수 있을 겁니다."

"두 번 말하게 할 건가?"

싸늘한 눈빛에 수석비서는 고개를 끄덕이고는 회장실을 나갔다. 태민은 서둘러 휴대폰을 꺼내들었다. 그런데 휴대폰이 꺼져 있었다. 순간 태민은 아차 싶었다. 아까 주주회의에 들어가느라 꺼놓고는 켜는 걸 깜빡했다. 혹시나 현아가 이 기사를 보기라도 한다면 큰일이었다.

아무것도 설명하지 못했는데…. 태민은 초조하게 현아의 번호를 눌렀다.

"김현아, 전화 받아. 제발."

태민의 간절한 바람에도 불구하고 현아는 전화를 받지 않았다. 조금 전에 나갔던 수석비서가 회장실로 다시 돌아왔다. 태민은 휴대폰 든 채 짜증이 가득한 목소리로 물었다.

"뭐지?"

"손님이 오셨습니다."

"알아서 돌려보내."

"그게… 한국호텔 박세라 씨입니다."

곤란한 표정으로 말하는 수석비서의 뒤로 세라가 성큼성큼 걸어 들어왔다.

"오랜만이네요, 다니엘."

세라는 과하다 싶을 정도로 활짝 미소를 지어 보이며 인사를 건넸다. 태민은 불쾌함을 감추지 않고 세라를 보다가 통화 종료 버튼을 눌렀다.

현아가 떨어뜨린 휴대폰을 주우려 몸을 숙였다.

드르르, 휴대폰 화면에 태민의 번호가 떴다. 그렇게나 기다렸던 태민의 전화인데, 현아는 이상하게도 받을 수가 없었다. 그저 멍하니 보고만 있었다. 한참 후, 휴대폰 화면이 어둡게 변한 뒤에야 휴대폰을 집어 들었다. 그 순간, 현아의 몸이 휘청거렸다. 힘이 모두 빠져나간 듯 서 있기조차 힘들었다. 현아가 테이블에 기대 흔들거리자 동원이 일을 하다 말고 다가왔다.

"괜찮아?"

동원은 더 창백해진 현아를 살피며 걱정스런 얼굴로 물었다.

"잠깐 어지러워서 그런 거예요. 괜찮아요."

현아는 애써 웃으며 일어서려 하는데, 다시 중심을 잃고 휘청거렸다. 동원이 현아의 팔을 잡아 부축했다.

"괜찮기는. 안 되겠다, 나가자."

"선배, 저 혼자 갈 수 있어요. 그만 들어가 보세요."

"너 그 상태로 혼자 못 가. 내가 데려다주는 게 부담스러우면 다른 사람이라도 불러서 가. 지금 나 남자로 하는 말 아니야. 직장 동료로 걱정해서 하는 말이니까, 들어."

동원의 태도가 너무 단호해 현아는 어쩔 수 없이 휴대폰을 꺼내 들었다. 그리고 하은에게 전화를 걸었다.

-기사 봤어? 어때? 그 사람 이태민 씨 맞아?

"나, 좀 데리러 올래?"

-응? 너 지금 일하는 중 아냐?

"몸이 안 좋아서 조퇴해야 할 거 같아."

-그래, 잘 생각했다. 내가 금방 갈게.

현아가 전화를 끊고 동원을 보았다. 동원은 복잡한 표정을 짓고 있었다. 현아는 일부러 밝은 목소리로 말했다.

"남자친구가 데리러 오기로 했어요. 그러니까 선배도 제 걱정은 그만하시고 이만 주방으로 가세요."

"그래, 집에 가서 딴 생각 말고 푹 쉬어."

"고마워요, 선배."

동원은 다정하게 당부를 하고는 주방으로 돌아갔다. 현아는 동원이 주방으로 들어가는 걸 보고 바로 하은에게 전화를 걸었다.

-응, 나 이제 집에서 나가던 길이야.

"안 와도 돼. 나 혼자 갈 수 있어."

-혼자 괜찮겠어?

"응."

-그럼 무조건 택시 타고 와. 내가 집 앞에서 기다릴 테니까.

"그래, 그럴게."

호텔 밖으로 나오니, 날이 이미 저물어 어두웠다. 잠시 멍하니 서서는 밤하늘을 올려다보았다. 먹구름 때문에 별빛조차 보이지 않는 깜깜한 하늘이 마치 제 머릿속 같았다. 앞으로 어떻게 해야 하는지, 어떻게 하고 싶은지, 도무지 모르겠다.

세라는 태민이 권하기도 전에 자연스럽게 소파로 가 앉았다. 그의 냉담한 반응에도 그리 신경 쓰지 않는 것 같았다.

"결혼 기사, 그쪽이 한 짓이더군."

"고맙다는 말은 안 하셔도 돼요."

태민의 날선 말투에도 세라는 태연하게 대답했다.

"고마워하라고?"

"당연히 고마워해야 하는 거 아닌가요? 알아보니 회장님 쓰러지고 경영권도 뺏기게 생겼던데. 결혼설 나면 우리 한국호텔이랑 인수합병 공고하다는 뜻이고, 그러면 그거 당신한테도 좋은 거잖아요?"

세라는 당연하다는 듯 말했다. 태민이 기가 차다는 듯 헛웃음을 치며 말했다.

"그쪽이 신경 쓰지 않아도 충분히 내가 해결할 수 있는 문제야. 그리고 그쪽한테 좋은 게 훨씬 많았을 텐데, 아닌가?"

"역시 머리가 좋으신 분이네요. 확실히 룩 그룹과 엮이니까 한국호텔 주식이 배로 오르더라구요. 이용할 수 있는 건 최대한 이용해야죠. 어쨌거나 제가 낸 기사 덕분에 다니엘도 주주들의 지지도 받았으니, 서로 윈윈 아닌가요?"

"앞으로 합의 없이 이딴 기사 내보내면 가만 안 둬."

세라가 뻔뻔한 태도로 나오자 태민은 길게 말하는 대신 짧게 경고했다.

"너무 까칠하게 굴지 말아요. 어차피 한국에서 또 봐야 할 사인데."

"아니, 볼 일 없어."

"아뇨, 앞으로 인수합병에 관한 건, 저와 이야기하셔야 할 거예요. 제가 한국호텔 부사장이거든요."

세라는 그의 강렬한 눈빛을 피해 살짝 고개를 돌리며 소파에서 일어났다.

"할 이야기는 다 한 거 같으니 그만 갈게요. 그럼 서울에서 뵙죠."

현아가 택시에서 내리자 집 앞에서 기다리고 서 있던 하은이 다가왔다. 아무렇지 않은 듯 굴었지만 하은은 현아가 간신히 견디고 있다는 걸 알아차렸다.

"춥다, 얼른 들어가서 한잔하자."

하은이 술병이 가득 담긴 봉투를 들어 보이자 현아는 대답 대신 쓸쓸하게 웃었다. 둘은 집으로 들어와 아무 말 없이 술을 마시기 시작했다. 현아는 머릿속이 하얘져서 아무 생각도 나지 않았기 때문이었고, 하은은 뭐라고 말을 꺼낼 수가 없었기 때문이었다. 한참 지나서야 하은이 조심스레 말을 꺼냈다.

"그 사람, 이태민 씨 맞아?"

"응, 맞아."

"닮은 사람 아니라?"

"사진 속 그 옷… 그 옷을 입은 태민 씨가 너무 근사해서, 난 우리 둘이 데이트 할 줄 알았거든. 그런데 중요한 약속이 있다며 나갔어. 그래서 확실히 기억해. 그 사람 이태민 씨가 맞아."

현아는 애써 덤덤한 척하며 하은에게 말했다.

"진짜? 이태민 씨가 룩 그룹의 다니엘 리가 맞다고? 근데 뭐야? 그러니까… 너랑 사귀는 도중에 그 여자를 만나러 간 거야?"

하은은 도무지 믿기지 않는다는 듯 놀라다가 정색을 하며 되물었다. 현아는 대답 대신 피식 웃고는 술을 들이켰다.

"이태민, 그놈 아주 개자식이네. 여자 친구 몰래 결혼할 여자를 만나러 가?"

하은은 속에서 열불이 나는지 술을 벌컥벌컥 들이켰다.

"그래서 이태민, 그 개자식한테서 연락은 왔어?"

"응, 근데 그렇게나 기다렸던 전환데… 도저히 못 받겠더라."

"왜 못 받아? 받아서 어떻게 된 거냐 따져야지. 아니, 자기 정체를 속인 건 원이언가 뭔가 하는 도중이라 그랬다 쳐. 그건 이해해. 근데, 결혼? 그럼 너랑은 뭐 한 건데?"

하은은 제가 속기라도 한 것처럼 잔뜩 열을 내며 말하다 아차 싶어 눈치를 보았다. 현아는 아무 말도 않고 술을 입에 털어 넣더니 씁쓸하게 대답했다.

"그러게, 이태민 씨한테 난 뭐였을까?"

"됐어, 그런 거 생각하지 마. 그냥 잊어. 결혼하겠다고 했으면 이미 끝난 거야. 괜히 미련 갖지 마."

"근데…."

하은은 심상치 않은 느낌에 술잔을 내려놓고는 현아를 바라보았다.

"그 여자랑 결혼 안 할 수도 있잖아? 정말 날 사랑했을 수도 있잖아?"

현아는 제 마음속에 품고 있던 실낱같은 희망을 슬며시 내비쳤다.

"어휴, 답답아! 그 여자랑 결혼 안 해도, 너랑 할 일은 없어. 우리 같은 사람을 그쪽 세계에서 받아줄 거 같아? 너도 그랬잖아, 신데렐라 따위는 없다고. 물론 있을 수도 있겠지, 결혼은 그 여자랑 하지만 사랑하는 건 너뿐이라며 만남을 이어갈 순 있겠지. 근데 그건 사랑 아니고 불륜이야. 니 인생 순식간에 막장 드라마 되는 거라고."

현아도 현실이 그렇다는 것쯤은 잘 알고 있었다. 하지만, 하지만….

"알아, 너무 잘 아는데… 그래도 이태민 씨가 너무 좋으면 어떡해? 상처 받아도 그 사람 옆에 있고 싶으면?"

"이게 미쳤어. 돌았니? 안 돼. 절대 안 돼!"

하은이 정신 차리라며 현아의 등을 찰싹 때렸다. 현아는 맞은 등보다 마음이 훨씬 더 아팠다. 순간 현아가 북받쳐오는 아픔에 저도 모르게 울음을 터트렸다. 그러자 하은이 깜짝 놀라 물었다.

"야, 그렇게나 아파? 미안, 내가 너무 세게 때렸나 보다. 정말 미안."

현아는 그게 아니라는 듯 고개를 내저었다. 하지만 좀처럼 눈물이 멈추지를 않았다. 하은은 물끄러미 현아를 보다 따뜻하게 안아주었다. 현아의 휴대폰이 코트 안에서 계속해서 깜빡였다.

왜 이렇게 전화를 안 받아? 설마 그 기사를 보기라도 한 건가? 아까부터 계속해서 전화를 걸었지만, 현아는 전화를 받지 않았다. 태민은 답답해 미칠 지경이었다. 전화를 끊자마자 황집사에게서 연락이 왔다.

"응, 황집사. 할아버지는 어떠셔?"

-의식만 안 돌아오셨지, 다른 건 아주 좋으십니다. 회장님께서 휴가를 아주 제대로 쓰시려나 봅니다.

황집사는 태민이 걱정하지 않도록 신경 써서 말했다. 덕분에 태민은 마음이 조금은 편해졌다. 황집사의 말처럼 이 회장이 잠시 휴가를 보내는 중이고, 곧 돌아올 거라 믿고 싶었다.

"그래, 무슨 일 있으면 바로 알려줘."

-네. 그러겠습니다. 그런데 도련님….

"왜? 목소리를 왜 그렇게 깔아?"

-결혼 기사 건은 잘 해결하셨습니까? 김현아 씨가 보면 걱정할 텐데요.

"안 그래도 그것 때문에 골치 아파."

-얼른 오해부터 푸세요. 오해는 제때 풀지 못하면 시간이 갈수록 더 깊어지니까요.

"그래."

하지만 전화조차 받지 않는데 어떻게 오해를 풀지? 태민은 자신의 의도와 다르게 흘러가는 상황에 마음이 답답해졌다.

-한국으로는 언제 출발하십니까?

"내일쯤 가려고 했는데 좀 서둘러야겠어."

-네, 도련님. 여기는 걱정 마세요. 회장님은 무슨 일이 있어도 제가 지킬 테니까요. 도련님은 도련님이 하셔야 할 일을 하십시오.

"고마워. 할아버지 잘 좀 부탁해."

태민은 황집사와 통화를 마치고 시간을 확인했다. 최대한 빨리 끝내자. 태민은 인터폰으로 대기 중인 수석비서를 불러들였다.

"네, 사장님."

"한 시간 후에 한국으로 출발할 거야. 준비해."

10화

현아가 눈을 떴을 때, 해는 이미 중천에 떠 있었고, 하은도 안 보이는 게 이미 출근한 모양이었다. 어제 얼마나 울었는지 눈이 퉁퉁 부어 제대로 떠지지가 않았다. 게다가 목도 따끔거리며 아팠다. 현아는 앉아서 멍하니 창밖을 바라보았다. 세상이 끝날 것 같은 날에도 어김없이 아침은 오네. 현아는 쓸쓸하게 웃으며 자리에서 일어났다. 속은 쓰리고 머리는 아팠다.

현아는 물을 꺼내려 냉장고 문을 열었다. 태민이 만들어놓은 반찬을 보자 순간 심장이 저릿해지는 느낌이 들어 물을 꺼내고 얼른 문을 닫았다. 차가운 물을 들이키자 머리가 조금은 맑아지는 느낌이 들었다.

그때였다. 현관 번호 키 누르는 소리가 들렸다. 설마? 현아는 조심스럽게 현관이 보이는 쪽으로 움직였다. 철컥, 문이 열리고 태민이 들어왔다. 태민은 현아를 보고 반가운 얼굴을 했다. 하지만 곧 미간을 찌푸리며 성난 목소리로 말했다.

"전화 왜 안 받아?"

현아는 너무나 놀라 멍하니 바라보기만 했다. 태민이 성큼성큼 다가오더니 힘껏 껴안았다. 태민의 따스한 품이 반가워 저도 모르게 그의 허리를 감싸 안을 뻔했다. 하지만 이내 정신을 차리고 밀어냈다.

"뭐 하는 짓이지?"

태민은 현아에게 갑자기 내쳐지자 황당해하며 물었다.

"결혼을 앞둔 분이 이러시면 안 되죠."

"기사, 봤어?"

"네."

냉랭한 현아의 말투에 태민은 낮게 한숨을 내쉬었다. 역시나 봤군.

"중요한 약속 있다고 나가더니 결혼할 분을 만나셨더라구요."

"오해하지 마, 나 그 여자랑 결혼 안 해."

"아니요, 하세요."

현아는 태민에게 상처를 주려 일부러 사납게 말했지만 오히려 자신이 상처받은 듯 슬픈 표정을 지었다. 태민은 마음이 아팠다. 그래서 늦었지만 현아의 오해를 풀기 위해 조심스럽게 말을 꺼냈다.

"내가 다 설명할게."

"굳이 설명할 필요 없어요. 이미 다 아니까. 정말 별거 아닌 일이었잖아요. 나 같은 사람 따위는 신경 쓸 필요도 없는 일."

현아의 비꼬는 말에 이번에는 태민이 상처 받았다. 좀처럼 볼 수 없던 슬픈 눈빛을 보자 현아의 마음이 약해졌다. 그리고 그 순간을 놓치지 않고 태민이 현아의 손목을 잡았다. 부드럽게 당기는 태민의 손길에 현아의 심장은 배알도 없는지 쿵쿵 뛰었다.

"나에 대해서 말 못했던 건, 원이어 때문이야. 그게 뭐냐면…"

"잘 알아요, 평민으로 사는 거. 평민으로 살아보니 평민이랑 만나보는 것도 괜찮겠다고 생각했어요?"

"아니야, 당신이어서 사랑한 거야. 김현아, 당신이어서. 당신 말고 다른 여자는 생각해본 적 없어."

태민은 진심을 담아 말했다. 현아는 저도 모르게 가슴이 설렜다. 그 말을 그대로 믿고 싶었지만 왠지 믿을 수가 없었다.

"나, 이제 이태민 씨 못 믿겠어요."

"어떻게 하면 믿을래?"

"아무것도 하지 마요. 안 믿을래요."

현아가 애써 고개를 저으며 태민의 손에서 손목을 빼냈다.

"그렇지 않아도 오늘 이 집에서 나가려고 했는데, 다행히 집주인이 오셨네요. 그동안 감사했습니다. 짐은 나중에 가지러 올 게요."

현아는 굳은 얼굴로 말을 내뱉고는 현관으로 향했다.

"김현아, 정말 이럴 거야?"

태민이 현아의 손을 잡아 세웠다. 하지만 현아가 차가운 시선으로 바라보자 심장이 아파와 더 잡을 수가 없었다.

"갈 데 없잖아. 여기 있어, 내가 나갈게."

태민은 그렇게 말하고는 성큼성큼 걸어 집을 나가버렸다. 순식간에 홀로 남겨진 현아는 닫힌 문을 빤히 바라보았다. 어쩜, 저렇게 가 버리냐? 한 번 돌아보지도 않고. 나는 왜 내가 밀어내놓고는 서운한 거지? 현아는 스스로가 우스웠다.

그때 갑자기 다시 문이 열리더니 태민이 들어왔다. 현아는 눈물을 글썽이며 서 있는 모습을 들킬까 얼른 등을 돌렸다. 태민은 그런 현아를 뒤에서 감싸 안았다. 갑작스러운 백허그에 당황해 몸이 움직이지 않았다. 하지만 이내 정신을 차리고 그의 품을 벗어나려 버둥거렸다.

"잠깐이면 돼. 잠깐만 이러고 내 말 들어."

현아는 귓가에 느껴지는 태민의 숨결에 몸이 떨려왔다.

"나 당신 포기 못 해. 아니, 안 해. 다시 날 믿게 만들 거야."

태민이 천천히 몸을 떼어냈다. 현아는 따뜻한 체온이 제 몸에서 멀어지자 왠지 조금 아쉬운 마음이 들었다. 하지만 그런 마음을 혹시라도 들킬까 봐 돌아보지 않았다.

"이따 봐."

태민이 인사를 남기고 돌아섰다. 발소리가 멀어지고 문이 열렸다 닫히는 소리가 들렸다. 현아는 그제야 돌아보았다. 그가 떠난 텅 빈 현관이 보였다. 괜히 마음이 쓸쓸해졌다. 안 돼, 김현아. 그만 마음 정리하자. 끝이 어떨지 빤히 보이잖아. 현아는 자꾸만 흔들리는 마음을 다잡았다.

현아는 출근 전에 잠시 동네 부동산에 들렀다. 태민과의 관계를 정리하려면 무엇보다 그 집을 떠나는 게 먼저였다. 그 집에는 추억이 너무 많았다. 다행히 가게를 정리하며 돌려받은 보증금 2천만 원이 있었다. 하지만 2천만 원으로 전세를 얻기란 하늘에 별 따기보다 어려웠다.

월세라도 얻어야 하나? 현아는 축 처진 어깨를 애써 끌어올리며 회사로 향했다. 그나저나 이따 보자고 했는데…? 현아는 태민의 마지막 말을 떠올렸다. 룩 호텔서 보자는 말인 건가? 미국으로 안 돌아가나?

하은은 어젯밤 현아를 위로하느라 과하게 마신 탓인지 오후가 되었는데도 술이 깨지 않아 비몽사몽이었다. 꾸벅거리며 조는데 타박타박, 구두 소리 여러 개가 들려왔다. 심상치 않은 예감에 순간 하은의 눈이 확 뜨였다. 멀리서 총지배인과 태민 그리고 수석비서가 사장실로 오고 있었다.

"어! 아, 안녕하십니까?"

하은은 태민을 발견하고 깜짝 놀라 벌떡 일어섰다. 그리고는 아차, 싶어 고개를 숙여 인사했다. 태민이 슬쩍 눈길을 주었다가 곧장 사장실로 들어갔다. 하은은 재빨리 휴대폰을 꺼내들었다. 현아에게 알려줘야 했다. 그런데 너무 놀랐는지 자꾸만 오타가 났다.

'이태민'까지 썼을 때, 다시 총지배인과 수석비서가 사장실에서 나왔다. 하은은 얼른 휴대폰을 아래로 내리고 인사를 했다. 다시 문자를 보내려는데, 태민이 인터폰으로 호출을 했다. 어쩔 수 없이 '이태민'까지 쓴 메시지를 보내고는 사장실로 들어갔다. 태민은 소파에 앉아 하은이 들어오기를 기다렸다.

"부르셨습니까?"

"앉아요. 정비서."

하은이 소파에 앉자 태민이 떠보는 듯한 어조로 말을 던졌다.

"어제 술을 꽤 많이 마셨던데?"

어떻게 알았지? 집에 다녀온 건가?

하은이 의아한 표정으로 태민을 보았다.

태민은 그 정도는 쉽게 알 수 있다는 듯 어깨를 으쓱였다. 사실 아까 집에 들렀을 때 식탁에 가득 쌓인 술병들, 현아를 안았을 때 풍겨오던 술 냄새 때문에 알았다.

"네, 친구한테 속상한 일이 생겨서 위로 좀 하느라 마셨습니다."

하은은 일부러 또박또박 말했다. 가시 돋친 말투에 태민은 별다른 반응을 하지 않고 그저 웃는 낯으로 되물었다.

"사장 비서의 역할은 뭐지?"

"사장님께서 업무에 집중할 수 있도록 곁에서 보좌하는 것입니다."

"그래요. 그래서 말인데, 정비서가 날 좀 도와줘야겠어."

무슨 생각을 하는 건지 태민의 눈이 반짝거렸다. 하은은 그런 태민을 의심스런 눈초리로 바라보았다.

현아는 어제 일찍 조퇴한 게 마음에 걸려 오늘은 일찍 호텔에 도착했다. 직원용 출입문을 열고 들어가는데, 하은에게서 문자가 왔다. '이태민' 이렇게 세 글자만 적힌 문자였다. 이태민? 얘는 뭔 문자를 이렇게 보내? 현아는 영문을 모르겠다는 표정을 지었다.

복도를 지나가는데 삼삼오오 모여 이야기를 나누는 직원들이 보였다. 베이커리 꽃미남이 사장으로 왔다던데? 어머, 정말? 원이어 때문에 거기 취직했던 거라던데. 완전 대박이다. 후계자인데 베이커리에서 판매 일을 하다니, 정말 대단하다. 아까 잠깐 봤는데 안 그래도 잘생긴 얼굴이 더 잘생겨 보이더라니까.

온통 태민에 대한 이야기뿐이었다.

태민씨가 호텔에? 현아는 갑자기 심장이 쿵쾅거렸다. 주방에서 일하는 자신과 마주칠 일은 거의 없겠지만, 혹시나 하는 생각에 저도 모르게 긴장이 되었다.

드르르, 하은에게서 걸려온 전화였다.

"어, 하은아."

-어디냐?

"호텔, 출근했어. 주방 가는 길."

-빨리 왔네. 너 잠깐 나 좀 만나고 들어가.

"응, 어딘데?"

-휴게실.

"그래."

현아는 전화를 끊고 직원 휴게실로 향했다. 휴게실로 들어서자 구석 테이블에 홀로 앉아 있는 하은이 보였다. 그 앞에 커다란 보온병이 덩그러니 놓여 있었다.

"뭐냐, 이거?"

현아가 맞은편 의자를 꺼내 앉으며 물었다. 하은은 잠깐 망설이더니 심드렁하게 말했다.

"너 해장 시킬 거."

"친구! 역시, 나한테는 너밖에 없다."

현아가 하은을 향해 손가락 하트를 날렸다. 하지만 하은은 묵묵히 보온병을 열고는 커다란 뚜껑에 토마토 수프를 따랐다. 맛있는 냄새에 현아가 눈이 초롱초롱해졌다.

"너, 이런 것도 할 줄 아냐? 완전 달리 보인다."

"잔말 말고 먹기나 해라."

하은이 현아에게 수프를 내밀었다. 현아가 흐뭇한 표정으로 토마토 수프를 호로록 마셨다. 입안에 깊게 우러난 토마토의 풍미가 퍼지면서 정신이 맑아졌다. 근데 맛이 왠지 낯익었다.

누구나 흉내 낼 수 없는 특별한 맛, 언젠가 태민이 해줬던 토마토 수프, 그 맛이었다. 현아가 말없이 보온병 뚜껑을 내려놓았다. 그리고 미심쩍은 눈빛으로 하은을 바라보았다. 그러자 하은이 괜히 뜨끔해서 변명하듯 말했다.

"내가 무슨 힘이 있냐? 사장이 너 갖다 주라는데."

"태민 씨가?"

"그래, 태민 씨가 너 주려고 끓여놨더라. 그냥 먹어. 사람이 죄지, 토마토 수프가 죄냐? 음식에는 죄가 없어요."

현아는 순간 가슴이 먹먹해졌다. 몸을 따뜻하게 풀어주는 토마토 수프가 마치 태민의 마음 같아서 현아는 더는 먹을 수가 없었다. 그 따스함에 익숙해지면 밀어내는 게 더 힘들어질 것 같았다.

태민은 총지배인과 함께 룩 베이커리로 향했다. 주주들에게 장담했던 대로 한 달 안에 룩 베이커리의 매출을 올릴 방안을 찾아야만 했다. 물론 방안에 대한 구상은 이미 해둔 상태였지만, 그 회의를 핑계로 주방에 있는 현아를 보고 싶었다.

태민은 총지배인과 함께 주방으로 들어섰다. 빵을 만드느라 열중한 현아가 한눈에 들어왔다. 현아는 태민이 들어온 줄도 모르고 일에 몰두해 있었다. 작업을 감독하고 있던 주방장이 태민을 보고는 다가왔다. 서로 가볍게 목례를 나누었다.

"잠시 주방을 둘러봐도 될까요?"

태민은 주방장에게 양해를 구하고 둘러보는 척하며 현아 옆에 가서 섰다. 현아는 빵 모양을 만들다 문득 인기척이 느껴져 고개를 들었다. 태민이 자신을 보고 있었다. 철렁, 현아는 순간 심장이 내려앉는 듯했다.

"지금 뭘 만드는 중인가요?"

"어, 그게… 호밀빵입니다."

현아는 너무 놀란 나머지 버벅거렸다. 당황한 현아와는 반대로 태민의 살짝 올라간 입가에는 장난기가 묻어 있었다.

"해장은 잘 했어? 확실히 사장이 좋네. 이렇게 일하는 모습도 볼 수 있고."

태민은 현아에게 몸을 기울이고는 남들에게 들리지 않게 작게 속삭였다. 현아는 온 신경이 귀에 쏠렸다. 태민은 현아의 귀가 금세 붉어지는 걸 보고는 천천히 물러났다. 두 사람을 지켜보던 동원이 다가와 물었다.

"저 사람, 네 가게에서 알바 했던 사람 맞지?"

"네."

"넌 알고 있었어?"

"아뇨, 전혀요."

현아는 씁쓸하게 웃으며 대답했다. 동원은 주방을 나서는 태민을 유심히 보았다. 그 역시 현아 옆에 선 동원을 서늘한 눈빛으로 보고 있었다. 저 자식, 여전히 마음에 안 들어.

하루 쉬었다 하는 야간 근무라 그런지 오늘따라 더 피곤했다. 현아가 호텔을 나와 눈을 반쯤 감고 터덜터덜 지하철역을 향해 걷던 그때였다. 빵빵, 자동차 경적 소리가 들렸다. 짜증을 가득 담아 소리가 나는 쪽을 보았다. 딱 봐도 고급스런 검은 세단이 옆으로 다가와 섰다. 조수석 창문이 내려가자 운전석에 앉은 태민이 보였다.

"타."

"아뇨, 괜찮습니다."

"타. 안 타면 내가 무슨 짓을 할지도 몰라."

태민의 협박에 현아는 걸음을 멈추고 그를 노려보았다.

"자르기라도 하시려구요? 네, 어디 잘라보세요. 바로 고용노동부에 부당해고로 신고할 테니."

"해고 안 해."

그럼 뭔데? 현아가 모르겠다는 얼굴을 했다.

"나랑 동거한 사이란 거, 회사에 소문 낼 거야."

현아의 얼굴이 일그러졌다. 나쁜 놈. 현아가 태민을 한층 더 매섭게 노려보았다. 하지만 태민은 태연하게 웃고 있었다. 결국 어쩔 수 없이 차에 올라탔다. 태민은 다정한 눈길로 현아를 바라보는데, 현아는 화난 얼굴로 오로지 앞만 보고 있었다.

그때 갑자기 태민이 현아 쪽으로 몸을 기울였다. 설마 키, 키스? 현아는 방어적으로 몸을 최대한 빼서는 차문에 바싹 달라붙었다.

"뭐예요?"

"오해하지 마. 벨트 매는 거니까."

태민이 뒤쪽 벨트를 당겼다. 현아는 너무 민망해 고개를 푹 숙였다. 그 모습이 너무 귀여워 당장 키스하고 싶었지만 태민은 꾹 참고 안전벨트만 매주었다. 차 안은 적막했다. 태민은 현아의 숨소리라도 가까이 듣고 싶어 음악을 틀지 않았다. 차가 신호에 걸려 멈춰 서자 창밖을 바라보던 현아가 조심스레 말을 꺼냈다.

"나, 회사 계속 다닐 거예요. 이렇게 좋은 직장, 구하기 힘들어요."

"그래, 다녀."

"그럼 이태민 씨가 나 모르는 척해주세요."

"그건 싫어."

"이제 곧 결혼할 거면서 나한테 정말 왜 이래요?"

"나 결혼 안 해. 당신이랑 아니면 안 해, 결혼."

태민이 단호하게 말하며 현아를 쳐다봤다. 거짓이 없는, 진심 어린 눈이었다. 그 올곧은 눈과 마주친 순간, 현아는 덜컥 겁이 나 고개를 돌렸다.

신호가 풀리고 차가 다시 움직였다.

"집은 최대한 빨리 나갈게요."

"그럴 필요 없어. 당신이 살아, 그 집. 원래 당신 집이었잖아. 그리고 차도, 아니, 차는 안 되겠다. 내가 데려다 주고 싶으니까 차는 못 주겠다."

어느새 집 앞에 도착했다. 이렇게나 금방 오다니, 태민은 현아를 보내는 게 너무나 아쉬웠다. 하지만 현아는 서둘러 벨트를 풀고 차 문을 열었다. 태민이 나가려는 현아의 손을 잡았다.

"고맙단 인사는?"

"태워달라고 한 적 없어요."

"그래, 잘 들어 가."

현아는 태민의 시선이 신경 쓰여 뒤돌아보지 않고 걸었다. 그러다 문 열기 전 살짝 뒤돌아보았다. 태민의 차는 여전히 그곳에 서 있었다. 마음이 아렸다.

태민은 잠깐이지만 현아가 뒤돌아보는 모습을 보고는 기분이 좋아졌다. 그래도 오늘은 돌아봐주네. 태민은 어제보다 편해진 마음으로 차를 돌렸다.

현아가 다른 때보다 일찍 일어났다. 출근 전에 부동산에 들러 월세라도 알아볼 계획이었다. 태민은 그냥 살라고 했지만 차마 그럴 순 없었다. 나갈 준비를 하는데 전화가 걸려왔다, 태민이었다. 현아는 잠시 고민하다 받지 않았다. 그러자 바로 문자가 왔다.

-전화 받아.

메시지를 확인하자마자 다시 전화가 왔다. 현아는 하는 수 없이 전화를 받았다.

"왜요?"

-내 노트북 좀 챙겨다줘.

"제가 왜요?"

-그 집, 당신더러 살라고 해놓고 내가 들락거릴 순 없잖아. 출근
길에 잠시 가져다주면 되는데 그렇게 힘든가?

"알았어요."

현아가 전화를 끊고 태민의 방에 들어갔다. 방에서는 그리운 향
기가 났다. 책상 위에 노트북이 보였다.

태민은 룩 베이커리의 매출 자료들을 검토하느라 여념이 없었다.
그때 비서실에서 인터폰이 왔다.

-사장님, 한국호텔 박세라 부사장님 오셨습니다.

태민은 순간 머리가 지끈거렸다. 필요하지도 않은 노트북 심부
름을 핑계로 현아를 볼 참이었는데, 이런 때 박세라라니. 자칫 현
아가 세라를 보게라도 되면 오해는 커지고 사이는 더 멀어지게 될
거란 생각이 들었다.

태민은 급하게 현아에게 오지 말라는 문자를 보냈다. 그리고 돌려
보낸다고 갈 사람이 아니란 생각에 일단은 세라를 안으로 들였다.
세라가 사장실로 들어오자 태민이 일어서며 퉁명스럽게 물었다.

"무슨 일이지?"

"한국에 오셨다는데, 감감무소식이라 제가 친히 왔죠."

"별다른 용무 없으면 그만 돌아가지."

"우리 인수합병 얘기나 하면서 와인 한 잔 하는 거 어때요?"

세라가 당연히 자신의 말에 따라야 한다는 듯 태민을 도도하게
쳐다보았다.

태민 : 노트북은 내일 가져다 줘. 오늘은 오지 마.

태민의 문자가 도착한 건 현아가 이미 사장실 앞에 도착했을 때였다. 하은은 퇴근한 후였고, 대신 수석비서가 자리를 지키고 있었다. 그래, 얼굴 봐서 뭐 해. 괜히 미련만 더 생기지. 어차피 온 김에 저분한테 맡기고 가자. 현아는 잠시 고민하다 수석비서에게 다가갔다.

"안녕하세요, 사장님 심부름 때문에 왔는데요."

"안녕하세요."

수석비서는 현아를 단번에 알아보았지만 내색하지는 않았다.

"저기… 사장님께서 노트북을 가져다달라고 하셔서요."

"네, 제게 주시면 잘 전달하겠습니다."

현아는 노트북을 건네며 슬쩍 사장실 쪽을 곁눈질 했다. 문은 닫혀 있었다. 막상 여기까지 왔는데 태민을 못 보고 돌아가려니 아쉬웠다.

"회의 중이십니다."

현아가 갈 생각을 않고 자꾸만 문을 힐끔거리자 수석비서가 말했다.

"아, 네. 그럼… 안녕히 계세요."

"와인 안 좋아해요?"

세라는 소파에 비스듬히 몸을 기댄 채 눈웃음을 지으며 물었다. 태민은 자리에 앉지 않고 선 채로 세라를 내려 보았다.

"좋아하지만 당신이랑은 안 마셔. 그리고 비즈니스는 해가 떠 있는 낮에 하도록 하지. 내가 처리할 일이 많거든. 다른 용건 없으면 그만 돌아가."

노골적인 거부에 세라는 모욕감을 느꼈다. 하지만 간신히 흥분을 가라앉히고 아무렇지 않은 척했다.

"그래요."

세라가 소파에서 일어서자, 태민은 다시 책상으로 돌아가 앉았다.

세라는 냉정한 태민의 태도에 기가 막혔다.

"참고로 난 이해심이 많은 사람이 아니니까 화나게 하지 않는 게 좋을 거예요, 비즈니스 즐겁게 하려면."

세라는 문을 소리 나게 쾅 닫고 사장실을 나갔다.

왜 이렇게 안 와? 오늘 따라 유난히 엘리베이터가 굼뜨게 움직이는 것 같아 짜증이 났다.

잠시 후, 엘리베이터가 도착하자 냉큼 올라탄 현아가 주방이 있는 1층을 눌렀다.

엘리베이터 문이 반쯤 닫혔을 때, 문이 다시 열리고 세라가 올라탔다. 패션 잡지의 모델이나 입을 법한 화려한 차림새에 현아는 저도 모르게 눈길이 갔다. 세라는 지하 1층을 누르고 현아 옆에 나란히 섰다. 옆에 선 여자의 미모에 감탄하던 현아는 불현듯 얼굴이 낯익다는 느낌이 들었다.

어디서 봤더라? 그래! 결혼 기사의 그 여자! 한국호텔 후계자 박세라. 그 여자가 왜?

정답을 떠올린 그 순간 현아는 자신도 모르게 세라를 빤히 쳐다보았다. 세라가 불쾌하다는 듯 고개를 돌렸다. 현아가 퍼뜩 제 행동을 알아차리고는 사과했다.

"아, 죄송합니다."

"셀럽을 처음 봐서 신기해하는 건 알겠는데, 그렇게 빤히 보는 건 예의가 아니라는 것쯤은 알아둬."

세라는 흔한 일이라는 듯 거드름을 피우며 말했다. 문득 태민의 첫 출근을 보러 갔던 베이커리에서 세라를 봤던 기억이 떠올랐다. 그래, 그날 베이커리에서도 봤어. 사람들이 한국의 패리스 힐튼이라 그랬지…. 현아는 순간 가슴이 턱 막히는 느낌을 받았다.

"저기, 안 내려요?"

세라의 말에 현아가 정신을 차리고 그녀를 보았다. 그러니까, 그때도 만난 거였네. 현아는 갑자기 밀려오는 울음을 가까스로 참으며 엘리베이터에서 내렸다. 닫히는 문틈 사이로 세라의 모습이 보였다.

그러니까, 나더러 오늘 오지 말라고 했던 게 저 사람 때문이었던 거구나. 나 왜 이렇게 바보 같지? 참으려고 했는데, 눈물이 뚝 떨어졌다. 누가 볼세라 얼른 손으로 눈가를 훔쳐내며 울음소리를 내지 않으려 이를 악 물었다.

세라가 사장실을 나간 후 수석비서가 들어와 태민에게 노트북을 건넸다.

"사장님, 김현아 씨께서 전달해달라고 하셨습니다."

"왔다 갔어? 언제?"

"아까 박세라 부사장이 왔을 때 잠깐 들르셨습니다. 걱정 마십시오. 회의라고 말씀드렸습니다."

"알았어. 나가봐."

태민은 아쉬운 얼굴로 노트북을 바라보았다. 이렇게라도 얼굴 보고 싶었는데… 어쩔 수 없군. 퇴근 시간까지 기다리는 수밖에.

현아는 업무를 마치고 비장하게 호텔을 나섰다. 혹시라도 태민이 기다리고 있다면 확실하게 말하고 관계를 끝낼 거라 다짐했다. 현아는 예상대로 자신을 기다리는 태민의 차에 다가가 문을 열었다. 오늘도 실랑이를 벌일 것으로 예상했던 태민은 약간 놀랐다.

"우리 조용한 데 가서 얘기 좀 해요."

태민은 예상치 못한 분위기라 어떻게 받아들여야 할지 잠시 고민했다. 그녀에게 자신에 대해 말할 수 있는 기회가 되기를 바라며 대답했다.

"좋아."

차는 언젠가 두 사람이 함께 갔었던 동네 공원으로 향했다. 노을 진 공원은 묘한 분위기를 자아냈다. 태민이 자판기에서 따뜻한 커피를 뽑아와 벤치에 앉은 현아에게 건넸다.

"가끔 이 맛이 생각나더라."

태민은 기분이 좋은 듯 목소리가 가벼웠다. 반면에 현아는 씁쓸하게 웃으며 커피를 옆에다 내려놓았다. 그리고 다짐하듯 주먹을 꽉 쥐며 천천히 입을 뗐다.

"이제… 그만해요."

현아의 목소리가 조금 떨렸다. 그 미세한 떨림을 감지한 태민은 불길한 예감이 들었다.

"나 가지고 노는 거, 그만해요. 내가 만만해요? 하긴, 바보같이 태민 씨가 하는 말이라면 곧이곧대로 믿었으니까 얼마나 쉬워 보였을까? 그쪽 세계 사람들은 연애 따로 결혼 따로 그런 게 되는지 모르겠지만, 난 안 그래요. 난 사랑하지 않는 사람과 결혼하지도 않고, 결혼할 사람 두고 다른 사람 만나는 것도 못해요. 난 절대, 그쪽 숨은 여자 따위는 되어줄 생각 없으니 가서 다른 사람 알아보세요."

현아는 북받쳐 오르는 감정을 눌러가며 힘겹게 말을 끝냈다. 태민은 그저 당황스럽기만 했다. 현아가 슬픈 눈으로 자신을 보는 게 마음 아팠고, 왜 저런 말을 하는 건지 영문을 몰라 답답했다.

"대체 무슨 소리를 하는 거야? 내가 알아들을 수 있게 이야기해봐."

현아가 차갑게 쏘아붙였다.

"하, 끝까지 오리발이에요? 어제 노트북 갖다주러 가서 봤어요, 당신이랑 결혼할 그분. 그 여자랑 마주칠까 봐 나한테 오지 말란 문자 남긴 거잖아요."

"그건… 이렇게 오해할까 봐 그런 거였어. 아직 오해가 안 풀렸는데, 또 오해할 일이 생기는 게 싫어서."

"아뇨, 그렇게 구차하게 변명할 필요 없어요. 내가 깨끗하게 빠져줄 테니까."

"그러지 마. 내가 사랑하는 건 당신뿐이야."

"그런 말이 무슨 소용이에요, 내가 당신을 믿지 못하는데. 당신의 어디서부터 어디까지가 진심이고, 또 거짓인지 모르겠는데."

현아는 애써 모질게 말했다. 태민은 마음이 날카롭게 베인 듯이 쓰라렸다.

"김현아, 당신은 내가 그렇게 쉽게 포기가 돼?"

태민은 따지듯 물었다. 하지만 현아는 대답 않고 입을 꾹 닫았다.

어떻게 쉽겠어요? 내가 이런 말을 하기까지 얼마나 힘들었는지 당신은 알지도 못하면서! 안에서 터져 나오려는 말을 삼켰다. 모든 걸 정리하려는 마당에 그런 말 따위 부질없게 느껴졌다.

"우리 같이 살았던 거, 내가 당신 사랑했던 거, 말하고 싶으면 말해요. 더 이상은 당신한테 휘둘리지 않을 거니까."

현아는 차마 시선을 돌리지 못하고 눈앞의 어두운 공원만 쳐다보다 자리에서 일어섰다.

태민이 현아의 손을 붙잡았다.

"가지 마. 미워해도 좋고 욕하고 때려도 좋으니까, 그냥 내 옆에 있어. 내가 해결할게. 지금은 복잡하게 일이 꼬여 있어서 그래. 내가 조만간 다 해결할 테니… 가지 마, 김현아."

현아는 애써 외면하듯 고개를 돌리고 잡힌 손을 풀어냈다.

"이대로 가면, 나도 더는 당신 안 봐!"

태민이 현아의 등에 대고 큰소리로 외쳤다.

현아가 우뚝 멈춰 섰다.

"그래요? 잘 됐네요. 그게 서로를 위해 좋을 거예요."

현아는 쓸쓸하게 웃으며 대답했다.

잘했어, 김현아. 잘한 거야….

혹여 흔들릴까 스스로에게 다짐하듯 주먹을 꽉 쥐고 태민을 뒤로 한 채 걸어갔다. 태민은 굳게 닫혀버린 현아의 마음을 어떻게 다시 열어야 할지 막막하기만 했다.

집으로 걸어가는 길, 현아는 불어오는 바람이 더 차게 느껴졌다. 지나가던 사람들이 자꾸만 힐끔거려 이상하게 생각하던 차에 나이 지긋한 여성분이 다가와 말을 걸었다.

"괜찮아요? 어디 아파요? 119 불러줘요?"

"네?"

"왜 그렇게 울어요?"

"어?"

현아는 그때까지 자기가 울고 있는 줄도 몰랐다. 등신, 지가 끝내자고 해놓고는 울긴 왜 우냐? 현아는 재빨리 옷소매로 눈물을 닦아냈다.

"그게… 바람이 차서요, 걱정해주셔서 고맙습니다."

현아는 아주머니에게 인사를 하고는 얼른 자리를 피했다. 왜 이렇게 바람이 차? 눈 시리게. 이를 악물고 눈물을 참아보려 했지만, 마음대로 되지 않았다. 현아는 집으로 들어오자마자 짐을 챙겨 나왔다.

어제 봐두었던 근처 원룸으로 갈 생각이었다. 원룸은 작긴 해도 현아 혼자 지낼 만한 크기는 됐다.

원룸에 들어서자 긴장이 풀려 주저앉았다. 팔을 베개 삼아 바닥에 몸을 뉘이고 눈을 감았지만, 좀처럼 잠이 오지 않았다.

현아는 오늘부터 오후 근무라 한숨도 자지 못한 채로 출근을 했다. 주방으로 들어서려는데 주방을 나오던 동원과 마주쳤다.

"현아야, 안 그래도 전화하려던 참이었는데 잘 됐다."

"네? 저한테요?"

"응, 주방장님이 너랑 나도 회의 들어오라고 하시네. 가자."

동원이 팔을 살포시 잡아끌었다. 생각지 못한 행동에 현아는 당황하며 그에게서 떨어져 섰다.

"눈이 왜 그래? 빨간데?"

"아, 잠을 못 자서요."

"그래, 근무 바뀔 때 그렇긴 해."

동원을 따라 회의실로 들어가자 이미 홀 캡틴과 주방장 그리고 태민이 기다리고 있었다. 태민을 보는 순간 가슴이 철렁 내려앉았다. 하지만 그는 들어오는 현아에게 눈길조차 주지 않았다. 현아까지 자리에 앉고 나자 태민이 입을 열었다.

"현재 룩 베이커리는 변화가 필요합니다. 지난 며칠 간 김유미 홀 캡틴과 이순학 주방장과의 논의를 통해 변화의 기본 방안을 마련했습니다. 이번에 룩 서울에서 시도할 변화가 성공적인 결과를 낼 경우, 전 세계의 룩 베이커리에 적용될 것입니다. 여러분이 그 처음을 만드는 것입니다. 그러니 최선을 다해주시기 바랍니다."

말끔한 슈트 차림으로 호텔 경영에 대해서 설명하는 태민의 모습이 낯설었다. 지금껏 보았던 태민이 소년 같은 느낌이었다면 지금 눈앞의 태민은 남자였다. 현아는 저도 모르게 두근거리는 심장을 부여잡았다.

"먼저, 1인용 베이커리 제작입니다. 1인 중심의 소비 패턴에 발맞춰 케이크, 타르트 등의 제품을 동일한 디자인으로 일반 사이즈와 미니어처 사이즈로 각각 제작해 판매하기로 하였습니다. 해당 품목은 김유미 홀 캡틴의 매출 분석에 따라 선정할 것이며, 주방의 이동원 셰프가 함께 진행해주시기 바랍니다."

"네."

홀 캡틴과 동원이 고개를 끄덕이며 대답했다. 태민은 여전히 현아 쪽으로 눈길 한 번 주지 않았다. 어떻게 한 번 쳐다보지를 않냐? 현아는 괜히 가슴이 시큰해졌다.

"다음은 무엇보다도 중요한 룩 베이커리만의 시그니처 메뉴 개발입니다."

태민은 잠시 말을 멈추고 갑자기 현아를 보았다. 순간 멍하니 바라보던 현아는 그와 눈이 정통으로 마주쳤다. 훔쳐보다 들킨 것처럼 부끄러워 얼른 고개를 숙였다.

"평범하지만 평범하지 않은 식빵이 우리 룩 베이커리의 시그니처가 될 것입니다."

식빵이라는 말에 현아가 놀라 고개를 들었다. 태민은 무심한 눈빛으로 현아의 눈을 마주 보며 말을 이어갔다.

"고객이 집을 떠나 있는 동안 '또 하나의 우리 집'이 되어주는 호텔, 그곳에서 즐길 수 있는 일상의 빵인 식빵을 만들되, 천연 효모를 이용하여 기존 식빵에서는 볼 수 없었던 색다른 맛과 향, 풍미를 느낄 수 있는 제품을 만들 겁니다. 시그니처 메뉴는 이순학 주방장과 김현아 셰프가 함께 진행해주시기 바랍니다."

내가 메뉴 개발을? 그것도 룩 베이커리의 시그니처를? 내가 만든 빵이 전 세계 룩 베이커리에서 팔릴 수도 있다고? 현아는 막연한 기대감에 부풀었다가 갑자기 그 부푼 기대가 펑 하고 터지는 것을 느꼈다. 근데 들어온 지 얼마 되지도 않는 내게 왜 이런 중요한 일을 시키는 거지?

현아는 자신의 능력에 확신이 없었다. 태민이 자신을 선택한 데는 다른 이유가 있을지도 모른단 생각이 들어 우울해졌다.

"그럼 프로젝트 별로 자세한 이야기 나누도록 하세요. 전 다른 업무 때문에 먼저 일어나겠습니다."

태민이 양해를 구하고는 자리에서 일어나 회의실을 나갔다. 현아도 자리에서 일어났다. 현아가 회의실을 나왔을 때, 태민은 이미 저만치 앞서 걸어가고 있었다.

"이태민 씨! 아니, 사장님!"

현아는 저도 모르게 태민의 이름을 부르고는 아차 싶어 얼른 고쳐 불렀다. 여긴 회산데, 게다가 아침에 서로 모르는 사이가 되자고 해놓고는….

태민은 걸음을 멈추고 무표정한 얼굴로 돌아보았다.

"왜 제게 시그니처 메뉴 개발을 시키는 건가요?"

"왜? 설마 내가 당신을 좋아해서 그런 걸 맡겼을 거라 생각하는 건 아니겠지?"

그렇게 되묻고는 현아의 얼굴을 살폈다. 순간 현아의 얼굴에 당혹감이 일었다. 태민이 피식, 헛웃음을 지었다.

"이봐요, 김현아 셰프님. 난 경영을 하는 사람입니다. 사사로운 감정 따위는 비즈니스에 섞지 않습니다."

태민은 정색을 하고 차갑게 말했다. 아무리 끝난 사이라고 해도 그렇지, 사사로운 감정 따위? 현아는 사랑했던 시간들을 하찮은 걸로 치부하는 것 같은 태민의 말에 심장이 욱신거렸다.

"원이어 중에 김현아 셰프가 만든 천연 효모 식빵을 보고 룩 베이커리에 적용한다면 좋을 거라 생각했습니다. 그래서 당신이 적임자이기 때문에 메뉴 개발을 맡긴 겁니다."

태민이 사무적인 말투로 대답하고 돌아서자 현아는 저도 모르게 울컥했다. 목구멍 가득 차오른 열기가 쉽게 내리질 않았다.

김현아, 네가 바랐던 거잖아. 그래놓고는 이제 와서 왜이래? 현아는 두 주먹을 꽉 쥐고 멀어져가는 태민의 뒷모습을 바라보았다.

내가 너무 모질게 굴었나? 태민은 자꾸만 현아의 슬픈 눈이 떠올라 일이 손에 잡히지 않았다. 하지만 이렇게라도 하지 않으면 자꾸만 멀어질 것 같았다. 다가가려고 하면 멀어지니, 이렇게 멀어지는 척해서라도 옆에 두고 싶었다. 하루라도 빨리 현아의 마음을 되찾으려면 일단 지금의 복잡한 상황들을 정리해야만 했다.

똑똑. 노크를 하자마자 수석비서가 안으로 들어와 조심스레 입을 열었다.

"사장님, 오늘 한국호텔의 박세라 부사장이 보스턴 룩의 제인 사장님을 만났다고 합니다."

"그래?"

욕심 많은 두 사람이 만났다고?

태민은 세라와 제인의 조합을 떠올리고는 기가 막힌다는 듯 웃었다.

무슨 꿍꿍이인지 알아봐야겠군.

"한국호텔과 미팅 잡아줘, 최대한 빨리. 그리고 비밀리에 오리엔탈호텔에 관한 자료 좀 준비해줘."

업무를 마치고 호텔을 나오니 이미 깜깜해져 있었다. 현아는 태민이 기다리고 있을지도 모른다는 생각에 주위를 살폈다. 하지만 그의 차는 보이지 않았다. 현아는 괜히 서운해 하는 자신을 알아챘다.

김현아, 정신 차려! 니가 밀어내놓고는 왜 기다려? 현아는 고개를 저으며 지하철역으로 향했다.

주머니에서 드르르, 핸드폰 진동이 느껴졌다. 확인하니 하은의 전화였다.

-야, 퇴근했냐?

"퇴근하는 중."

-태민 씨랑 너, 오늘 무슨 일 있었냐? 아침부터 얼마나 냉기를 뿜어내던지, 얼어 죽는 줄 알았다. 게다가 점심은 왜 안 먹어? 사람 눈치 보이게.

"나 이태민 씨랑 헤어졌어."

-뭐?

하은은 놀란 듯 잠시 말이 없었다.

현아는 잠자코 하은의 대답을 기다렸다.

-잘했어.

"나, 집도 나왔어."

-그래, 잘했어.

"응, 잘한 거 맞지?"

-그럼, 잘했어. 오늘은 울 엄마 몸이 안 좋아서 못 나가고, 내일 점심이나 같이 먹자.

"그래."

잘했어, 잘한 일이야. 현아는 자꾸만 약해지는 마음을 향해 되뇌며 애써 미소를 지었다.

원룸 문을 열고 들어선 현아는 왠지 기분이 이상했다. 겨우 몸 하나 누일 정도로 좁은 공간인데, 홀로 남겨진 느낌에 빈 공간이 너무 크게 느껴졌다.

다른 생각이 나지 않도록 청소를 시작했다. 몸을 움직이니 다른 생각이 들지 않아 좋았다. 하지만 워낙 좁다 보니 금방 깨끗해져 청소할 거리가 없었다. 집에서 나올 때 끌고 온 캐리어 짐을 풀기 시작했다. 옷을 꺼내 걸고, 잡동사니들을 제 위치에 가져다두었다. 순식간에 캐리어도 텅 비워졌다.

"어?"

틀림없이 챙겼을 텐데? 현아는 뭔가 이상해 캐리어의 주머니를 뒤적였다. 하지만 레시피 노트가 보이지가 않았다. 빵을 만들기 시작하면서 알게 된 레시피들을 하나 둘 적어놓은 노트였다. 특히 나 식빵 가게를 하면서 터득한 천연효모의 배양법과 발효법 등을 기록해놓은 것이라 이번 메뉴 개발에는 꼭 필요한 것이었다.

어쩌지? 집에 두고 온 거 같은데⋯. 꼭 찾아야 할 레시피 노트였지만 애써 나온 집으로 다시 돌아가야 한다는 게 그리 내키지 않았다.

혹시라도 갔다가 태민 씨라도 만나면 어떻게 해? 아냐, 그럴 일은 없을 거야. 호텔 스위트룸 두고 그 집에 왜 오겠어? 현아는 한참을 망설인 끝에 자리에서 일어섰다.

정말 갔네, 김현아.

태민은 텅 빈 현아의 방을 보니 괜히 서운한 마음이 들었다. 주인을 잃은 방은 한기가 돌았다. 현아가 젖은 머리로 앉아 있던 작은 상으로 다가갔다. 머리를 말려주자 빨갛게 달아올랐던 귓불이 떠올랐다. 태민은 쓸쓸한 마음이 들어 작은 상을 손으로 쓰다듬었다.

그때 상 아래 놓인 노트가 태민의 눈에 띄었다. 손바닥만 한 노트였다. 열어보니 빵 레시피와 그에 관련된 메모들이 빼곡하게 적혀 있었다. 태민은 이걸 적고 있었을 현아의 모습을 떠올리며 미소를 지었다. 아마 눈을 반짝거리며 적었겠지. 현아의 흔적을 보자 그리움이 더 깊어졌다.

태민은 노트를 코트 주머니에 넣고는 바닥에 누웠다. 마치 맞은편에 현아가 잠들어 있기라도 하듯, 팔을 베개 삼아 기댔다. 잠든 모습이 보이는 것 같은 착각이 들었다. 꼭 감은 두 눈, 살짝 벌어진 입술, 쌔근거리는 숨소리⋯. 태민은 현아를 그리며 잠시 눈을 감았다.

현아는 집 앞에 도착했지만, 곧장 안으로 들어가지 않고 혹시나 하는 마음에 태민의 차가 있는지부터 살폈다. 호텔 앞에서 자신을 태웠던 검은 고급 세단은 보이지 않았다. 그래, 호텔 두고 이런 데 올 리가 없지. 현아는 속으로 그렇게 말하면서도 사실 조금 실망했다는 사실을 인정했다.

별 생각 없이 현관문을 휙 열고 집으로 들어섰다. 그리고 익숙하게 부엌 겸 거실의 조명을 켜고 신을 벗으려는데, 남자 구두가 보였다. 순간 현아는 심장이 쿵, 내려앉았다. 어떡해? 안에 태민 씨 있나 봐! 현아는 당황해서 어찌할 바를 몰랐다.

일단 나가자! 현아는 조심스레 조명을 끄고 문고리를 잡아 문을 열었다. 그때였다.

"냉정하게 나갈 때는 언제고, 여긴 왜 온 거지?"

등 뒤에서 냉랭한 태민의 목소리가 들려왔다. 나가려던 현아는 망부석처럼 현관문 앞에 굳어버렸다.

태민이 성큼성큼 다가와 불을 켜자 현아는 열었던 문을 닫고 어색하게 웃으며 돌아섰다. 팔짱을 낀 채 서늘한 눈빛을 내뿜는 그의 시선과 마주하자 민망함은 둘째 치고 당황스러웠다.

"그게… 놓고 간 물건이 있어서요."

현아가 머뭇거리며 말하자 태민이 냉정한 목소리로 대답했다.

"놓고 간 거라니? 버리고 간 거 아닌가? 사람 마음도 버렸는데 물건쯤은 아주 쉽게 버릴 수 있지 않아?"

태민의 말이 비수가 되어 현아의 심장에 박혔다. 현아는 왈칵 눈물이 쏟아질 것만 같아 고개를 숙였다.

"이미 왔는데 내쫓을 수는 없지. 대신 얼른 찾아서 나가."

"미안해요, 금방 나갈게요."

대답하는 목소리가 떨렸다. 현아는 고개를 숙인 채 태민을 지나쳐 방으로 들어갔다.

태민은 문턱에 기대어 서서 말없이 지켜볼 뿐이었다. 그의 차가운 표정과 말투를 견디기 힘들어 얼른 이 집에서 나가고 싶었다. 하지만 아무리 찾아도 노트가 보이지 않았다.

"저기… 노트 하나 못 봤어요?"

현아는 혹시나 하는 마음에 용기를 내어 물었다.

"이걸 말하는 건가?"

태민은 태연하게 코트 주머니에서 노트를 꺼내 들었다. 현아는 애타게 찾던 노트를 보고는 반가운 마음에 얼른 손을 뻗었다.

"네, 맞아요!"

노트를 붙잡으려 하자 태민이 얼른 손을 높이 올렸다. 현아는 황당한 얼굴로 보았다.

"버리고 가놓고는."

이제 와 왜 찾아? 나는 그렇게 밀어놓고 이건 왜 그렇게 애타게 찾아? 태민은 원망 가득한 눈으로 현아를 보았다. 그 눈빛에 가슴이 먹먹해진 현아는 뭐라고 말을 할 수가 없었다. 태민은 다시 입을 꾹 닫은 현아를 보고 말을 돌렸다.

"내가 이걸 주면, 당신은 내게 뭘 줄 거지?"

태민이 노트를 스르륵 넘겨보며 물었다. 현아는 자꾸만 못되게 구는 게 미워 까칠하게 대답했다.

"내가 내걸 돌려받는데 왜 뭘 줘야 하는 거죠?"

"그래, 돌려받기 싫음 말아."

태민이 노트를 주머니에 넣고 돌아서자 현아는 마음이 다급해졌다.

"잠깐만요."

잠시 망설이던 현아가 태민을 불러 세웠다. 태민은 뒤돌아보지 않은 채 멈춰 섰다.

"뭘 해주면 되는데요?"

태민은 그제야 천천히 뒤돌아섰다.

"글쎄, 당신이 뭘 해줄 수 있을까?"

태민이 도발하듯 물었다. 차갑지만 매혹적인 그의 눈빛에 현아는 자신이 위험한 거래를 하는 건지도 모른다는 느낌이 들었다. 현아가 곤란한 표정을 짓자 태민이 어이없다는 듯 피식, 웃었다.

"그 표정은 뭐지? 대체 지금 무슨 생각하는 거야? 이것 봐, 김현아 씨. 나 싫다고 떠난 여자, 나도 이제 싫어. 당신이 생각하는 그런 일은 절대 없을 테니, 그런 표정 짓지 마. 아주 불쾌하니까."

"네, 그거 참 다행이네요."

태민이 웃음기를 싹 지우고 말했다. 현아는 괜히 분한 마음이 들었다. 그래서 까칠하게 되받아쳤다. 하지만 오히려 그런 자신의 반응을 그는 즐기는 듯 보였다.

"이 노트를 주는 대신, 내 부탁 하나 들어줘. 그리 어려운 부탁은 아닐 테니 걱정 마."

현아는 잠시 고민에 빠졌다. 그가 어떤 부탁을 할지 감이 잡히지 않았다. 그런데 덥석 하겠다고 했다가는….

"받기 싫음 말든가."

태민은 현아의 흔들리는 것을 눈치 채고 노트를 집어넣으려 했다. 그때, 현아가 노트 끝을 꽉 붙잡았다.

"좋아요, 할게요. 딱 하나만이에요."

"그래."

태민이 손을 놓자 현아가 잽싸게 노트를 뺏어들었다.

"그럼 난 이만 가볼게요."

인사를 하고 현관으로 가는데, 태민이 따라 나왔다. 현아가 걸음을 멈추고 뒤돌아보며 물었다.

"이태민 씨는 왜 나와요?"

태민이 어이없다는 표정을 지었다.

"나가든 말든 당신이 무슨 상관이지? 궁금하다면 말해주지. 난 호텔로 가려던 참이야."

"아…."

현아는 얼굴을 붉히며 집을 빠져나왔다. 그 뒤를 태민이 따라 나왔다. 문이 닫히는 소리가 들리고 구두 소리가 들렸다. 현아는 자신을 따라오는 발소리 때문에 걸음걸이가 신경 쓰였다.

그때, 태민의 손이 현아의 어깨를 잡았다. 현아는 전류가 흐르는 듯 강렬한 느낌에 놀라 뒤돌아보았다.

"얼른 안 갈 거면 비켜주지. 나 바빠."

무안한 마음에 비켜서자 태민은 무심하게 현아를 지나쳐 앞서 걸었다. 현아는 천천히 태민의 뒤를 따랐다.

동그란 뒤통수와 넓은 어깨, 한때는 내 것이었는데…. 현아는 태민의 뒷모습을 안타까운 표정으로 바라보았다. 김현아, 무슨 생각을 하는 거야! 끝내기로 해놓고는. 현아는 생각을 떨쳐버리려 고 개를 세차게 흔들었다.

태민은 현아가 처음 보는 고급 SUV 차량에 올라탔다. 대체 차가 몇 대나 있는 거야? 현아는 몰래 슬쩍 태민을 보았다. 그는 조금의 주저함도 없이 시동을 걸고는 출발했다.

태민 씨는 이젠 정말 아무렇지 않나 봐. 현아는 쌩하니 자신을 지나쳐 가버리는 차를 보며 서운한 마음이 들었다.

"일단은 이 레시피를 기본으로 반죽을 만들되 재료에 변화를 줘 보자고. 그리고 효모종 조합은 이것 말고도 다른 비율로도 해 보는 걸로 하고."

"네, 알겠습니다."

주방장이 레시피를 보고 흡족해하자 기분이 좋아진 현아가 큰 소리로 대답했다. 깜짝 놀란 주방장이 쳐다보자 현아가 머쓱하게 웃었다.

"그래, 그 기세로 잘해봅시다."

"네, 주방장님."

"효모종은 오후에 만들어보는 걸로 하고… 일단 오전에는 김현 아 씨가 가져온 반죽으로 구워서 맛을 한 번 보자고."

"네, 주방장님."

현아는 신이 나서 대답하고는 테이블로 갔다. 어젯밤 태민과 헤 어지고 돌아온 후 좀처럼 잠이 오지 않아 건조처리 해두었던 효모 종을 되살려 반죽을 해두었다. 그래, 일이나 하자. 일을 하니 허튼 생각도 안 나고 좋네!

현아는 반죽을 밀대로 밀기 시작했다. 노릇노릇한 식빵을 구워 주방장과 함께 맛을 보았다.

효모종의 힘이 약해서 그런가, 현아는 예전만 못하다는 생각이 들었다. 긴장해서 주방장의 표정을 살피는데, 의외의 대답이 돌아왔다.

"괜찮은데? 훨씬 질감이 부드럽네. 향도 좋고."

"새로 만드는 효모종으로 만들면 훨씬 더 맛있어질 겁니다."

속으로는 안도의 한숨을 내쉬었지만, 겉으로는 씩씩하게 대답했다.

"그래, 그렇게 만들어야지. 난 잠시 주방 상황을 살펴야 하니까, 현아 씨가 사장님께 식빵 좀 가져다 드리고 와요."

"네? 제가요?"

지나치게 격한 반응에 주방장이 의아한 표정을 지었다. 현아는 아차 싶어 서둘러 변명했다.

"아니, 그게⋯ 아직 완성 단계도 아닌데 괜찮을까요?"

"괜찮아요. 사장님께서 이번 시그니처 메뉴 개발에 관심이 많으시더라고. 진행 상황 빠짐없이 공유해달라고 말씀하셨으니까 얼른 가져다 드려요. 사장님 피드백 꼭 받아오고."

"네, 알겠습니다."

현아는 대답하기는 했지만 영 내키지가 않았다. 어젯밤 일을 떠올리니 다시 얼굴 보기가 껄끄러웠다. 집을 나왔는데 어째 더 자주 마주치는 거 같지? 절로 한숨이 나왔다. 헤어진 연인의 얼굴을 태연하게 마주해야 한다는 게 얼마나 힘든지, 사람들이 왜 사내 연애를 기피하는지 잘 알겠다.

가기 싫다고 안 갈 수도 없는 노릇이라 결국 현아는 식빵을 그릇에 잘 담아 사장실로 향했다. 사장실 앞에는 수석비서와 하은이 나란히 자리를 지키고 있었다.

하은이 먼저 반갑게 손을 흔들었다. 현아도 손을 살짝 들어 보였다. 수석비서가 눈치를 주자 하은이 얼른 표정을 고치고는 진지한 말투로 물었다.

"무슨 일로 오셨나요?"

"사장님께서 시식하실 빵을 가지고 왔습니다."

"잠시만 기다려주세요."

하은이 인터폰으로 사장실을 연결했다.

"사장님, 베이커리 김현아 셰프 왔습니다."

-들어오라고 하세요.

"네."

현아가 사장실 앞에 섰다. 긴장한 탓에 입안이 바싹 말랐다. 조심스럽게 문을 열고 들어서자 태민이 보였다. 확인해야 할 서류들이 많은지 그는 고개만 슬쩍 들어 보고는 다시 시선을 내렸다.

"거기 앉아 잠깐 기다리세요."

소파에 앉아 사장실을 둘러보던 현아의 시선이 태민에게 가 멈췄다. 햇살이 조명처럼 그를 비추고 있었다. 서류를 보느라 살짝 기울인 자세 때문에 날렵한 턱선이 돋보였다.

셔츠 깃 사이로 보이는 흰 목덜미, 반듯한 어깨, 서류를 넘기는 하얀 손가락…. 현아는 잠시 넋을 잃고 감상했다. 정말 멋있다…. 멋있다니? 너 지금 무슨 생각 하는 거야! 현아는 정신을 차리고 고개를 돌렸다.

태민이 서류를 정리하고 소파로 와 앉자 현아가 식빵이 담긴 접시를 내밀었다.

"여기…."

식빵을 작게 떼어 입에 넣자 현아가 긴장한 얼굴로 쳐다보았다. 태민은 일부러 그러는 듯 아주 천천히 빵을 씹었다. 현아는 느릿한 그의 태도에 조바심이 났다. 태민은 빵을 삼키고 나서 현아를 보았다. 반짝반짝 눈을 빛내며 자신을 바라보는 얼굴이 오랜만이라 반가운 마음이 들었다.

"맛있네요."

긍정적인 대답에 현아의 얼굴이 순식간에 환해졌다. 태민은 살짝 기분이 상했다. 그렇게 싸늘하게 굴 때는 언제고 식빵 맛있다는 말에 저렇게 좋아할 수 있는 거야?

그때 똑똑, 노크 소리가 들리더니 수석비서가 들어왔다. 그는 태민에게 들고 있던 휴대폰을 건네려다 현아를 보고 곤란한 표정을 지었다. 태민이 의아해하며 물었다.

"뭐지?"

"한국호텔 박세라 부사장님께서 직접 전화를 하셨습니다. 어떻게 할까요?"

현아는 '박세라'라는 이름을 듣자 자신도 모르게 얼굴이 굳어졌다. 박세라? 태민 씨랑 결혼할 여자잖아. 태민은 현아의 굳어진 표정을 보니 기분이 묘했다. 아직 내가 마음에 있긴 한가 보군. 태민은 자신과 세라와의 관계를 드러내는 게 오히려 낫겠다는 생각이 들었다.

"내가 받지."

수석비서가 휴대폰을 건넸다. 순간 현아의 미간이 살짝 구겨졌다. 그래도 한때는 사랑했던 사인데, 그런 내 앞에서 결혼할 여자 전화를 받는다고?

"이만 가보겠습니다."

"아니, 잠시만 기다려요. 할 말이 있으니까."

현아가 일어나려 하자 태민이 막았다. 세라와의 관계가 철저히 사무적이라는 걸 자연스럽게 보여주고 싶었다. 그래서 무표정한 얼굴로 통화를 했다. 하지만 현아는 전혀 그렇게 받아들이지 않았다.

이게 무슨 개매너야? 현아는 저도 모르게 그를 매섭게 노려보았다.

"좋아, 그리로 가지."

태민은 간결하게 통화를 마치고 휴대폰을 수석비서에게 건넸다.

그리고 현아의 얼굴을 살피는데… 예상과 다른 반응에 태민은 난감해졌다. 화가 난 채로 울먹거리는 것만 같은데 참고 있는 게 역력했다. 세상 어려울 게 없는 태민이었지만, 현아는 늘 어려웠다. 어떻게 해서든 이 분위기를 바꿔보려고 다시 화제를 돌렸다.

"이 식빵도 맛있지만, 예전에 먹었던 것보다는 덜 하네요. 왜 그런 겁니까?"

질문을 받자 현아의 표정이 조금 풀렸다.

"발효가 전보다 약해서 그렇습니다."

"왜 전보다 약한 거죠?"

"그게, 당장 쓸 효모종이 없어 전에 건조처리 해두었던 효모종을 써서 그렇습니다."

"개선될 수는 있는 겁니까?"

"네, 개선할 수 있습니다. 현재 효모종을 만들고 있는 중이거든요!"

태민은 만족스러운 표정으로 고개를 끄덕였다.

"그럼, 다음 식빵을 기다리겠습니다. 이만 가보세요."

태민은 소파에서 일어나 책상으로 가 앉았다. 그리고는 더 이상 눈길을 주지 않고 서류를 넘겼다. 화가 나는데 왜 또 이렇게 아쉽지? 현아는 사장실을 나가는 발걸음이 쉽사리 떨어지지 않았다. 현아가 사장실에서 나오는 걸 보고 하은이 얼른 가방을 챙겼다.

"수석님, 저 오늘 따로 점심 먹겠습니다."

하은은 수석비서가 뭐라고 대답도 하기 전에 일어나 현아의 손을 끌고 가버렸다. 수석비서는 황당한 표정으로 둘이 사라진 곳을 보았다.

"아니, 그렇게 볼 때마다 마음이 흔들리는데 정리가 되겠어? 어휴, 너를 어쩌면 좋나?"

하은이 그간의 이야기를 쭉 듣고는 한숨을 내쉬었다. 현아는 아무 말 없이 애꿎은 밥만 젓가락으로 짓이겼다.

"넌 그렇다 치고, 태민 씨는 어때? 그쪽은 이별을 잘 받아들인 거 같아?"

"응, 그런 거 같아."

현아는 조금 서운한 듯 말했다.

"근데, 부탁 들어달라고 했잖아. 그건 어떻게든 빌미를 잡아서 널 보겠다는 거 아냐?"

"아닐 거야. 확실히 마음 정리한 거 같아. 아까 나 사장실 들어 갔을 때, 내 앞에서 그 여자랑 통화했어."

"그 여자면… 박세라? 너 있는데서 그 여자랑 통화를 했다고? 진짜?"

"응."

현아는 애서 태연하게 대답했다. 하은은 놀라 말을 잇지 못했다.

"완전 끝났네, 끝났어. 차라리 잘 됐어. 괜히 마음 흔들리게 달라붙 는 것보다 깨끗하게 정리하는 게 낫지. 너도 얼른 새 남자 만나자."

"새 남자는 무슨. 됐어."

"야, 사랑은 다른 사랑으로 잊는다는 말 못 들어봤어? 요새 내 가 피곤해서 클럽을 자제하고 있었는데, 오늘 밤에 특별히 너를 위해 봉인 해제한다."

현아는 손까지 휘저으며 거절했지만, 하은에게는 전혀 통하지 않았다.

"아냐, 됐어. 나 안 가."

"되긴 뭐가 돼? 넌 무조건 가야 해. 너 만약에 안 가면 이태민한 테 아직 미련 엄청 남았다고 생각할 테니까, 알아서 해."

하은이 눈을 부라리자 현아는 더는 말을 꺼낼 수가 없었다.

"일단은 밥 먹어, 먹고 힘내자."

"부사장님께서 외부 일정이 있으셔서 조금 늦으실 거 같습니다. 잠시만 기다려주십시오."

세라의 비서가 태민에게 양해를 구하고 부사장실로 안내했다.

약속 시간이 5분이나 지났는데도 오지 않자 태민은 아주 불쾌해졌다. 자리에서 일어서려는데, 세라가 문을 열고 들어왔다.

"기다리게 해서 죄송해요. 차가 많이 밀려서요. 한국 교통 상황이 좀… 이해하시죠?"

세라가 예의 그 미소를 지으며 너스레를 떨었다. 태민은 못마땅했지만 이왕 이렇게 온 것 다시 걸음 할 필요 없게 일을 마무리하고 가야겠다고 생각했다.

"제인을 만났다던데?"

태민은 단도직입적으로 물었다. 세라는 바로 대답하지 않고 비서에게 가방과 코트를 벗어 건네곤 한참 여유를 부리다 자리에 앉았다.

"네, 만났죠. 당신이 예상하는 대로 아주 좋은 조건을 제시하더군요. 아마 더 좋은 조건을 제시하기는 힘들 거예요."

"그래서?"

"생각해보겠다고 했죠."

세라는 비서가 내온 차를 음미하며 마시고는 천천히 입을 열었다.

"그에 비해 다니엘이 제시하는 조건이 한참 달리긴 하지만… 룩 그룹의 안주인이이라는 조건이 추가된다면 기꺼이 당신 편을 들어드리죠. 전 명예를 중시하는 사람이니까."

세라의 입가에 여유로운 미소가 물렸다.

"그래? 하지만 그건 안 돼. 다른 조건을 준비해오지."

태민은 어이가 없었지만 차분하게 대답하고, 자리에서 일어났다.

"아마, 제인 쪽보다 더 좋은 조건을 제시하기는 힘들 거예요. 결혼, 간단하고 명확하지 않아요?"

"안타깝게도 결혼을 선택하는 일은 절대 없을 거야."

"혹시 여자 있어요?"

세라는 그의 반응을 이해하기 어렵다는 듯 날카롭게 되물었다. 하지만 대답은 들을 수 없었다.

"이 세계 사람들, 애인 한둘 두는 것쯤은 예사로워요. 그리 흠도 아니죠. 여자 있으면 만나요. 난 괜찮으니까. 대신 내가 룩의 안주인이 될 수 있게만 해주면 돼요."

세라는 대수롭지 않게 말하며 차를 마셨다.

"본인을 위해서라도 다른 조건을 찾아보는 게 좋을 거야."

태민은 냉담한 표정으로 충고하고 서둘러 부사장실을 나갔다. 그가 나가자마자 세라는 찻잔을 세게 내려놓았다. 안에서 큰 소리가 나자 비서가 급하게 들어갔다.

"다니엘 사장이 만나는 사람 있는지, 있다면 그게 누군지 자세히 좀 알아봐."

세라가 태민의 뒷조사를 지시했다. 대체 어떤 여자를 만나기에 자신을 이런 식으로 대하는지 궁금해졌다.

11화

현아는 하은의 손에 이끌려 클럽 앞까지 오기는 했는데, 마음이 영 내키지 않았다.

"하은아, 나 아무래도 안 되겠어. 그냥 갈래."

"야, 이태민은 너 싹 잊고 결혼할 여자 만나러 갔다며? 이태민은 앞으로 결혼도 하고 애도 낳고 행복하게 잘 살 텐데, 넌? 넌 이태민 못 잊고 평생 그리워하면서 혼자 살다 죽을 거야?"

하은이 현아를 도발했다. 그러게, 이태민은 나 같은 건 신경도 안 쓰고 잘 지내는데, 나만 왜 이렇게 힘들어해? 현아는 갑자기 분한 마음이 들었다.

"아니!"

"그래, 좋아. 들어가자!"

"그까짓 이태민 다 잊어줄 거야."

"그래, 이거야! 렛츠 고!"

현아는 비장한 표정으로 결의를 다지며 하은을 따라 클럽으로 들어갔다.

태민은 차에 타자마자 현아가 잘 퇴근했는지 궁금해 경호원에게 전화를 걸었다. 지난 오토바이 습격 후, 혹시 저 때문에 위험에 빠지진 않을까 걱정되는 마음에 몰래 경호원을 붙여두었다.

"나야, 현아는 무사히 집에 들어갔나?"

-지금 친구분이신 정하은 님과 함께 클럽에 계십니다.

"클럽? 어디야? 위치 전송해."

클럽이라는 말에 부아가 치밀었다. 웬만하면 상황 정리될 때까지 참으려고 했는데. 클럽? 클러업? 태민은 현아가 원하는 대로 거리를 두고 옆에 있는 것만으로도 만족하려고 했다. 하지만 현아가 이런 식으로 나온다면 더는 참지 않고 어떻게 해서든 다시 옆에 두고 말겠다는 의지가 샘솟았다.

현아는 하은을 따라 몸을 움직여봤지만, 쭈뼛거리는 모습이 누가 봐도 클럽에 처음 온 사람 같았다. 신나는 음악 소리에 맞춰 몸을 흔들수록 현아는 기분이 가라앉았다. 하은의 눈치를 살피다 슬쩍 클럽을 빠져나왔다.

"왜 이렇게 빨리 가요? 나랑 더 놀자, 응?"

클럽에서 따라 나온 남자가 손을 잡으며 느끼하게 보챘다. 순간 당황해서 손을 빼려 했지만 남자는 더 세게 현아의 손을 움켜잡으며 능글맞게 웃었다. 짜증이 확 일었다.

이놈, 안 그래도 기분이 더러웠는데 잘 걸렸다! 현아가 가만히 있자 남자가 그럴 줄 알았다는 듯 느긋하게 다가왔다. 현아는 방심한 그 틈을 노려 자세를 잡고 남자의 팔을 당기면서 메쳤다. 그런데 높은 힐 때문인지 메치는 순간 무게중심을 잃고 흔들렸다. 그러자 남자의 몸이 넘어가지 않고 현아의 등 뒤에 업혀진 꼴이 됐다.

"아씨, 별 거지 같은 게."

남자가 욕지거리를 내뱉었다.

큰일 났다! 등 뒤에서 느껴지는 위험한 기운에 현아는 당겼던 손을 얼른 놓고 뒤로 밀었다. 재빨리 도망가려고 걸음을 내딛는데, 남자가 매서운 손길로 어깨를 붙잡았다.

"이게, 어딜 가?"

현아는 눈을 질끈 감았다.

그때였다.

"그 손 놓고 말해."

이 목소리는?

낯익은 목소리에 감았던 눈을 뜨니, 태민이 눈앞에 서 있었다. 현아는 너무 반가워 하마터면 눈물이 나올 뻔했다.

"이제 괜찮아."

태민은 겁에 질린 현아를 안심시키려는 듯 미소를 지어보이며 말했다. 그리곤 자연스럽게 현아를 당겨 등 뒤로 숨겼다. 남자가 잔뜩 성이 난 얼굴로 소리를 질렀다.

"야, 이 새끼야! 너 뭐야? 니가 뭔데 껴들어?"

"나? 이 여자 남자."

태민은 아주 차분하게 대답했다. 남자는 열이 바짝 올랐다.

"그래? 잘됐네. 내가 저 여자한테 당한 게 있는데, 니가 대신 맞아주면 되겠다."

남자가 거칠게 태민의 멱살을 잡았다. 태민이 피식 웃더니 남자의 손목을 잡았다. 그리고 순식간에 손목을 꺾었다. 아아악! 남자가 고통에 소리를 질러댔다.

"으아아악, 잘못했어요. 살려주세요, 제발… 아악."

남자가 한쪽 팔을 휘저으며 애원했다. 그제야 태민은 남자의 손을 풀어주었다. 그는 다시 잡히기라도 할까 봐 멀찌감치 떨어졌다. 부어오른 손목을 감싸 쥐고는 다시 덤빌 듯 노려보았다.

"덤비려면 덤벼. 이번에는 다른 걸 꺾어줄 테니까."

태민은 빈정거리듯 말했다. 남자는 상대가 안 된다는 걸 느꼈는지 결국 뒷걸음질 쳐 사라졌다.

"괜찮아?"

태민은 현아를 돌아보며 걱정스레 물었다. 현아는 구해줘서 고맙다는 말을 하고 싶었지만 엉뚱하게도 다른 말이 불쑥 튀어나왔다.

"이태민 씨가 여긴 왜 있어요?"

"그러는 당신은? 왜 여기 있는 거지? 클럽이라도 다녀오는 건가?"

현아가 따지듯 묻자 태민도 퉁명스럽게 되물었다.

"당신이란 여자, 정말 대단하군. 나한테 헤어지자고 말한 지 얼마나 됐다고 이런 델 오는 거지?"

"아니, 그런 게 아니라…."

태민의 추궁에 현아는 순간 죄 지은 것 마냥 뜨끔해서 변명을 떠올렸다. 그러다 문득 억울한 마음이 들었다. 내가 왜 이렇게 잘못한 사람처럼 굴어야 해? 현아는 일부러 태민을 노려보며 쏘아붙였다.

"그러는 당신은, 결혼할 여자도 있으면서 이 여자 남자? 그런 말은 왜 해요?"

"그 여자랑 결혼 안 한다고 이미 여러 번 말한 거 같은데?"

"말은 누가 못 해요? 나도 말로는 이태민 씨 옛날 옛적에 다 잊었거든요!"

"그래? 그렇단 말이지?"

태민은 현아의 말에 웃음이 새어나오려는 걸 겨우 참으며 대꾸했다.

아니, 난 심각한데 왜 웃는 거야? 내 말이 우스워?

현아는 방금 자신이 내뱉은 말을 곰곰이 되짚어봤다. 헐, 나 지금 아직 못 잊었다고 고백한 거야? 실수를 깨닫자 현아의 얼굴이 새빨갛게 달아올랐다.

"아니, 그게 아니라…"

"변명할 필요 없어. 당연하잖아. 이렇게나 매력적인 남자를 잊을 수 없는 게 당연하지. 당신 마음 충분히 이해해."

뒤늦게 변명을 해보려 애썼지만 태민은 제대로 꼬투리를 잡았다는 듯 놀려댔다.

"그래요! 아직까지 이태민 씨 못 잊은 건 사실이에요. 근데, 이제 곧 다 잊을 거거든요! 나, 한다면 하는 사람이에요."

현아는 절대 밀리지 않겠다는 마음에 표독스럽게 쏘아붙였다. 그러자 순간 태민이 슬픈 표정을 지었다. 그 얼굴을 보자 괜히 심장이 저릿하게 아파왔다. 현아의 흔들리는 눈빛을 알아차린 태민은 이때다 싶어 틈을 파고들었다.

"난 당신이랑 헤어진 적 없어, 놓아줄 생각도 없고. 그냥 당신이 너무 힘들어하니까 잠시 원하는 대로 거리를 둔 것뿐이야. 당신이 차분하게 내 말을 들어줄 때까지 기다리려고 했어. 그런데… 이제 더는 못 기다려."

금방이라도 눈물을 뚝뚝 흘릴 것 같은 태민의 눈을 보자 현아는 그를 따뜻하게 안아주고 싶은 마음이 들었다.

안 돼! 지금도 이별하기가 이렇게나 힘든데, 앞으로 어쩌려고 그래? 나중에 못 헤어지겠다고 울고불고 추하게 매달리지 않으려면 이쯤 하자.

"그만 가볼게요."

"김현아, 또 밀어내지?"

태민이 재빠르게 손을 잡아 세우며 말했다.

"그래, 당신은 그렇게 계속 밀어내. 난 그래도 당신 옆에 있을 거니까."

태민은 시선을 맞추고 흔들림 없는 눈빛으로 말했다. 확고한 그의 마음이 그대로 와 닿았다. 현아는 애써 시선을 피하며 손을 뺐다.

"가야겠어요."

"데려다 줄게."

"아뇨, 혼자 갈 수 있어요."

현아가 단호하게 말했다.

"당신이 내게 특별하기 때문에 데려다주고 싶은 게 내 진짜 마음이지만. 지금은 그 마음을 숨기고, 이렇게 말할게."

현아는 저도 모르게 대답을 기다리듯 태민을 바라보았다.

"당신이 내게 특별해서 데려다 준다는 거 아니야. 당신이 룩 직원이라, 그것도 시그니처 메뉴를 개발하는 핵심직원이라 그래. 혹시 당신한테 무슨 일이라도 생기면 나도, 룩도 아주 곤란하니까. 어때? 거절할 이유가 없지?"

회심의 미소를 짓는 태민의 말처럼 현아는 그의 제안을 거절할 수가 없었다.

얄미워, 현아는 태민을 흘겨보았다. 하지만 태민은 아랑곳 않고 차 문을 열어주었다. 현아가 어쩔 수 없다는 듯 올라탔다. 태민은 문을 닫아주고 운전석으로 돌아와 앉았다.

현아는 자꾸만 짧은 치마가 신경 쓰였다. 하은이 억지로 입힌 옷이었다. 서 있을 때도 꽤 짧았는데 앉으니까 쑤욱 위로 올라가서 허벅지의 반 이상이 보였다. 아니, 왜 이렇게 짧아? 현아가 곤란한 얼굴로 자꾸 올라가는 치마 끝을 양손으로 끌어내렸다.

현아의 짧은 치마가 신경 쓰이기는 태민도 마찬가지였다. 신경쓰지 않으려 해도 자꾸만 눈이 뽀얀 허벅지에 가서 멈췄다. 매끄러우면서도 부드러웠던 감촉이 생생하게 떠올랐다. 위험해! 태민은 얼른 제가 입고 있던 재킷을 벗어서 현아의 무릎에 덮어주었다.

"고마워요."

"아니, 내가 참기 힘들어서 그런 거야."

"네?"

참기 힘들어? 뭘? 현아는 그 말뜻을 이해하지 못해 되물었다. 태민은 순진무구한 얼굴을 보고는 나지막하게 한숨을 내쉬었다. 알면서 모르는 척 묻는 것보다 더 나빠, 김현아. 태민은 당장이라도 현아에게 입을 맞추고 싶은 충동을 참으려 퉁명스레 말했다.

"바보."

"네?"

왜 갑자기 바보래?

현아는 살짝 기분이 상해 저도 모르게 입이 비쭉 나왔다. 그때 드르르, 핸드백에 있던 휴대폰이 울렸다. 슬쩍 열어보니 하은에게서 걸려온 전화였다. 현아가 태민의 눈치를 보았다.

"괜찮으니까 받아."

통화 버튼을 누르자마자 하은이 야, 하고 버럭 소리를 질렀다. 현아는 휴대폰을 귀에서 살짝 뗀 채로 전화를 받았다.

-너 지금 어디야?

"미안, 나 먼저 나왔어."

-이게 가면 간다고 말을 해야지, 내가 얼마나 걱정했는지 알아?

"미안, 나와서 문자 한다는 게 깜빡했어."

-그래서, 집이야?

"아니, 가는 중."

-택시 탔어?

"어, 그 비슷한 거 탔어.

-비슷한 거? 야, 너 이상한 사람 차 탄 거 아니지?

"아냐, 걱정 안 해도 돼. 여튼 이따 전화할게. 끊는다."

태민의 차가 동네로 들어서자 아쉬운 마음이 들었다. 어쩌자고 이런 마음이 드는 건지, 현아는 정말 제 속이지만 제 마음대로 되지 않아 답답했다. 차가 원룸 앞에 멈춰 섰다.

어? 이태민 씨가 나 이사한 데를 어떻게 알지? 현아가 의문이 가득한 눈으로 태민을 쳐다보았다.

"당신이 어디 사는지도 모를까 봐?"

현아는 잠시 그를 흘겨보았다.

"싫다는 거, 당신이 억지로 데려다 준 거니까 고맙단 말은 안 할 거예요. 잘 가요."

현아가 차 문을 닫으려다 말고 말했다.

"아까 구해준 건 고마워요."

현아는 괜히 쑥스러워 말이 끝나기도 전에 탁, 하고 문을 닫았다. 그냥 가려고 했는데 안 되겠네. 문이 열리는 소리에 현아가 돌아보자 태민도 차에서 내렸다.

"안 가요?"

퉁명스러운 말에 태민은 능청스럽게 말을 붙였다.

"고마움의 표시로 차 한 잔 정돈 줄 수 있잖아?"

"네?"

"차 없으면 물이라도 한 잔 주는 게 사람 도리지."

현아는 말문이 막혔다.

"실은 다 핑계고, 당신이랑 더 있고 싶어서 그래. 그런데 당신을 보니 지금은 때가 아닌 것 같네."

달콤한 말에 현아는 심장이 두근거렸다. 하지만 들키고 싶지 않아 찌푸린 미간에 좀 더 힘을 줬다. 태민이 한 걸음씩 다가오는데, 움직일 수가 없었다. 마침내 숨결이 느껴질 정도까지 다가왔다. 현아의 눈이 더 커질 수 없을 만큼 동그래졌다.

"인상 쓰지 마. 못생겨지니까."

태민이 손을 들어 현아의 미간을 살포시 눌렀다. 그의 손끝이 닿았던 이마가 불에 덴 것처럼 뜨거워졌다.

"안녕히 가세요."

현아는 붉어진 얼굴을 숨기기 위해 고개를 푹 숙인 채로 원룸을 향해 뛰어 들어갔다. 현아는 참았던 숨을 몰아쉬며 엘리베이터에 올라탔다. 정말 위험했어, 까딱했으면 정신 줄 놓을 뻔했다고. 김현아, 정신 바짝 차려야 해!

현아는 출근하자마자 호텔 행사 준비로 바빴다. 오후에 룩 그룹의 글로벌 기업 책임 프로그램인 룩 투 월드의 행사가 예정되어 있었기 때문이다. 아이들을 초대해 함께 쿠키를 만드는 행사다 보니 테이블마다 재료를 나누어 준비해놓느라 오전을 다 보냈다.

현아는 행사 준비를 마치고 동원과 함께 구내식당으로 향했다. 그곳에서 마침 식사를 하고 있던 하은을 만났다. 현아는 하은의 옆자리에 앉고 동원은 맞은편에 앉았다. 현아는 어지간히 배가 고팠는지 말도 없이 허겁지겁 밥을 먹었다.

하은이 옆구리를 찔러대며 눈치를 줘보지만 현아는 꿈쩍도 않았다. 고개를 절레절레 흔들며 동원을 보는데, 거의 아빠 같은 미소가 담긴 표정이었다. 하은은 그 눈빛의 은밀한 뜻을 알아채고는 씩, 미소를 지었다.

"선배, 현아 얘가 얼마나 의리가 없는지 알아요?"

"응?"

동원이 궁금한 듯 하은을 보았다. 현아도 밥을 먹다 말고 하은을 쳐다보았다.

"야, 뭔 소리를 할라 그래?"

"아니 글쎄, 어제 얘랑 클럽에 갔는데, 중간에 말도 없이 쏙 빠져나간 거 있죠."

"클럽? 현아 남자 친구는 이해심이 많은가 보네."

동원이 씁쓸하게 웃으며 말했다. 그러자 하은이 이때다 싶어 냉큼 입을 열었다.

"선배! 현아, 얘, 남자 친구 없어요."

동원이 놀란 듯 현아를 보았다. 현아는 동원이 바라보자 당황해서 하은을 째려보았다.

"야!"

"잠시 있긴 했는데 헤어졌어요."

하은의 입을 막으려 애써보지만, 현아의 손을 걷어내며 재빠르게 말했다. 동원의 얼굴에 묘한 미소가 떠올랐다가 사라졌다. 하은은 흐뭇하게 그런 동원을 바라보았다.

"그런 걸 왜 얘기해?"

"이렇게 동네방네 알려야 잊기 쉬워지는 거야."

룩 투 월드 행사에서는 룩 호텔 임직원들이 각각 아이들과 짝을 이루어 베이킹을 진행할 예정이었다. 룩 베이커리의 주방장은 앞에서 시범을 보이고, 동원과 현아는 행사장을 돌아다니며 도움이 필요한 테이블을 봐주기로 했다.

하은의 말에 따르면 사장인 태민은 외부 일정이 있어 행사에 참석하지 못할 거라고 했다. 현아는 그 말을 듣고 다행이다 싶었다. 잊겠다는 다짐과는 달리 태민만 보면 자꾸만 떨리는 증상이 더 심해지는 것 같았기 때문이다.

행사 시간이 다가오자 아이들이 행사장으로 들어왔다. 어, 낯이 익은데. 멀리서 아이들을 얼핏 보고는 한달음에 다가갔다. 가게 할 때 식빵을 가끔 가져다주었던 사랑의 집 아이들이었다. 현아와 아이들은 서로를 알아보고는 반갑게 인사를 나누었다.

"쿠키 만들려면 얼른 가서 앞치마 입고 손 씻어야지."

아이들을 뒤따라 들어오던 수녀님이 한마디 하자 아이들이 현아에게서 떨어져 행사 테이블로 갔다. 수녀님이 그제야 현아의 손을 붙들며 반가워했다.

"수녀님!"

"여기서 다 만나네. 잘 있었어?"

"네, 수녀님도 그 동안 잘 계셨죠?"

"나야 잘 지내지. 그런데 가게는 왜 그렇게 갑자기 닫았어? 얼마나 걱정했게."

"…어쩌다 보니 그렇게 됐어요."

그때, 누군가 불쑥 끼어들었다.

"오랜만입니다."

태민이 어느새 나타나 현아 옆에 턱 서서는 수녀님에게 인사를 건넸다. 오늘 참석 못 한다고 했는데… 왜 여기 있는 거지? 현아는 깜짝 놀란 표정으로 태민을 보았다.

쿵쿵쿵, 심장이 또다시 심하게 뜀박질을 해댔다.

"어머, 그때 그… 남자 친구 맞죠?"

수녀는 태민을 한 번에 알아보고는 아는 체를 했다.

헐!

현아는 수녀님의 말에 심장이 철렁했다. 혹시라도 들은 사람이 있을까 재빠르게 주위를 둘러보았다.

"아, 아니에요, 수녀님. 이분은 룩 호텔 사장님이세요."

"뭐? 그래? 아휴, 죄송합니다. 아는 사람이랑 착각했네요."

현아가 서둘러 정정해주자 수녀님이 당황하며 태민에게 사과했다.

"아닙니다. 그때 그 남자 친구가 맞습니다."

태민은 정중하게 말했다. 그의 반듯한 표정에 수녀님도 덩달아 미소를 지었다. 두 사람과는 달리 현아의 얼굴은 하얗게 질렸다.

"그렇죠? 그때 그 같이 산다던?"

"네, 지금은 잠시 떨어져 지내고 있긴 하지만, 맞습니다."

"내가 깜빡깜빡하는 게 많아지긴 했어도, 사람 얼굴은 잘 기억한다니까."

수녀님은 자신의 기억력이 건재하다는 사실이 만족스러운 모양이었다. 현아는 둘의 대화를 누가 듣기라도 할까, 내내 주위를 살폈다.

아니, 이태민 씨는 이렇게 회사 사람들이 많이 있는 곳에서 이런 얘길 꺼내면 어떡해? 대체 어쩌려고? 현아는 주위에 아무도 없는 걸 확인했다. 그리곤 태민의 팔을 잡아끌어 귓속말을 했다.

"대체 무슨 생각이에요?"

현아는 화를 최대한 억눌러 작게 말했다.

태민이 가까이 오라는 듯 손가락을 까딱였다. 현아는 일단 이유는 들어야겠다 싶어서 귀를 내밀었다. 그러자 태민이 부드럽게 귓가에 속삭였다.

"무슨 생각이긴, 김현아가 나한테서 도망 못 가게 여기저기 그물 치는 거야. 마음 같아서는 저 앞에 나가서 '김현아는 내 여자다' 하고 싶은데, 이 정도로 참는 거야."

뭐래? 현아가 황당하다는 듯 보자 태민은 여전히 온화한 표정이었다. 그리고 그런 두 사람을 수녀님은 아주 흐뭇하게 바라보았다.

"이제 곧, 룩 투 월드, 사랑의 쿠키 만들기 행사가 시작될 예정이오니 행사에 참여하시는 임직원분들과 어린이 여러분은 각자 안내 받은 자리에 앉아주시기 바랍니다."

행사장 스피커로 사회자의 안내방송이 흘러나왔다.

"전 이만 자리로 가봐야겠네요."

"네, 네. 얼른 가보세요."

태민은 양해를 구하고 먼저 자리를 떴다. 그가 저만치 가자 수녀님이 현아에게 대뜸 물었다.

"싸웠어?"

"네? 그게…."

현아는 뭐라고 대답하기가 어려웠다. 싸운 게 아니라 헤어졌는데, 저 남자는 헤어진 게 아니라고 생각하는 상황이에요, 하고 말할 수도 없고. 현아가 머뭇거리자 수녀님은 빙그레 웃었다.

"그러지 말고 그만 화해해. 사랑만 하기에도 시간이 모자라는데, 다투고 미워하고 그럴 새가 어딨어? 그러니까 얼른 화해하고 사랑만 해."

수녀님은 현아의 등을 토닥이며 다정하게 말했다. 현아는 수녀님의 말에 심장이 욱신거렸다. 사랑만 하기에도 모자란 시간에 나는…. 현아는 머릿속이 복잡했다. 그때, 멀리서 동원이 현아를 찾는지 행사장을 살피는 게 보였다.

"저도 가봐야 할 거 같아요."

"그래, 얼른 가봐. 난 여기서 볼게."

"반갑습니다, 여러분. 저는 룩 호텔의 룩 베이커리 주방장 이순학입니다."

주방장의 인사로 쿠키 만들기 행사가 시작되었다. 그가 서 있는 테이블 맞은편으로 15개 정도의 테이블이 자리했다. 그리고 그중 앞줄 가운데 테이블에 태민과 열 살쯤 되어 보이는 소년이 서 있었다.

"각자 옆에 앉은 사람이 오늘 쿠키 짝꿍이에요. 두 사람이 함께 힘을 모아 맛있는 쿠키를 만들어볼 거예요. 혹시나 잘 안 되면, 자리에서 손만 들어주세요. 그러면 앞에 셰프님들이 도와주실 거예요."

주방장은 왼쪽의 현아와 동원을 가리켰다. 둘은 맞은편 사람들에게 웃으며 인사했다.

"그럼 다들 시작해볼까요?"

주방장이 묻자, 아이들과 임직원이 네, 하고 우렁차게 대답했다.

"먼저, 이 큰 그릇 보이죠? 여기 앞에 놓인 재료들을 차근차근 넣어봅시다."

주방장이 보울을 들어 보이고는 그 안에 재료들을 하나둘 넣기 시작했다. 아주 간단한 작업이었지만 모두 진지하게 따라했다. 사람들의 신경이 주방장에게 쏠리자 동원은 현아에게 좀 더 가까이 다가섰다.

"언제 헤어진 거야? 너 엄청 아팠던 그때야?"

동원은 현아에게만 들리게 작은 목소리로 물어왔다. 현아는 느닷없는 질문에 놀라긴 했지만 조심스럽게 입을 열었다.

"선배, 저 헤어지긴 했지만 그 사람 정말 많이 좋아했어요. 그래서 지금도 많이 힘들어요. 미안해요."

현아는 고개가 저절로 숙여졌다.

"그래, 니 마음 편해지면 그때 다시 얘기하자."

동원은 애써 웃으며 말했다.

무슨 말을 하길래 고개를 숙여? 그리고 저 자식, 또 왜 웃어? 태민은 현아와 동원이 같이 있는 게 영 못마땅했다.

"아저씨, 달걀요. 달걀, 넣어야 해요."

소년이 재촉하는 통에 태민은 시선을 거두었다. 그가 멀쩡하게 들고 있던 달걀이 갑자기 미끄러져 바닥에 떨어졌다. 퍽, 소리에 현아가 태민의 테이블을 보았다.

"달걀이 생각보다 미끄럽네."

"아저씨, 그걸 떨어뜨리면 어떡해요? 어휴, 정말."

소년이 눈을 동그랗게 뜨고는 태민을 나무랐다. 그리고는 몸을 숙여 흩어진 달걀 껍질을 주웠다. 태민도 소년을 도와 바닥을 닦아내며 슬며시 말을 걸었다.

"이봐, 친구. 친구는 딱 봐도 멋있는 게 여자들에게 인기도 많을 거 같군."

"네, 제가 좀 그런 편이긴 하죠."

태민이 살짝 추켜세우자 소년은 어깨를 으쓱거리며 대답했다.

"그래서 말인데, 나 좀 도와주지 않을래?"

"네?"

소년이 바닥을 닦다 말고 쳐다보자 태민이 귀에다 소곤거렸다.

"실은, 아저씨랑 저 누나랑 사귀는 사인데, 지금 싸워서 나랑 말도 안 하려고 그래."

"어휴, 어른이 돼가지고는 싸우기나 하고. 어쩔 수 없죠, 뭐. 제가 도와드릴게요."

소년이 저만 믿으라는 듯 어깨를 으쓱거렸다. 그러더니 손을 번쩍 들어 현아를 보았다.

현아는 태민의 테이블이라 가기가 좀 꺼려졌다. 하지만 소년이 빤히 보고 있어 피할 수도 없었다.

"달걀을 떨어뜨렸어요."

"아, 가져다줄게요."

현아는 상냥하게 대답하고는 달걀을 가져와 소년에게 내밀었다. 그러자 소년 대신 태민이 두 손으로 현아의 손을 살포시 포개어 감싸며 달걀을 받았다. 현아는 그의 손가락이 제 손을 간지럽게 쓸어내리자 저도 모르게 얼굴이 붉어졌다.

"또 떨어뜨릴까 봐 조심하는 겁니다."

현아는 사람들 앞이라 차마 뭐라 말은 못하고 그저 노려만 보다 돌아섰다. 얼마 지나지 않아 소년이 또다시 손을 들었다.

"이 정도로 섞으면 될까요?"

현아가 테이블로 오자 소년은 태민이 든 보울을 가리키며 물었다. 밀가루도, 달걀도 제대로 풀리지가 않은 상태였다.

"아직 덜 섞였네요. 좀 더 섞어야 할 거 같은데."

태민은 주걱으로 재료들을 건성건성 저었다. 현아는 답답해졌다.

"아니, 그렇게 말고, 이렇게."

현아는 저도 모르게 태민의 손을 잡아 재료를 섞어 보였다. 태민이 그윽한 눈빛으로 현아를 보았다. 현아는 문득 느껴지는 시선에 고개를 들었다. 그와 눈이 마주치자 화들짝 손을 떼어냈다.

"어떻게 하는지, 알겠죠?"

"네."

소년이 고개를 끄덕이며 대답했다. 현아가 제자리로 돌아가자 태민과 소년은 테이블 밑에서 서로 손바닥을 마주쳤다.

"이렇게 반죽이 완성되면, 이제 냉장고에 넣어 잠시 숙성을 시킬 거예요. 더 맛있어지라고 반죽을 재우는 거예요, 쿨쿨."

주방장의 설명에 사람들이 웃었다. 주방장은 냉장고 앞에 선 동원을 가리켰다.

"저기 냉장고 앞에 있는 셰프님들께 반죽을 맡겨주세요."

사람들이 하나둘 자리에서 일어나 동원을 향해 갔다. 주방장은 사회자에게 귓속말을 건네고는 행사장을 빠져나갔다. 사회자는 사람들이 다시 돌아와 앉자 진행을 이어갔다.

"그럼 반죽이 잠시 자는 동안 우리끼리 재미있게 이야기를 나눠볼까요? 혹시 하고 싶은 이야기가 있다 하는 친구? 재미있는 이야기를 안다? 노래를 잘한다? 춤을 잘 춘다?"

소년은 태민과 은근히 눈빛을 주고받더니 손을 번쩍 들었다.

"우리 친구는 무슨 이야기가 하고 싶어요?"

사회자가 소년에게 마이크를 건넸다. 행사장의 모든 시선이 소년에게로 쏠렸다.

"얼마 전에 친구랑 오해가 생겨 다퉜어요. 화해하고 싶은데 친구가 내 말을 들으려고도 안 해요. 전 정말 화해하고 싶은데 어떻게 해야 할지 모르겠어요."

"아, 그렇군요. 이 친구의 고민에 대답해주실 분 있을까요?"

사회자가 둘러보며 물었다. 그때 소년이 사회자의 옷소매를 잡아 당겼다. 왜 그러냐는 듯 보자 소년이 현아를 가리켰다.

"저 셰프님이 대답해주시면 좋을 거 같아요."

"그래요, 그럼. 셰프님이 어떤 방법을 말해주실까 들어볼까요?"

사회자는 당황해 얼어 있는 현아에게 마이크를 건넸다.

현아는 모두 자신만 쳐다보는 것 같아 쉽사리 말이 나오지 않았다.

"음, 오늘 만든 쿠키를 전해주면서 이야기를 해보는 건 어떨까요? 내가 만든 거야, 하고 말하며 쿠키를 건네면 친구가 깜짝 놀라면서도 아주 기뻐할 거 같아요."

"좋아할까요?"

"분명 좋아할 거예요. 정성을 가득 담아 만들었으니까."

"정말이죠?"

"그럼요, 내가 보장할게요."

소년은 그제야 만족한 듯 자리에 앉으며 의기양양한 얼굴로 태민을 보았다.

태민은 엄지를 번쩍 세워 보이고는 잘했다는 듯 등을 두드려주었다.

현아는 둘이 하는 짓을 지켜보며 왠지 찜찜한 기분이 들었다.

주방장이 행사장으로 돌아오자 쿠키 만들기가 다시 시작되었다. 먼저 숙성시킨 반죽을 꺼내 도마 위에서 밀대로 얇게 밀었다. 원하는 모양의 틀로 꾹 눌러준 다음 주걱으로 떼어내 유선지 위에 올렸다. 그리고 예열된 오븐에 넣었다. 얼마 지나지 않아 맛있는 냄새가 행사장에 풍겼다. 노릇노릇하게 다 구워진 쿠키들이 오븐에서 나왔다. 태민과 소년도 봉지에 하나씩 쿠키를 담았다.

"전 하나면 돼요. 나머지는 아저씨 가지세요."

소년은 열 개 정도 되는 쿠키 중 하나만 가지고 나머지는 상자에 담아 건넸다.

태민이 의아하게 보자 소년이 쓰윽 미소를 지었다.

"꼭 화해하고 사이좋게 지내세요."

"고마워. 너도 아저씨 도움이 필요하면 언제든 말해."

"네."

태민은 소년을 따뜻하게 안아주었다. 현아는 모른 척하며 둘을 훔쳐보았다. 겉은 차가워 보이지만 속은 한없이 따뜻한, 태민의 본래 모습이었다. 현아는 저도 모르게 스르르 입가에 미소가 지어졌다.

쿠키를 만드는 간단한 행사였지만 막상 정리를 하려니 일이 많았다. 현아는 행사장 정리를 끝내고 피곤한 몸으로 탈의실로 돌아왔다. 그래도 사랑의 집 아이들이 기뻐하던 모습을 떠올리면 힘들지만 뿌듯했다.

드르르, 휴대폰을 꺼내보니 태민에게서 온 문자였다.

-내 부탁 들어줘야 하는 거 잊지 않았겠지? 퇴근하면 내 방으로 올라와.

피곤한데…. 현아는 얼른 집에 가서 쉬고 싶었지만 제가 했던 약속인지라 저버릴 수가 없었다. 그래, 어차피 들어줄 부탁, 얼른 들어주고 말자.

현아는 태민이 머무르는 스위트룸으로 올라갔다. VIP 전용 엘리베이터를 타자 왠지 모르게 가슴이 두근거렸다. 엘리베이터는 순식간에 최고층으로 올라가 멈췄다. 문이 열리고 현아는 응접실로 향했다. 지금껏 알고 있던 그런 호텔 객실과는 차원이 달라 감탄사가 절로 나왔다.

응접실에는 은은한 조명이 켜져 있었다. 태민은 보이지 않았다. 천장부터 바닥까지 탁 트인 통 유리창 밖으로 화려한 서울의 야경이 한눈에 들어왔다. 현아는 저도 모르게 창으로 움직였다. 그때였다. 드르르, 태민에게서 다시 문자가 왔다.

-오른쪽에 있는 방에 들어가면 옷이랑 구두 있어. 그걸로 갈아입고 기다려. 같이 갈 데가 있어.

아니, 옷을 왜 갈아입어? 내가 뭐 어때서? 현아는 못마땅한 얼굴로 휴대폰을 넣고는 제 옷차림을 보았다. 스웨터에 골덴 바지, 그 위에 롱 패딩. 이 정도면 깔끔하고 수수하니 나쁘지 않네. 얼마나 좋은 데를 가려고 그래? 현아가 속으로 툴툴거리며 방문을 열었다.

침대 위에 드레스와 하이힐이 놓여 있었다. 드레스는 소매가 없는 스타일의 블랙 미니 드레스였다. 가슴 선을 기준으로 윗부분은 시스루 처리가 되어 있어 섹시한 느낌이 들었다. 허리는 잘록했고 길이는 무릎 살짝 위까지 오는 정도였다.

아니, 이 작은 걸 나더러 입으라고? 현아가 드레스를 들어보고는 한숨을 내쉬었다. 딱 봐도 몸에 꽉 낄 것 같은 기분이 들었다.

아냐, 입기 전에 모르는 거야. 현아는 오기 같은 게 생겨 드레스를 노려보았다. 현아는 후다닥 제 옷을 벗어던지고 드레스를 입기 시작했다. 다리를 넣고 팔을 끼웠다. 그리고 천천히 지퍼를 올렸다. 지퍼는 허리쯤에서 한 번 멈칫했다. 현아는 숨을 참고 지퍼를 위로 올렸다. 그러자 살짝 올라갔다. 옷 한 번 입기가 왜 이렇게 힘드냐?

현아는 지퍼를 브라 끈 아래까지 올리고는 힘이 들어 팔을 내렸다. 팔은 아프고 지퍼를 잘못 올렸다가는 옷이 뜯어질 것 같고. 현아가 다시 힘을 내어 지퍼를 잡았다. 그때였다. 갑자기 지퍼가 쑤욱, 하고 올라갔다.

"고맙습니다."

십년 묵은 체증이라도 내려가는 듯 시원한 기분에 현아는 저도 모르게 인사를 했다. 헐, 누가 올려준 거야? 설마? 현아가 돌아보는데 역시나 태민이 서 있었다.

"뭐, 뭐예요?"

"이미 서로 다 본 사이끼리 새삼 그런 반응은 뭐지?"

태민은 별것 아니라는 듯 심드렁하게 말했다. 하지만 현아는 그렇지가 않았다.

"지금은 그때랑은 다르잖아요!"

"대체 뭐가 다른 거지? 난 당신을 사랑하고, 당신도 아닌 척하지만 날 사랑하는데. 아, 그때보다 조금 더 찐 건가?"

"아, 아니거든요!"

현아가 두 손으로 허리를 둘러 감싸고는 버럭 화를 냈다. 확실히 그때보다 몸무게가 살짝 늘기는 했다. 처음에는 마음고생 하느라 입맛도 없더니만, 이제는 마음이 허해서인지 자꾸만 입에 먹을 걸 넣다 보니 몸무게가 늘었다. 눈썰미는 좋아가지고! 현아가 가자미눈으로 태민을 노려봤다.

"어쨌거나 딱 맞네, 잘 어울려."

그 말에는 살짝 기분이 좋아졌다. 태민은 침대 위에 있던 구두를 들어 현아 앞에 내려놓으며 무릎을 꿇고 앉았다. 그리고는 발을 내어주길 바라는 듯 고개를 들어 올려다보았다.

현아는 왠지 모르게 그때가 떠올랐다. 젖어 있던 발을 닦아주며 구두를 신겨주었던 그날 밤이….

"내가 신을 게요."

"그래."

현아가 고개를 저으며 말하자 태민은 선뜻 알겠다며 일어섰다. 조심스럽게 구두에 발을 넣었다. 구두는 맞춘 것처럼 발에 딱 맞았다. 몇 걸음 걸어보니, 높긴 했지만 발은 편했다.

"예쁘네."

현아는 예쁘다는 칭찬이 부끄러워 얼른 다른 얘길 꺼냈다.

"근데 이렇게 차려입고 어디 가요?"

"나랑 데이트."

현아가 어두운 표정을 지었다. 태민이 피식 웃으며 말을 덧붙였다.

"…라고 말하고 싶지만 당신이 너무 심각해 보이니까, 일하러 간다고 해야겠네."

"네?"

무슨 말도 안 되는 소리야? 현아가 어이없다는 얼굴로 태민을 보았다.

"어쨌거나 오늘 난 당신이 필요하고, 당신은 내 부탁을 들어줄 의무가 있어."

그때 어떤 부탁인지 확실히 정해둘 걸 그랬어. 현아는 왠지 속은 것 같은 기분이 들어 찝찝했지만, 돌이키기에는 이미 늦었다.

"그럼 이만 나가볼까?"

태민이 현아가 입을 하얀색 코트를 들었다. 손을 내밀어 코트를 받으려 했지만, 태민은 고개를 저으며 코트의 목 부분을 들어 보였다. 괜한 일로 힘 빼기 싫어 현아는 순순히 등을 돌려 코트 안으

로 팔을 밀어 넣었다. 태민이 코트를 입으려 돌아선 현아의 머리
끈을 풀었다. 묶여 있던 머리가 차르르 내려오자 현아가 험악한
표정으로 돌아섰다.

"완벽하네."

화사한 미소가 보이자 단번에 화가 누그러진 현아는 이러지도
저러지도 못하고 민망함에 연신 헛기침을 하다 방을 빠져나갔다.

태민의 차가 멈춘 곳은 쇼핑몰과 백화점, 호텔이 연결된 유명한
쇼핑단지의 주차장이었다. 쇼핑뿐만 아니라 영화, 공연 등 문화생
활을 다채롭게 즐길 수 있어 관광객들도 즐겨 찾는 곳이기도 했다.

"다 왔어. 내리지."

"저기, 이태민 씨?"

태민이 차에서 내리다 말고 돌아보았다.

"여긴 왜 왔어요?"

"쇼핑하러."

"아니, 일하러 간다면서요?"

"이거, 일 맞아. 아주 중요한 선택을 내리기 위한 사전 작업."

중요한 선택? 사전 작업? 그게 다 뭔데? 현아는 이게 대체 무슨
말인지 도통 모르겠단 얼굴이었다. 태민은 그런 현아를 사랑스럽
게 보며 말했다.

"오늘 나랑 같이 쇼핑하고 노는 게 내 부탁이야, 당신이 최선을
다해주지 않으면 나도, 룩도 아주 곤란해지니까 잘 부탁해."

쇼핑에 최선을 다하라고? 현아는 아직도 뭐가 뭔지 어리둥절했

다. 하지만 하나는 분명히 알 것 같았다.

"아니, 쇼핑이 그렇게 중요한 일이었으면, 편한 옷을 입게 했어야죠. 이렇게 불편한 차림으로 어떻게 쇼핑에 최선을 다해요? 일부러 이러는 거죠?"

"응, 맞아. 당신한테 그 드레스가 잘 어울릴 거 같았거든."

헐, 이런 뻔뻔한 사람을 봤나? 저렇게 솔직하게 인정을 하니, 달리 할 말이 없었다. 현아는 그저 한숨을 길게 내쉬고 차 문을 열고 내렸다.

하이힐을 신어본 적이 별로 없어 걸음이 영 엉성했다. 현아가 발을 내딛다 무게중심을 잃고 휘청거리자 태민이 어깨를 부드럽게 감싸며 부축해주었다.

"일단 신발부터 사야겠군."

현아는 후다닥 부축해주는 손길을 밀어내고는 비틀거리면서도 성큼성큼 앞서 걸었다. 태민이 풋, 웃음을 참으며 그 뒤를 따랐다.

들어선 곳은 백화점 명품관들이 모인 층이었다. 다른 층에 가려고 스쳐만 가봤지 제대로 구경한 일이 없었던 곳이라 어색했다. 태민은 신발 매장이 보이자 바로 들어갔다.

여기 엄청 비싸 보이는데…. 현아가 머뭇거리며 따라 들어갔다.

"어서 오십시오."

"네, 안녕하세요."

현아와 태민이 매장으로 들어서자 점원들이 정중하게 허리를 숙여 인사 했다. 현아는 자신도 모르게 점원을 따라서 꾸벅 인사를 했다.

"오래 걸어도 편안한 걸로."

태민은 그 말만 하고 매장 한쪽에 마련된 소파에 가 앉았다. 현아도 눈치를 보다 태민을 따라 앉았다. 현아가 앉자마자 점원이 제품을 가져왔다. 그리고는 하얀 장갑을 낀 손으로 슬립온을 들어 보이며 말했다.

"오래 걸어도 편안한 제품으로 3종을 보여드리겠습니다. 먼저 이 슬립온은 체크패턴을 가진 니트 소재라 편안한 착화감을 주는 동시에 내추럴한 멋이 있어 많은 분들이 선호하십니다."

"아, 내추럴한 멋…."

내추럴하겠지만 가격은 안 내추럴하겠지?

현아는 영혼 없이 말하며 고개를 끄덕였다.

점원은 현아의 반응이 썩 좋지 않자 슬립온을 내려놓고 스니커즈를 들었다.

"이 제품은 러닝화 느낌을 살린 스니커즈로, 숨어 있는 2센티를 포함하여 총 5센티의 굽이 있어 여성 고객님들뿐만 아니라 남성 고객님께도 사랑받는 제품입니다. 무엇보다 인체공학적으로 만들어진 안창 때문에 착화감이 좋아 많은 분들이 선호하시는 제품입니다."

"아, 아…."

와, 예쁘다! 순간 현아의 눈이 초롱초롱하게 빛났다. 태민은 심드렁한 척하면서 현아의 반응을 살피고 있었다. 현아는 스니커즈가 마음에 들긴 했지만 가격이 비쌀 것 같아 차마 신어보겠다는 말을 선뜻 못했다. 점원은 미지근한 현아의 반응에 스니커즈를 내려놓고 로퍼를 들었다. 점원은 어떻게 해서든 현아를 만족시켜보 겠다는 듯 의지를 불태웠다.

"이 로퍼는 편안한 착화감을 위해 신축성과 복원력이 뛰어난 터키산 소가죽을 사용하였으며 특수 제작된 '슈퍼 쿠션'을 사용하 여 장시간 신었을 때도 발에 피로감이 덜한 것이 특징입니다."

"하하, 가죽이 참 좋아 보이네요."

터키산 소가죽에 슈퍼 쿠션… 완전 비싸겠네. 현아가 어색하게 웃으며 대답했다. 점원은 자신이 추천한 신발들을 마음에 안 들어 한다 생각했는지, 시무룩한 표정을 지었다.

"마음에 들지 않으시면 다른 걸 가져오겠습니다."

"아, 아뇨. 그게 아니라… 잠시만 혼자 살펴봐도 될까요?"

현아가 다급하게 말했다.

"네, 고객님, 그럼 천천히 살펴보시기 바랍니다. 도움이 필요하 시면 불러주세요."

점원이 상냥하게 대답하며 자리를 피해주었다. 대체 얼마야? 현 아는 제 마음에 쏙 들었던 스니커즈의 가격이 궁금했다. 점원이 저 멀리 있는 걸 확인하고는 가격을 확인했다. 일, 십, 백, 천, 만, 십만, 백만… 백만? 백이십만 원? 이게? 십이만 원이 아니라 백이 십만? 현아는 입이 떡 벌어졌다. 신발 하나에 백만 원이 넘어?

"나가요."

현아가 단호하게 말하며 소파에서 일어났다.

"하나에 백만 원이 넘는 신발이라니, 나랑은 어울리지 않아요. 그만 나가요."

"당신은 어떤 게 어울리는 사람인데?"

"나는요, 육칠만 원짜리 운동화만 신다가 가끔 큰맘 먹고 십만 원짜리 운동화를 사기라도 하면 정말 밑창이 해질 때까지 신는 사람이에요."

덤덤한 어조로 말했지만, 목소리는 젖어 있었다. 현아는 자신이 살던 세상과 태민이 살던 세상이 얼마나 다른지 그리고 그 차이가 얼마나 큰 건지 새삼 깨닫고 이별을 택한 게 잘한 일이라 생각했다.

"당신, 저 스니커즈 마음에 들었잖아. 저거 볼 때 눈이 빛났잖아. 당신은 저게 마음에 들었고, 여기 사주겠다는 사람도 있어. 당신은 그저 저걸 가지면 돼. 그런데 왜 가지지 않고 포기하려고 하는 거지?"

태민이 화가 난 듯 물었다. 스니커즈의 가격을 보자마자 일어서는 현아의 모습이, 자신이 룩 후계자라는 사실을 알게 되자 멀어지려 하는 현아의 모습과 겹쳐 보였다. 그래서 이 상황이 너무나도 짜증이 났다.

"보지 않았다면 모르겠지만 이미 당신은 봐버렸잖아. 이제 뭘 봐도 저것보다 마음에 들 수 없을 텐데, 그냥 대충 만족하며 살 건가? 그게 정말 당신이 원하는 거야?"

태민이 날카로운 말로 현아를 몰아세웠다. 현아는 아무 말도 대꾸할 수가 없었다. 태민의 말이 너무도 맞는 말이었기 때문이다. 앞으로 어떤 신을 봐도 저것만큼 마음에 들 수 없을 게 분명했다. 어떤 사람도 태민을 대신해 사랑할 수 없는 것처럼.

"난 좋아하는 걸 두고 다른 걸 선택하지 않아. 그게 얼마든, 그게 어떤 사람이든, 사람들이 뭐라 하든 그딴 거 상관 안 해. 난 절대 내가 좋아하는 걸 두고 다른 걸 선택하지 않아."

내가 갈팡질팡 하는 동안에도 태민 씨는 지금처럼 저렇게 흔들림 없는 눈으로 나를 보고 있었어….

현아는 태민의 타는 듯한 눈빛과 마주하자 심장이 욱신거렸다. 어떻게 난 저렇게 전력으로 부딪혀오는 저 사람을 피할 수 있을 거라 생각했을까? 어떻게 저 사람에게 하염없이 이끌리는 내 마음을 정리할 수 있을 거라 생각했을까? 현아는 그동안 자신이 했던 행동들이 왠지 바보 같이 느껴졌다.

태민 씨는 나를 사랑하고, 나도 이 사람을 사랑하잖아. 그럼 된 거지. 그것 말고 뭐가 더 중요해? 버려지게 될까 봐? 추하게 매달리게 될까 봐? 아직 일어나지도 않은 일 때문에 지금 불행해지려고 하는 거, 나답지 않아. 그냥 지금은 그냥 사랑 하자. 언젠가 울게 되더라도 지금은 사랑 하자. 그게 가장 나랑 어울리는 선택이야. 현아는 더 이상은 태민을 향한 마음을 참지 않기로 결심했다.

"저, 이 스니커즈로 할게요. 신고 갈 거예요."

현아는 태민의 눈을 똑바로 바라보며 진심을 담아 말했다. 그녀의 눈빛에서 태민은 예전처럼 다시 사랑할 수 있을 거란 희망을 느꼈다.

"나도 같은 걸로 신고 가죠."

태민의 말에 어느새 다가와 있던 점원이 호응했다.

"커플끼리 함께 신기에도 딱 좋은 디자인이죠. 정말 훌륭한 선택이십니다."

살다보니 이렇게 비싼 스니커즈도 신어 보네. 현아는 제 발을 신기하게 쳐다보았다. 그리고 조금 앞서 걸어가는 태민의 발을 보았다. 슈트에 스니커즈를 신었는데도 엄청 잘 어울렸다. 왠지 자신이 신은 것과 똑같은 신을 신고 걸어가는 걸 보고 있자니 마음이 설렜다.

그러다 문득 현아는 의문이 들었다. 그런데, 원래 사랑하는 사람한테는 신발 선물 같은 건 안 하는 거 아냐? 이 남자는 그런 거 모르는 건가? 현아는 슬쩍 태민의 옆에 다가가 걸었다.

"이태민 씨는 외국에서 오래 살아서 한국 속설 같은 거 잘 모르죠? 한국에서는 신발 사주면 그 신발 신고 멀리 도망간다고 그래요."

현아는 쑥스러운 마음에 '애인에게'라는 단서는 빼고 말하며 눈치를 살폈다. 태민은 현아의 말을 듣고는 갑자기 걸음을 멈췄다.

"뭐? 선물을 했는데, 도망을 간다고? 대체 그게 무슨 경우지?"

태민이 이해가 가지 않는 다는 듯 미간을 찌푸리며 물었다. 정말 몰랐구나…. 현아는 피식 웃음이 나려는 걸 참았다.

"난, 좋은 신발은 좋은 곳에 데려다 준다는 이야기만 알아."

태민은 혹시나 현아가 신발 선물의 의미를 다르게 오해할까 봐 얼른 말을 덧붙였다.

"당신이 신은 그 신발은 당신에게 제일 좋은 곳인 나한테 데려다 줄 거야. 그리고 내 신도 언제나 당신이 있는 곳으로 날 이끌어줄 거고."

태민이 다정하게 현아를 바라보며 말했다. 어쩜, 이렇게 사람이 달달하지? 현아는 저도 모르게 올라가려는 입꼬리를 앙 다물며 겨우겨우 끌어내렸다. 물론 이제 제 마음이 가는대로 사랑만 하겠다고 결심했지만, 갑자기 태도를 바꾸려니 부끄러웠다.

지금껏 얼마나 처절하게 밀어내려고 했어? 그런데 갑자기 좋아라 하면 꼴이 우스워. 그러니까 적어도 앞으로 사흘은 이전처럼 대하자. 사흘은 너무 긴가? 그럼 이틀? 굳이 이틀까지 갈 거 있나? 그래, 하루. 오늘 하루 정도는 전처럼 행동하고 내일부터 슬쩍 당기면 모르는 척 넘어가자. 현아가 머릿속으로 열심히 궁리를 했다.

"이봐, 김현아?"

현아는 태민의 목소리에 퍼뜩 정신을 차렸다. 그 순간 자신을 빤히 보고 있던 태민과 눈이 마주쳤다. 민망해진 현아가 얼굴이 붉히자 태민이 피식 웃었다.

"그만 갈까?"

태민이 돌아보며 말하자 현아가 살짝 고개를 끄덕이고 보폭을 맞춰 따라갔다. 오리엔탈호텔 연결 통로라는 안내판 앞에서 현아가 걸음을 멈췄다.

"왜 그러지?"

"이태민 씨, 거긴 호텔 들어가는 쪽이에요. 주차장은 저리로 가야 하는데."

현아는 태민이 혹시 못 본 건가 싶어 안내판을 가리키며 말했다.

태민은 안내판을 슬쩍 한 번 쳐다보고는 현아를 보았다. 그리고는 묘한 미소를 지으며 대답했다.

"우리 지금, 호텔가는 거야."

"네?"

태민이 아무렇지 않게 말하자 현아가 당황했는지 눈을 동그랗게 뜨고 물었다.

"호텔에 뭘 하러 가겠어?"

태민이 당연한 걸 묻느냐는 표정이었다.

현아는 처음 태민과 함께 룩 호텔에 갔던 날을 떠올렸다.

내가 필요하다며 데리고 간 게 호텔이어서, 사람을 뭘로 보는 거냐며 엄청 화를 냈었지. 그런데 알고 보니 룩 베이커리 때문이었잖아. 오늘도 그런 거 아닐까?

"호텔에는 레스토랑도 있고, 카페도 있고, 바도 있고… 할 수 있는 건 많죠."

현아는 태민의 눈치를 살피며 신중하게 대답했다. 태민은 모범생 같은 현아의 대답이 귀엽다는 듯 피식 웃었다.

"그렇지. 그런데 오늘은 호텔의 주요 시설을 이용하려고."

"주요 시설이라면… 객실?"

현아가 설마하며 조심스럽게 되물었다.

"응, 오늘은 당신이랑 자러 가는 거야."

태민이 일부러 짓궂게 말하자 당황한 현아가 멈춰 섰다.

"너무하네. 그 말에 그렇게까지 얼 필요는 없잖아."

그렇게나 나와 함께 있는 게 싫은 건가? 태민은 현아의 반응이 못내 서운했다.

아니, 싫은 게 아니라 너무 갑작스러워서라고 말할 수도 없고…. 현아는 태민이 서운하다는 표정을 짓자 안절부절 못하며 미안해했다.

"걱정 마. 내가 원하고, 당신이 생각하는, 그런 의미의 잔다는 게

120

아니니까. 당신이 원하지 않는데 그럴 생각 전혀 없어. 물론 당신이 먼저 시작한다면 거절할 생각은 없지만. 혹시 그럴 생각 있는 건가?"

"아, 아, 아뇨."

현아는 제 마음을 감추려 일부러 큰소리로 대답했다. 몇 시간 전만 해도 어떻게든 태민을 향한 마음을, 욕망을 꾹꾹 잘 참아냈겠지만, 감정의 고삐를 놔버린 지금은 언제 한 마리의 짐승이 되어 그를 덮치게 될지 자신도 모를 일이었다.

"그래?"

현아는 왠지 상처 입은 듯한 태민의 반응에 신경이 쓰였다.

"그럼 일 하러 가볼까? 당신은 이제 막 쇼핑을 마치고 호텔로 돌아가는 관광객이야. 피곤한 몸을 이끌고 호텔로 돌아와 침대에 풀썩 눕지. 밖으로 나갈 기운조차 없어서 룸서비스로 저녁을 시켜 먹을 테고…. 그런 평범한 관광객이 돼서 이 호텔을 평가하는 게 오늘 당신의 일이야."

태민의 설명에 현아가 고개를 끄덕였다. 아, 그런 거였구나. 현아는 이 모든 게 일 때문이라는 생각이 들자 괜히 아쉬웠다.

"그리고 내가 할 일은 당신이 일을 하는 동안 최선을 다해 마음을 되돌리는 거고."

태민이 한마디를 덧붙이고는 앞서 호텔 안으로 들어갔다. 현아는 저도 모르게 올라가려고 하는 광대를 부여잡아야만 했다. 오리엔탈호텔은 스마트폰과 앱이 키를 대신하는 서비스를 도입한 곳이었다. 태민은 그 서비스를 이용해 따로 프런트에 들르지 않고 앱으로 체크인을 한 후 곧장 객실로 향했다.

태민이 예약한 객실은 스위트룸이 아닌 침실과 거실이 한 공간에 있는 스탠다드룸이었다. 특별한 고객들을 위한 차별화된 서비스가 아닌, 대부분의 고객들이 이용하는 객실의 수준과 서비스를 확인하고 싶었기 때문이다.

휴대폰을 객실 문 인식 장치에 대자 문이 열렸다. 태민은 현아가 먼저 객실로 들어갈 수 있도록 문을 잡아주었다. 안으로 들어서자 객실 한가운데에 떡하니 자리 잡은 킹사이즈 침대가 한눈에 들어왔다. 현아는 침대를 보자 괜히 민망한 기분이 들어 멀뚱히 서 있었다.

태민은 그런 현아를 지나쳐 침대에 걸터앉았다.

"일 안 할 건가?"

태민이 현아를 보고 얼른 옆에 와 앉으라는 듯 고갯짓을 했다. 현아는 쑥스러워 하며 앉아서는 어설프게 엉덩이로 침대를 쿵쿵 눌러보았다.

"침대가 참 푹신하네요."

"침대는 앉는 용도가 아냐. 눕는 용도지."

태민이 뒤로 쓰러지듯 침대에 누웠다. 그리고는 손으로 옆을 팡팡 치며 말했다.

"제대로 느껴봐."

현아가 못이기는 체하며 침대에 누웠다. 매트리스가 몸을 떠받쳐주는 게, 마치 구름 위에 누운 것처럼 포근하고 편안한 느낌이 들었다.

"좋다…"

저도 모르게 감탄을 내뱉던 현아는 문득 시선을 느끼고 고개를 돌렸다. 자신을 물끄러미 바라보는 태민과 눈이 마주치자 가슴이 철렁 내려앉는 것 같았다.

침대에 누워 서로를 마주보고 있자니 현아는 이상한 기분이 들었다. 단정한 태민의 얼굴을 더 가까이 들여다보고 싶고, 부드러운 입술에 입 맞추고 싶고, 너른 품에 안겨 잠들고 싶었다. 자신의 욕망 가득한 마음을 태민이 알아챌까 두려워 벌떡 일어나 앉았다.

"침대가 진짜… 어, 엄청 편하네요. 욕실을 살펴봐야겠어요."

현아가 어색하게 말하며 욕실로 들어갔다. 태민은 수줍어하는 현아를 흐뭇하게 바라보았다. 그리곤 천천히 몸을 일으켜 욕실로 따라갔다. 욕실은 세면대가 있는 공간과 욕조가 있는 공간으로 나뉘어져 있었다. 바닥이 대리석이라 깔끔하면서도 고급스러워 보였다. 현아가 욕조를 보고 있는데 어느새 다가온 태민이 현아의 뒤에 섰다.

"둘이 들어가기에는 좀 작지 않아?"

태민이 욕조를 보고 불만을 토로했다. 현아는 괜히 얼굴을 붉혔다. 둘이? 아니, 욕조에 왜 둘이 들어가? 현아는 태민에게 들켜 놀림거리가 될까 봐 얼굴을 감추며 재빠르게 나왔다. 창문 곁에 가 앉으려던 현아는 탁자 위에 놓인 작은 상자를 보자 호기심이 일었다.

뭐지? 투숙객한테 주는 선물 같은 건가? 상자를 열자, 그 안에 쿠키가 들어 있었다. 호텔 쿠키 만들기 행사에서 만들었던 쿠키 같은데, 이게 여기 왜 있지? 현아가 갸웃거렸다.

"아까 행사 때, 당신이 했던 약속 기억해?"

태민은 의자를 당겨 현아에게 바짝 붙어 앉으며 물었다.

약속? 현아는 잠시 기억을 되짚었다.

"당신이 그랬잖아, 화해할 때 이 쿠키를 건네면 반드시 좋아할 거라고."

맞아, 내가 그랬지….

현아는 친구와 화해하고 싶다던 소년에게 쿠키를 건네며 이야기를 해보라고 했던 걸 떠올렸다. 못 미더워하는 소년에게 자신이 장담한다고 말했던 것도 기억이 났다.

"그 쿠키, 내가 만든 거야. 나, 당신이랑 화해하고 싶어. 그러니까 지금부터 내 이야기를 들어줘. 변명이라고 생각해도 좋으니까."

태민의 어린아이 같은 말에 현아는 웃음이 나오려는 걸 겨우 참았다. 아까 둘이서 눈빛을 주고받더니만, 그게 다 지금 이러려고 그런 거였어?

"안 들어주면 그 누나 거짓말쟁이였다고 그 꼬마한테 일러줄 테니, 도망가지 말고 들어."

이태민 씨, 바보. 이미 난 당신을 다시 좋아하기로 했는데. 당신이 어떤 말을 하든, 상관없이 당신을 사랑할 거야….

현아는 제 마음을 돌리려고 안간힘을 쓰는 태민이 못 견디게 사랑스러웠다. 현아는 태민을 조금이라도 빨리 편하게 해주고 싶어 얼른 제 마음을 털어놓을까도 생각했다. 하지만 긴장한 듯한 그의 얼굴에 너무 설레서, 그리고 그 얼굴로 어떤 말을 해줄지가 궁금해서 현아는 그러지 않기로 했다. 천천히 고개를 끄덕이자 태민이 안심한 듯 말을 하기 시작했다.

"첫 번째, 내가 떠났던 그날, 잠들어 있던 당신이 너무나 평화로워 보여 차마 깨울 수가 없었어. 그 대신 당신에게 메시지를 남겼어, 깨어나면 볼 수 있도록. 하지만 그 메시지는 당신에게 전해지지 못했고, 그래서 당신이 불안해하며 기다리게 만들었어. 미안해."

태민의 말에 현아는 오히려 미안해졌다. 내가, 내 휴대폰 때문에 당신의 메시지를 받지 못했는데, 나 때문인데…. 당신이 그렇게 미안해 할 필요가 없는데….

"두 번째, 빨리 돌아오고 싶었지만 할아버지가 위독하셔서 빨리 돌아올 수가 없었어."

위독하다는 말에 놀란 현아가 걱정스러운 얼굴로 태민을 보았다.

어쩌면 저렇게 온 마음을 다해 걱정해줄 수 있을까? 태민은 그런 현아가 고마웠다.

"너무 걱정하지 않아도 돼. 위험한 고비는 넘기셨으니까."

"다행이에요."

현아가 안도의 한숨을 내쉬자 태민은 조심스럽게 다음 말을 이어갔다.

"하지만 아직 일에 복귀하실 정도는 아니어서 할아버지를 대신해 내가 룩을 맡아야 했어. 그런 이유로, 나는 갑자기 이태민이 아닌 다니엘 리로 돌아오게 됐지. 내 계획대로라면 원이어가 끝나고 당신에게 나에 대해 말했을 거야. 하지만 그러지 못했어. 직접 말해주지 못해 미안해."

태민은 덤덤히 자신의 탓을 하며 미안하다 말했다. 기다렸다면,

아니 기회를 주었더라면 좋았을 걸…. 현아는 그러지 못했던 자신이 너무 미안했다.

"세 번째, 난 한국호텔, 그 여자랑 결혼 안 해. 내가 사랑하는 건 김현아 뿐이고, 김현아랑 결혼할 거야."

결혼? 현아의 눈이 휘둥그레졌다. 그러자 태민이 곤란한 표정을 지었다. 태민은 둘이 함께하는 미래에 대해, 이렇게 변명하는 자리에서 가볍게 하고 싶지 않았다.

"아, 이건 절대 프러포즈가 아냐. 당신에게 할 정식 프러포즈는 훨씬 더 멋지게 할 테니까, 이건 그냥 들어. 듣고 못 들은 척해줘."

전에 보지 못했던 필사적인 모습에 현아는 왠지 태민이 한층 더 가깝고 사랑스럽게 느껴졌다. 당신이 하는 프러포즈라면 언제 어디서라도 난 상관없는데…. 현아는 따스한 미소를 지으며 태민을 보았다.

"한국호텔과 인수합병에 대해 논의 중인 건 사실이야. 하지만 인수합병이랑 결혼은 상관없어."

현아는 태민이 말하는 인수합병에 대해 전부 이해하지는 못했지만, 세라와 사업 때문에 만난다는 건 알 수 있었다. 그런 줄도 모르고 무턱대고 태민을 오해했던 자신이 부끄러워졌다.

"네 번째, 난 어떤 일이 있어도 김현아 포기 안 해. 만약 세상이 우리 사이를 반대한다면 난 세상을 버리고 당신을 선택할 거야."

태민의 어조는 매우 확고했다. 그 자신에 찬 말에 현아는 잠시 생각에 잠겼다. 나라면, 만약 세상이 우리 사이를 반대한다면? 난, 당신이 세상을 버리지 않게, 당신이 당신답게 빛날 수 있게, 당신을 지켜줄래요. 그런 생각이 들자 현아는 조금 슬픈 마음이 들어 애써 밝게 웃었다.

당장 태민에게 말하고 싶었다. 당신이 나를 포기해도, 날 버리고 세상을 택해도, 난 당신이 좋다고. 태민의 이야기가 끝나면 얼른 자신의 마음을 말해주고 싶었다.

"다섯 번째, 내 이야기를 듣고 김현아가 마음을 돌려준다면 좋겠어. 갑자기 아무 일 없었다는 듯 행동하라는 건 김현아 성격에 엄청 창피할 수도 있으니까, 그냥 내 손을 잡아. 그러면 내가 먼저 예전처럼 대할게."

그 말이 끝나기가 무섭게 현아는 덥석, 내민 손을 잡았다. 태민이 놀란 눈으로 현아를 보았다. 그러자 현아가 수줍게 웃었다.

"실은, 아까 마음 돌렸어요."

현아가 차분하게 말했다.

"나, 이태민 씨가 좋아요. 그래서 태민 씨가 헤어지자고 할 때까지, 아니 헤어지자고 해도 안 떨어질 거예요. 껌딱지처럼 태민 씨한테 딱 달라붙어서 절대 안 떨어질 거예요. 나한테 떨어지지 말라고 한 거 앞으로 엄청 후회하게 될지도 몰라요."

현아가 수줍어하면서도 또박또박 마음을 전하자 고백을 들은 태민은 세상을 다 가진 듯 행복한 표정을 지었다. 태민이 꽉 쥔 손을 끌어당겼다. 못 이기는 척 끌려온 현아의 허리를 감싸 무릎에 앉혔다. 서로의 숨결을 느낄 수 있을 만큼 둘의 얼굴이 가까워졌다.

태민이 두 손으로 부드럽게 얼굴을 감싸자 현아는 가만히 두 눈을 감았다. 그의 입술이 현아의 입술에 살짝 닿았다 떨어졌다. 그 달콤한 맛이 사라지는 게 아쉬워 손을 뻗어 그의 목에 두르고는 살포시 끌어당겼다.

자신을 찾는 부름에 답이라도 하듯 태민은 부드럽게 현아의 입술을 품었다. 술래잡기라도 하듯 둘은 서로의 혀를 찾아 감싸며 간질였다.

그때였다. 갑자기 강한 떨림이 느껴졌다.

내 심장이 이렇게나 뛰는 건가? 하지만 그건 심장의 느낌이 아닌 기계적인 떨림이었다. 현아가 눈을 뜨며 몸을 떼어냈다. 그러자 태민이 아쉬움 가득한 시선으로 현아의 입술을 좇았다. 현아가 태민의 슈트 주머니를 가리키며 말했다.

"이태민 씨, 전화."

"안 받아도 돼."

"그래도 이 시간에 오는 거면, 분명 중요한 전화일 거예요."

현아의 말에 태민이 주머니에서 휴대폰을 꺼내 들었다. 수석비서에게서 걸려온 전화였다.

현아는 발신자를 보고 얼른 태민의 무릎에서 일어나 의자에 가 앉았다.

"무슨 일이지?"

-사장님. 한국호텔 측에서 내일 조간신문에 인수합병 결렬이라는 기사를 낼 거라고 합니다.

"뭐라고?"

태민은 어이가 없다는 듯 헛웃음을 흘렸다.

-저희 쪽에서 막을까요?

"아냐, 나가게 그냥 둬."

-네? 기사가 그대로 나가면 주주들 측에서 말이 많을 텐데요.

"어차피 겪을 일이야. 대신 최대한 빨리 오리엔탈 측이랑 약속이나 잡아줘."

-네, 알겠습니다.

태민이 전화를 끊자 현아가 걱정스러운 얼굴로 물었다.

"무슨 일이에요?"

"조금 번거로운 일이 생겼어. 당신이랑 더 있고 싶지만 오늘은 그만 돌아가 봐야 할 거 같아."

태민은 곤란하다기보다 속상한 얼굴이었다. 현아도 아쉽긴 했지만 일부러 웃어 보이며 그의 손을 잡았다.

"우리에게 오늘만 있는 건 아니잖아요. 내일도, 모레도, 같이 있을 수 있으니까 너무 속상해 말고, 얼른 가서 일 해요. 그래야 이렇게 비싼 신발 또 사주죠."

현아가 너스레를 떨며 말하자 태민의 얼굴이 밝아졌다.

"사랑해."

"나도 사랑해요."

사랑한다는 말을 듣자 태민은 도저히 가만있을 수 없어 또다시 입을 맞추려 했다. 현아가 몸을 뒤로 빼며 손으로 그의 입을 막았다.

"스탑! 더 했다가는 내가 이태민 씨 못 보내줄 거 같으니까, 그만해요."

현아는 엉겁결에 속마음을 털어놓고는 어쩔 줄 몰라 했다. 태민이 풋, 웃어버리자 빨개진 뺨을 양손으로 감싸며 투덜거렸다.

"비웃지 마요. 이미 충분히 부끄러우니까요."

"비웃는 거 아닌데, 너무 좋아서 웃는 거지."

태민은 현아의 정수리에 입을 맞췄다. 현아가 따스한 느낌에 고개를 들자 태민은 기다렸다는 듯 손을 내밀었다.

"그만 가자."

둘은 자리에서 일어섰다.

12화

태민과 현아는 손을 꼭 잡은 채 엘리베이터에서 내려 차로 걸어
갔다.

"일단 호텔로 가지. 당신 짐이 내 방에 있으니까."

"그래요."

"늦었는데 굳이 집으로 갈 필요 없이 거기서 자고 내일 아침에
출근하는 건 어때? 빈 방도 많겠다."

태민이 현아의 눈치를 보며 조심스레 말을 꺼냈다.

"안 돼요."

현아의 대답은 아주 단호했다. 태민은 꽤나 실망한 눈치였다.

"그러다 사람들 눈에 띄면 어떻게 해요?"

"그게 왜?"

태민은 이해할 수 없다는 듯 되물었다. 현아는 앞으로를 위해

확실히 해두어야겠다는 생각에 걸음을 멈췄다.

"이태민 씨는 사장이고 나는 직원이잖아요. 이건 평범한 사내 커플의 백 배, 아니 천 배는 더 신경 쓰이는 상황이라구요."

"그래서? 또 그때처럼 비밀 연애라도 하자는 거야?"

"당연히 그래야죠. 이태민 씨를 보는 눈이 얼마나 많은데요. 당신 말 한마디, 행동 하나, 직원들은 모두 유심히 지켜보고 있다구요. 그런데 당신이 일개 직원인 나랑 만난다는 소문이라도 나 봐요. 사람들은 아마, 사장이 일은 안하고 연애질만 한다고 수군댈 거예요."

현아의 말을 듣고 있자니 태민은 가슴이 꽉 막힌 듯 답답해졌다.

대체 이 여자는 왜 이렇게 걸리는 게 많은 거야? 이렇게 온갖 눈치 보면서 연애를 하느니, 하루 빨리 결혼해서 맘껏 사랑하고 싶다는 생각에 태민은 프러포즈를 하기로 결심했다.

"그래, 당신 말대로 할게."

빠른 시일 내에 복잡한 회사 상황을 아주 깔끔하게 해결할 거야. 그리고 당신에게 프러포즈할 거야. 딱 그 전까지만, 당신이 하자는 대로 해주지. 태민은 입 밖으로 내뱉지 못한 말들을 차곡차곡 눈빛에 담아 현아를 바라보았다.

"고마워요."

"고마우면 뽀뽀 정도는 해줄 수 있겠지?"

장난기 가득한 말에 현아는 잠시 고민하더니 그의 볼에 가볍게 입을 맞췄다. 그리고는 부끄러웠는지 차로 뛰어갔다. 현아의 뒷모습을 좇는 그의 눈이 따스하게 빛났다. 그렇게 즐거운 한때를 보내는 둘의 모습을 멀리서 몰래 지켜보는 한 남자가 있었다.

남자는 불이 꺼진 차 안에 앉아서 열심히 셔터를 눌러댔다. 두 사람이 차를 타고 떠나는 것까지 사진을 찍고는 어디론가 전화를 걸었다.

"부사장님, 사진 확보 했습니다."

-그래?

남자의 전화를 받은 사람은 세라였다.

사진을 확보했다는 말에 그녀는 기다렸다는 듯 다음 지시 사항을 내렸다.

-그럼, 그 중 제일 잘 나온 걸로 보스턴에 보내줘.

"네."

-아, 아니다. 그냥 가져와. 보스턴에 보낼 선물은 내가 직접 골라야겠어.

"네."

-그리고 알아보란 건?

"룩 호텔 내에서는 비공식 정보통으로 유명한 사람을 이미 포섭해두었습니다."

-좋아, 자세한 건 이따 얘기해.

"네, 곧 복귀하겠습니다."

남자는 세라와의 전화 통화를 마치고 차를 움직였다.

태민과 현아가 스위트룸으로 들어서자 수석비서가 기다리고 있었다. 현아는 꾸벅 인사를 하고는 제 옷을 두었던 방으로 들어갔다.

"오리엔탈 측은?"

"오리엔탈 사장이 내일 중국 출장이라 출국 전에만 잠시 시간을 낼 수 있다고 해서 오전 8시에 공항 라운지로 약속 잡아놓았습니다."

"그래, 혹시 이야기가 길어질지 모르니 전용기 준비해줘."

"네."

"서류는 준비됐나?"

"1차 법률 검토는 마무리 되었고, 사장님께서 확인하셔야 할 부분들은 따로 체크해서 준비해두었습니다."

"그래."

그때 현아가 방에서 자신의 물건들을 가지고 나왔다. 심각한 얼굴로 얘길 나누는 모습에 현아는 끼어들 수 없어 가만히 서 있었다. 사업 얘기에 날카롭게 빛나던 태민의 눈이 현아를 발견하자 순식간에 부드럽게 변했다.

"직접 데려다 주고 싶은데, 오늘은 힘들 거 같군."

"괜찮아요, 난. 엄청 바빠 보이는데, 얼른 일 해요."

"그래. 늦었으니 타고 가. 아님 내가 불안해서 안 돼."

"알았어요, 그럴 게요."

자신을 안심시키려는 듯 손을 꼭 잡아주며 고개를 끄덕이는 현아가 예뻐서, 보기만 해도 좋아서 태민은 웃음이 났다.

"얼른 가서 일해요."

잡았던 손을 놓으려는데, 태민이 놓아주지를 않았다. 현아는 눈썹을 치켜뜨며 안 된다는 듯 밀쳐냈지만, 쉽게 밀릴 그가 아니었다. 되려 애처로운 눈빛으로 졸랐다.

"엘리베이터까지만…."

"차는 아래 대기시켜 두었습니다."

수석비서는 그제야 상황이 정리되었다고 생각했는지 얼른 끼어들었다. 태민은 엘리베이터 문이 닫히려 할 때서야 겨우 손을 놓아주었다. 보는 눈도 있는데, 적당히 좀 하지. 현아는 괜히 민망해 눈치를 살폈다. 하지만 수석비서는 앞만 볼 뿐 현아에게 눈길조차 주지 않았다.

문득 궁금한 마음에 조심스레 수석비서를 불렀다.

"저기, 수석님."

"네, 말씀하시죠."

"회사에 안 좋은 일이 생긴 건 아니죠?"

"사장님께서 이야기하지 않으셨다면, 저도 말씀드릴 게 없습니다."

수석비서는 상냥하지만 단호한 어조로 대답했다. 칼 같으시네, 그냥 좀 알려주면 안 되나…. 하긴 말해준다고 해도 알아듣지 못할 텐데, 들으나 마나지. 현아는 태민에게 생긴 일이 무엇인지 알고 싶었다. 그리고 할 수 있는 일이 있다면 돕고 싶었다. 하지만 지금으로서는 그저 응원하며 지켜보는 수밖에 없었다.

집으로 돌아온 현아는 빨리 씻고 싶었다. 원피스를 벗으려 지퍼 쪽으로 손을 올렸다. 입을 때도 힘들더니 벗을 때도 만만치 않았다. 지퍼를 겨우 손끝으로 잡아서 내리려는데, 옷이 몸에 꽉 끼어 움직이지를 않았다. 아까 지퍼를 올려주었던 태민의 손이 절실했다. 정말, 왜 이렇게 안 벗겨져?

"태민 씨가 벗겨주면 좋을 텐데…"

헐, 어머, 벗기긴 뭘 벗겨? 현아는 무심코 내뱉은 말에 민망해서 얼굴이 화끈 달아올랐다.

엉뚱한 생각 말고 옷이나 얼른 벗자. 내려가지 않는 지퍼를 내리느라 땀은 나고 팔은 아파오고…. 오랜 사투 끝에 원피스를 벗어낸 현아는 바닥에 쓰러지듯 누웠다.

맨살을 통해 바닥의 딱딱함이 그대로 느껴졌다. 아까 그 침대 진짜 푹신푹신하던데…. 잠시 누웠던 오리엔탈호텔의 침대를 떠올렸다. 옆에 누워 지그시 자신을 보던 태민의 얼굴도…. 포근하게 입술을 덮어오던 입술을 떠올리자 현아는 저도 모르게 눈을 감았다.

"아흑."

현아는 저도 모르게 불쑥 튀어나온 탄식에 화들짝 놀라 눈을 떴다. 나, 진짜, 왜 이래? 그 사이에 음란 마귀라도 씐 건가? 이래선 안 되겠다 싶었는지 현아가 벌떡 일어났다.

몸과 마음을 정화해야 해. 씻자, 더러운 생각들을 말끔히 씻어내자! 현아가 비장한 표정을 지으며 욕실로 들어갔다. 현아는 화장실로 들어와 아래 속옷을 벗으려다 말고 잠시 멈췄다.

함께했던 그날 밤, 태민이 입을 맞춰주었던 그 오리 속옷이었다.

"안 돼! 그만!"

지금 태민 씨는 일 하느라 바쁜데, 너는 지금 이런 더러운 생각이나 하고 있다니! 그냥 목욕재계만으로는 욕망을 떨쳐낼 수 없다는 생각이 들어 찬물을 틀었다. 샤워기 꼭지에서 쏟아진 물은 생각 보다 훨씬 더 차가웠다.

"아아악! 차거!"

다음 날 아침, 현아는 업무를 시작하기 전 잠시 커피를 마시려 휴게실로 향했다. 휴게실 안은 시끄러웠다. 한국호텔과의 인수합병이 결렬되었다는 기사를 본 직원들이 모여서 수군거렸다. 현아는 뭐라고 하는지 궁금해져 커피를 뽑은 다음 일부러 그 사람들 뒤편에 앉았다.

"인수합병이 파토 났으니 이제 아시아 사업은 접겠네."

"아니, 그 정도면 다행이게? 한국 사업도 철수한다는 말이 있어."

"뭐? 철수? 여기 문 닫는 거야?"

자칫하면 직장을 잃을지도 모른다는 말에 직원들의 표정이 어두워졌다.

"대체 왜 파토가 난 거야?"

"결혼 때문이겠지 뭐."

"결혼? 그게 왜?"

"재벌들 인수 합병하는데 결혼이 빠지는 거 봤어? 저번에 한국호텔 부사장이랑 우리 사장이랑 결혼한다고 기사 났잖아. 그런데 봐, 이렇게 갑자기 파토 난 거 보면 결혼 파토 났나 보네. 둘 중 하나가 이 결혼 못하겠다고 했거나… 뭐, 그런 거겠지."

듣고 있자니 현아는 괜히 자기 때문에 일이 복잡해진 건 아닐까 하는 생각에 죄책감을 느꼈다. 아냐, 이태민 씨가 인수 합병이랑 결혼이랑은 상관없댔어. 그리고 이태민 씨는 능력 있으니까, 잘 해결할 거야. 난 내가 할 수 있는 일을 하자! 룩 베이커리의 시그니처를 만들자!

그렇게 속으로 외친 현아는 자리에서 벌떡 일어나 남은 커피를 단숨에 마시고는 씩씩한 발걸음으로 휴게실을 나섰다.

태민은 현아를 집으로 보낸 후 서류를 검토하며 밤을 꼬박 새웠다. 그리고 아침 일찍 공항 라운지에서 오리엔탈호텔 사장을 만났다. 그에게서 긍정적으로 검토해보겠다는 대답을 이끌어 내고서야 차 안에서 잠시 눈을 붙였다.

그때, 태민의 휴대폰이 울렸다. 저장되지 않은 번호로부터 메시지가 와 있었다. 메시지를 확인한 태민의 표정이 일그러졌다. 어제 현아와 함께 오리엔탈호텔에 있던 사진이었다.

누가…? 태민은 불쾌함이 역력한 얼굴로 전화를 걸었다.

-어때요? 잘 찍혔죠?

전화를 받은 사람은 세라였다.

태민은 뒷덜미가 뻐근해졌다.

"하, 지금 뭐하자는 거지?"

-기사를 냈는데도 아무런 반응이 없으니 이러는 거잖아요. 지금 그 기사 때문에 내가 얼마나 많은 손해를 입었는지 알아요?

"이봐, 기사를 낸 건 그쪽이야."

-그야 다니엘이 내 제안을 귓등으로도 안 들으니까 그렇죠. 내가 이렇게까지도 할 수 있다는 걸 보여줘야 할 것 같아서요.

세라는 오히려 이 모든 게 태민 때문이라는 듯 적반하장으로 나왔다. 그런 태도에 기가 막히면서도 한편으로는 손해를 감수하면서까지 자신을 위협하려는 점이 섬뜩했다.

-다니엘, 상황 파악이 잘 안 되나 보네요. 당신 지금 엄청나게 곤란한 상황이에요. 선대 회장님께서 공들이셨던 일을 물거품으로 만들어서 회사에 손해를 입히고 있잖아요. 욕심 많은 주주들을 어쩌려고 이러나 몰라.

"내 걱정은 내가 할 테니 당신 걱정이나 하지. 난 당신네 한국호텔 말고도 다른 선택을 할 수 있지만, 당신 입장에서는 그렇지 않을 텐데?"

-아뇨. 선택권은 당신에게만 있는 게 아니라 내게도 있어요. 누구를 룩 왕좌에서 밀어낼지에 대한 선택권.

세라는 자신이 제인과 태민을 저울질하고 있다는 걸 은근히 돌려 말했다. 하지만 태민은 아무렇지 않다는 듯 코웃음을 쳤다.

"이런 것들로 나를 협박할 수 있다고 생각하는 건가?"

-아뇨, 당신은 협박이 통하지 않는 사람이란 것 정돈 알아요. 하지만 당신이 아니라 당신 주위를 흔들면 어떨까요?

태민의 비아냥에 세라는 날카롭게 대답했다.

"대체 무슨 속셈이지?"

-날 너무 나쁜 사람 취급하지 말아요. 난 친절하게 당신에게 내 제안을 거절하면 좋지 않을 거란 걸 알려주는 거예요.

"난 그쪽이랑 절대 결혼 안 해."

-룩 그룹의 후계자가 이렇게 사랑 타령이나 하는 철부지라니.

다니엘, 당신이 계속 그런 식으로 나오면 힘들어지는 건 당신이 아니라 그 여자예요.

"뭐?"

순간 태민의 말투가 사납게 변했다.

-다니엘, 당신 약점이 정말 김현아 그 여자였던 거야? 왠지 시시하네.

그제야 태민이 원하는 반응을 보여준다는 생각이 들었는지, 세라의 말에 웃음기가 묻어났다.

"김현아 건드리지 마. 만약 털 끝 하나라도 건드렸다간 그쪽 가만 안 둬."

-그거 아주 기대되네요.

"그냥 하는 말 아니니 새겨들어."

-나도 그냥 하는 말 아니니 새겨들어요. 여튼, 내 제안을 받아들일 마음이 생기면 언제든 전화해요.

세라는 태민의 기세에 밀리지 않고 자신이 할 말을 전부 쏟아낸 뒤에야 전화를 끊었다. 이미 현아에게 경호를 붙여놓기는 했지만 괜히 불안한 마음이 들었다. 어떻게든 빨리 일을 마무리해서 이 여자와의 관계를 끊어내야 해….

천연 효모 식빵을 만드는 건 인내가 필요한 작업이다. 신선한 과일을 발효시켜 천연 발효종을 만들고 액체 상태로 완성된 발효종에 밀가루를 섞은 후 발효시켜 반죽에 넣을 원종을 만들어야 하기 때문이다.

물론 고성능 발효기 덕분에 발효 시간이 단축되긴 했지만, 이스트에 비해서는 수십 배의 시간이 걸린다. 게다가 룩 베이커리의 시그니처 식빵에는 한 종류의 발효종이 아니라 세 종류의 발효종을 섞어 사용할 예정이었다. 섞는 비율에 따라 만들어야 할 원종의 가지 수가 많아지기 때문에 더 많은 시간이 걸렸다.

"발효종 비율에 따라 미묘하게 향이나 맛의 차이가 나. 일단 아무 것도 들어가지 않은 지금 상태에서는 이 비율이 제일 좋은데."

주방장은 현아가 구워 온 식빵들을 조금씩 맛을 보고는 맨 마지막 식빵을 가리키며 말했다. 현아의 생각도 주방장과 별반 다르지 않았다. 다만 조금 걱정되는 부분이 있긴 했다.

"그런데… 막상 다른 재료랑 섞였을 때는 그 맛이나 향이 다르게 느껴질 수도 있을 것 같습니다."

현아가 조심스레 자신의 의견을 말했다. 주방장도 동의하는지 고개를 끄덕였다.

"그래, 그럼 재료를 넣어 만들면서 최적의 비율을 찾아보자고. 일단 재료부터 찾아야겠네, 이 풍미와 잘 어울리면서도 건강한 재료로. 어때, 찾을 수 있겠지?"

"네, 찾아보겠습니다!"

주방장의 말에 현아가 기합을 잔뜩 넣어 큰소리로 대답했다. 주방장이 허허, 웃고는 식빵을 접시에 담았다.

"저기… 주방장님."

현아가 잠시 머뭇거리다 용기를 내어 주방장을 불렀다.

태민을 태운 차가 룩 호텔로 들어섰다.

드르르, 휴대폰이 울렸다. 현아에게서 온 메시지였다. 금방이라
도 쓰러질 것 같아 보이던 태민의 얼굴에 금세 활기가 돌았다.

현아 : 지금 어디에요?

태민 : 이제 호텔 도착. 올라 갈 거야.

현아 : 나, 식빵 들고 사장실 가요. 이따 봐요.

태민 : 그래.

태민은 현아를 만날 생각에 들떠 차가 아직 멈추지도 않았는데,
차 문고리를 잡았다.

그때, 수석비서가 다급하게 돌아보며 태민을 불렀다. 심상치 않
은 표정이었다.

"사장님! 보스턴 룩에서 긴급하게 주주회의를 소집했다고 합니다."

태민은 차 문고리를 놓고 휴대폰을 꺼내 들었다. 그리고 제인에
게 전화를 걸었다.

"고모할머님?"

-오, 다니엘? 한국은 지낼 만하니?

"저 몰래 주주회의를 소집해놓고 이렇게 아무렇지 않은 척 안
부를 물으시는 게 조금 웃기지 않습니까?"

제인이 태연하게 안부를 물어오자 태민이 빈정거리는 말투로
물었다.

"아직 제가 약속 드렸던 한 달이 지나지 않은 것으로 알고 있는

데요."

-어쩌겠니? 네가 룩을 망치고 있는 걸 마냥 보고만 있을 수는 없었단다.

"룩을 망치고 있는 게 저인지 고모할머님이신지 만나서 따져보도록 하죠. 잠시 후에 뵙겠습니다."

태민은 서늘하게 말하고 전화를 끊었다. 그리고 수석비서에게 말했다.

"차 돌려, 뉴욕으로 가지."

현아는 주방장을 대신해 식빵을 들고 사장실로 올라왔다. 하은만 있는 것으로 봐서 아직 태민은 돌아오지 않은 모양이었다. 현아를 발견한 하은이 반가워하며 자리에서 일어났다.

"오늘도 식빵 셔틀이냐?"

"응."

"사장 아직 안 왔어. 여기다 둬, 이따가 내가 전해줄게."

"아, 아니… 곧 오지 않을까? 조금만 기다려보지 뭐."

하은이 식빵을 받아들려고 하자 현아가 황급히 몸을 틀어 식빵을 제 몸으로 안았다. 하은은 얘가 왜 이러나, 살짝 의심에 찬 눈빛으로 보았다. 그러자 현아가 다급하게 변명을 해댔다.

"아, 아니. 혹시나 다른 사람이 가져가면 어떡해? 이것도 나름 회사 기밀인데."

"야, 누가 가져가? 사방이 CCTV라 아무도 못 건드려. 얼굴 보기도 불편할 텐데 그냥 여기 두고 나랑 점심이나 먹으러 가자."

하은이 재촉하듯 손을 잡아끌었다. 끌려가는 와중에 휴대폰이 울렸다. 슬쩍 액정을 살피니, 태민의 전화였다. 현아는 하은에게 식빵을 맡기고 복도 끝으로 가서 전화를 받았다.

"여보세요?"

-어쩌지? 갑자기 미국으로 출장을 가게 됐어.

"아, 네…."

태민을 만날 생각에 한껏 들떴던 마음이 순식간에 축 내려앉았다. 하지만 옆에 지켜보는 하은도 있고 해서 태연한 척 대답했다. 현아의 대답이 영 시원치 않자 태민이 물었다.

-주위에 사람 있어? 전화 받기 곤란해?

"네."

현아는 아까부터 자신을 주시하는 하은의 눈치를 살피며 작은 목소리로 대답했다.

-그럼 듣기만 해.

"네."

-이번에는 금방 다녀올 거야. 매일 전화할게. 나 없다고 절대 딴 생각하지 말고.

"네."

-오늘은 어젯밤에 하던 거나 마저 하려고 그랬는데, 아쉽네. 맞다, 어제 그 원피스는 잘 벗었어? 지퍼 내리기 많이 힘들지 않았나? 당신 보내놓고서 생각이 나더군. 내가 내려줬어야 하는 건데, 그러지 못해서 걱정했어.

태민은 짓궂게 말했다.

현아는 어젯밤을 떠올리고는 뜨끔했다. 내 방에 CCTV라도 달아놓은 거 아냐? 어떻게 이렇게 본 것처럼 잘 알아?

"흠, 흠."

얼굴이 벌게진 현아는 태민에게 이제 그만하라는 듯 헛기침을 했다. 태민은 곤란해하는 현아의 얼굴이 떠올라 작게 웃었다.

-김현아, 사랑해.

감미로운 태민의 말에 현아는 심장이 터질 듯 뭉클한 감정이 벅차올랐다.

"나두요."

현아가 수줍어하며 말했다. 잠시 두 사람 사이에 침묵이 이어졌다. 아무 말도 않았지만 휴대폰 너머 서로가 있다는 사실만으로도 설레는 듯했다.

갑자기 하은이 다가와 섰다.

"이만 끊을게요."

현아가 서둘러 통화 종료 버튼을 누르고 휴대폰을 주머니에 넣었다. 하은이 눈을 옆으로 길게 뜨며 수상쩍다는 표정을 지었다.

"아무래도 냄새가 나는데."

"야, 내가 뭐?"

"나두요? 뭐가 나두욘데? 솔직히 말해, 너 남자 생겼지?"

"아, 아니!"

현아는 저도 모르게 아니라는 말이 나와버렸다. 괜히 하은을 속이는 것만 같아 마음이 편치 않았다. 하지만 하은이 태민을 못마땅하게 여기는 데다 며칠 전까지만 해도 헤어진다고 울고불고하는 모습을 보였던 터라 말이 쉽게 나오지 않았다. 하루 이틀 지나고 나서 은근슬쩍 이야기를 해야지 싶었다.

"나 그만 내려가 볼게…."

"가긴 어딜 가? 같이 점심 먹자니까."

하은은 황급히 자리를 피하려는 현아의 손을 냅다 잡아끌고 구내식당으로 향했다.

"사장님, 수석집사님께서 전화하셨습니다."

수석비서가 기내 전화기를 들고 와서는 태민에게 건넸다.

태민은 서류를 보느라 고개도 들지 않고 손만 뻗었다.

"응, 황집사."

-도련님, 기쁜 소식이 있습니다.

"혹시… 깨어나셨어?"

태민은 서류들을 넘기던 손을 멈추고 되물었다.

-네, 깨어나셨습니다.

"아아, 그래."

다행이다, 정말 다행이야.

태민은 덤덤한 척했지만, 속으로는 소리를 지를 정도로 기뻤다.

-그런데….

황집사가 말을 덧붙여오자 태민은 저도 모르게 살짝 긴장했다.

-완전히 깨어나신 건 아니십니다. 조금 전에 한 일 분 정도 깨어나셨다가 다시 잠 드셨습니다. 주치의 말로는 점점 깨어 있는 시간이 늘어날 가능성이 높다고 하네요.

"그래, 그렇군."

태민은 그래도 잠시 깨었다는 사실이, 점점 나아질 거란 사실에 마음이 놓였다. 그리고 이회장 곁을 황집사가 지켜준다는 사실이 고마웠다.

"황집사, 고마워."

황집사는 쑥스러웠는지 괜히 너스레를 떨며 말을 늘어놓았다.

-도련님, 갑자기 왜 그러십니까? 왜 전에 않던 말씀을 하고 그러십니까? 혹시 큰 사고 치셨습니까? 아, 맞다. 한국호텔이랑 인수합병 결렬, 아주 큰 사고를 치셨지요. 물론 대책이야 세워두셨겠지만요.

황집사의 괜한 딴소리에 태민은 피식 웃었다.

"이봐, 황집사. 이제 그만하지?"

-하하하.

"뉴욕에서 일 끝나는 대로 들를게."

-네, 도련님. 기다리겠습니다.

태민은 흐뭇한 미소로 전화기를 수석비서에게 건넸다.

"뉴욕까지는 얼마나 더 가야 하지?"

"한 시간 후면 도착할 거 같습니다."

"오리엔탈 측에서는 아직 연락이 없나?"

"네, 아직…."

현아는 하은의 손에 끌려 구내식당에 갔다. 오늘 따라 줄이 꽤 길었다. 그런데 이상하게도 직원들이 현아를 힐끔거리며 쳐다보왔다. 현아는 혹시 뭐라도 묻었나, 제 몸을 이리저리 살폈다.

"하은아, 나 얼굴에 뭐 묻었어?"

"아니. 왜?"

"아니, 아까부터 계속 사람들이 날 보는 거 같아서."

"얼씨구, 그거 병이다. 사람들은 너한테 아무런 관심이 없어요."

그래, 그렇겠지? 현아는 이마를 긁적이고는 줄어드는 배식 줄을 따라 걸었다. 그런데 뒤에서 수군거리는 소리가 들렸다.

"저 여자야, 저 여자. 최근에 베이커리 들어온 여자."

최근? 베이커리? 현아는 뒷사람들의 이야기에 귀가 솔깃했다.

"정말? 저 여자가 사장이랑 호텔에서 나온 여자라고? 에이, 너무 평범하게 생겼는데?"

"아냐, 확실해."

"에이, 사장이랑 저 여자랑? 에이, 그건 아니다."

"저 여자 맞아. 사장 스위트룸에도 막 드나들고 그런대."

현아의 표정이 돌처럼 굳었다. 저 사람들 태민 씨랑 내 이야기하는 거지? 어떻게 소문이 난 거지? 너무나 당황스러웠다. 사귀는 건 사실이지만 그게 저렇게나 남들 입에 오르락내리락 할 일인지, 그리고 앞으로 자신은 어떻게 해야 하는지 생각에 생각이 꼬리를 물어 정리가 되지 않았다.

"저 여자, 베이커리 들어온 것도 사장 빽이래."

"정말? 대체 무슨 능력이래?"

"게다가 지금, 베이커리에서도 엄청 중요한 일을 맡겼나 봐."

"뭐야? 남들은 어렵게 들어와서 힘들게 일하고 있구만. 인생 참

편하게 사네. 대체 침대에서 어떤 재주를 부리길래 사장이 넘어갔을까?"

현아에게 들린다는 걸 알면서 일부러 들으라는 듯 그들은 모욕적인 농담을 하며 키득거렸다. 가만히 듣고 있던 현아가 주먹을 세게 그러쥐었다. 태민과 사귀는 게 힘들 거라 짐작은 하고 있었다. 누가 봐도 태민에게 많이 모자란 자신이었으니까. 질투와 시기에 한두 마디 하는 것쯤은 그냥 들어줄 수 있다 생각했다. 하지만 이런 근거 없는 모략과 모욕까지 그냥 넘길 수는 없었다.

태민을 생각해 그냥 넘어갈까도 싶었지만, 이대로 계속 가만있으면 사람들이 마구 지어내는 헛소리들이 맞다고 인정하는 것 같아 참지 않기로 했다. 거기까지 생각이 미치자 현아는 결연한 얼굴로 뒤돌아섰다. 매서운 현아의 눈빛에 뒤에서 킥킥거리던 직원들이 깜짝 놀라 한걸음 물러섰다.

"이보세요."

"왜, 왜요?"

"다 들리거든요? 안 들리게 작게 말하든가. 그렇게 하고 싶은 말이 많으면 제 앞에서 당당하게 말하세요."

날카로운 목소리가 울러 퍼지자 식당 안의 모든 시선이 그쪽으로 집중되었다. 자신에게 집중되는 시선들이 두려웠지만, 주눅 들지 않으려 고개를 치켜들었다. 그리고 차분하게 말을 이어갔다.

"저 사장 빽으로 룩 호텔 들어온 게 아니라 제 능력으로 들어왔거든요? 남들이랑 똑같이 이력서 내고 면접 봐서 그렇게 어렵게 들어왔어요."

"아니, 누가 뭐래?"

"그리고, 사장님, 사사로운 감정으로 일 맡기고 할 사람 아니거든요. 누구보다 회사 입장에서 생각하는 사람이라구요."

"그래서, 어쩌라고?"

현아의 말에 뒷사람들이 짜증 섞인 목소리로 되물었다.

"사과하세요."

"아니, 내가 무슨 잘못을 했다고 사과하라 그래?"

"좀 전에 저랑 사장님 모욕했잖아요."

현아가 전혀 물러날 기색 없이 또박또박 말했다.

"아니, 나만 그랬어? 여기 다른 사람들도 말만 안 했지, 그쪽 보고 다 나랑 같은 생각했을 걸? 사람을 잡으려면 게시판에 글 올린 사람부터 잡지, 왜 날 잡아? 진짜 어이없네."

세상 억울하다는 얼굴로 징징거리는 상대에게 현아가 단호한 얼굴로 다시 말했다.

"그건 제가 알아서 할 일이고, 그쪽은 사과부터 하세요."

반성할 기미가 보이지 않아 정말 화가 났는지 현아의 목소리가 높아졌다. 그러자 가만히 지켜보던 하은이 말리고 나섰다.

"현아야, 그만하자. 말은 알아들을 수 있는 사람한테 하는 거야. 입 아프게 말해봤자 저것들은 못 알아먹어. 그러니까 그만하고 가자."

그대로 더 놔뒀다가는 큰 싸움이 될 거란 생각에 하은이 현아를 다독이며 식당 밖으로 이끌었다.

"어휴, 성질 머리 하고는. 찬바람 맞으면서 머리나 좀 식혀."

하은은 현아를 호텔 밖으로 끌고 나와 벤치에 앉혔다. 그리고 사내 인트라넷에 접속해 아까 그 사람들이 말한 게시판을 찾았다. 현아도 같이 휴대폰을 들여다보았다. 직원 게시판은 그리 활발한 곳이 아니었다. 한 달에 한두 번 새 글이 올라올까 말까 했다. 그런데 게시판 글 중에 유독 조회수와 댓글이 많이 달린 글이 있었다.

하은은 '사장이랑 여직원, 다른 호텔에서 나오는 걸 목격!'이라는 제목의 글을 클릭했다.

[사장이랑 여직원, 다른 호텔에서 나오는 걸 목격!]
오늘 큐브시티 쇼핑 갔다가 대박적인 거 목격함.
주차하려는데 사장이 오리엔탈호텔에서 나오는 거 아니겠음?
(참고로 거기 지하주차장 오리엔탈호텔이랑 연결되어 있음.)
다른 호텔에서 나오는 사장이라서 너무 신기해서
일단 사진부터 찍었음.
그런데 사장 옆에 여자가 너무 낯이 익지 않겠음?
생각해보니 최근에 룩 베이커리 들어온 K였음.
안 믿을 거 같으니 인증사진 첨부함.

하은이 첨부된 사진을 클릭했다. 두 사람이 오리엔탈 호텔의 출입구를 나서는 모습이 찍힌 사진이었다. 사진이 조금 어둡기는 했지만 태민과 현아라는 걸 알아볼 수 있을 정도였다.

"와, 완전 대박이다. 요새 기술 완전 좋아. 합성 티가 하나도 안 나."

하은이 사진을 자세히 보라며 현아에게 내밀었다. 사진을 확인한 현아의 얼굴빛이 급격하게 어두워졌다. 현아가 조심스레 말을 꺼냈다.

"그거 합성 아냐…."

"그러니까 합성이…. 뭐? 이게 합성이 아니라고? 설마 너 진짜 이태민이랑 호텔이라도 간 거야?"

현아는 미안한 표정을 지으며 작게 고개를 끄덕였다.

"야, 너 진짜! 대체, 어쩌려고 그래? 헤어졌으면 딱 정리해야지. 그렇게 끌려 다니면 어째?"

"실은 우리… 다시 만나기로 했어."

더는 숨길 수 없어 솔직하게 털어놓자 하은이 황당하다는 얼굴로 현아를 쳐다보았다.

"근데 자진 않았어. 어젠 정말 태민 씨 일 때문에 간 거였어. 오리엔탈 룸 컨디션이 어떤지 알아보고 싶다고 해서."

"객실부 직원들 다 놔두고 일개 베이커리 직원인 너랑 갔다고? 사람들이 잘도 믿어주겠다."

현아는 하은의 말에 뭐라 반박할 수가 없어서 가만히 입을 다물었다.

"김현아!"

하은은 애써 화를 누르는 듯 목소리를 내려 깔고 말했다.

"으응?"

하은이 저거, 화나면 엄청 무서운데.

현아는 잔뜩 겁먹은 목소리로 대답했다.

"다시 사귀는 거 언제까지 나한테 비밀로 할 생각이었냐?"

"아니, 그게… 너 걱정할까 봐."

현아는 미안해 어쩔 줄 몰라 하며 말했다. 그러자 하은이 크게 한숨을 내쉬었다. 현아가 괜히 뜨끔한 마음에 서둘러 말을 덧붙였다.

"그래도 내일쯤에는 말하려고 그랬어."

"뭘 말해? 내가 뭐라고? 니네가 연애를 하든 말든 내가 뭔 상관이라고."

하은은 빈정거리면서 자리에서 벌떡 일어났다. 현아가 다급하게 하은의 손을 잡았다.

"야, 서운하게 왜 그러냐?"

"서운? 누가 더 서운해야 할 상황인데?"

하은은 날이 잔뜩 선 말투로 대답했다.

그리고는 당장 놓으라는 눈빛으로 제 손을 잡은 현아를 보았다.

현아는 기세에 눌려 퍼뜩 잡았던 손을 풀었다. 하은은 현아를 두고 성큼성큼 가버렸다.

"하은아, 정하은!"

현아가 애타게 부르는데도 하은은 그대로 호텔로 들어갔다. 어쩌지? 화 엄청 났네. 하긴 나라도 그랬을 거야…. 한숨이 절로 나왔다.

현아가 주방으로 들어서자 적의 어린 시선들이 현아에게 와 꽂혔다. 베이커리의 쉐프들 대부분은 외국의 제과제빵 스쿨을 나온 사람들이거나 오랜 경력을 지닌 사람들이었다. 그런 그들이 보기에 현아는 많이 부족한 사람이었다. 그런 현아가 자신들을 제치고 시그니처 메뉴 개발 프로젝트를 맡았다는 게 그들은 아주 못마땅했을 거였다. 그러던 중에 회사 직원 게시판에 올라온 태민과 현아가 그렇고 그런 사이라는 글을 보고는 이제는 노골적으로 악의를 드러냈다.

김현아, 주눅 들 거 없어. 난 내 힘으로 입사하고, 이 프로젝트도 능력을 인정받아서 따낸 거잖아. 당당하게 행동하자! 현아는 의욕적으로 팔을 걷어붙이고 창고에서 식빵에 넣을 만한 재료를 몇 가지 들고 나왔다. 재료를 담아 작업대로 가는데, 직원 하나가 일부러 현아를 툭 치고 지나갔다. 팔에 안고 있던 재료들이 우르르 쏟아졌다.

"미안, 못 봤어."

"…괜찮아요."

현아는 직원이 분명 자신을 고의로 밀쳤다는 걸 알지만, 미안하다고 말하는데 뭐라고 할 수가 없었다. 어쩔 수 없이 바닥에 쪼그리고 앉아 재료들을 줍는데, 직원이 현아를 내려다보며 비아냥거렸다.

"사장이 애인이라 좋겠어?"

뭐? 현아가 제가 잘못 들었나 싶어 재료를 줍다 말고 직원을 올려다보았다. 직원은 현아를 보며 기분 나쁘게 킥킥거렸다. 도저히 참을 수 없어 벌떡 일어나 직원을 노려보는데, 뒤에서 낯익은 목소리가 들렸다.

"안 주울 거면 비켜."

냉정한 말투로 주방장이 직원을 밀치며 바닥에 떨어진 재료들을 주워 담았다. 당황하는 직원과 달리 주방장은 태연하게 재료를 주워들고 일어나 말했다.

"김현아 씨 사장이 뽑은 게 아니라 내가 뽑았어. 불만 있으면 나한테 해."

직원은 아무 말 못하고 시뻘게진 얼굴로 작업대로 돌아갔다.

주방장은 멍하니 선 현아에게 재료들을 돌려주며 말했다.

"뭐 해? 일 안 해?"

"주방장님…."

아무 일도 없었다는 듯 평소처럼 대하는 주방장의 태도에 현아는 괜히 마음이 시큰해졌다.

"프로는 말이 아닌 실력으로 말하는 거야, 알지?"

주방장은 평소와 다름없이 현아에게 말했다.

"네!"

그래, 나를 믿어주는 사람들도 있어. 절대 지지 말자!

서울은 퇴근했을 시간이니 전화해도 되겠지? 주주회의까지 잠깐 여유 시간이 생기자 태민이 시간을 확인하고 전화를 걸었다.

-네에.

현아가 속삭이듯 전화를 받았다.

"퇴근 준비 중이야?"

-네, 이제 옷 갈아입고 나가려구요.

"목소리가 왜 그렇게 기운이 없어? 무슨 일 있었어?"

-아, 아뇨, 너무 열심히 일을 해서 그런가? 하하하.

현아가 별일 아니라는 듯 웃자 잠시 걱정했던 마음이 풀렸다.

"나 오늘은 못 돌아갈 거야."

-아, 네.

현아의 목소리가 가라앉았다. 태민은 서운해 하는듯한 반응이 왠지 기뻤다.

"할아버지 뵙고 가려고."

-아, 할아버지 건강은 좀 괜찮으세요?

"응, 많이 좋아지셨대."

-다행이다, 정말.

"우리 다음에 같이 할아버지 뵈러 오자."

-네, 그래요.

태민은 할아버지에게 정식으로 현아를 소개해주고 싶었다. 그리고 돌아가신 부모님께도 자신이 사랑하는 여자를 보여주고 싶었다.

-이태민 씨?

현아가 태민을 불렀다.

"응?"

-보고 싶어요.

"나도."

먼저 보고 싶다고 말하는 현아의 말에 태민은 가슴이 떨렸다. 그때, 문 두드리는 소리가 들렸다. 누가 찾아온 모양이었다.

"그만 끊어야겠다."

-네, 열심히 일하고 와요.

"그래, 또 전화할게."

태민이 전화를 끊자마자 제인이 문을 열고 들어왔다.

"오느라 수고 많았지?"

제인이 상석에 가서 앉으며 말했다.

"아뇨, 그리 멀지도 않은데요."

제인은 걱정해주는 척하면서 신경을 건드리는 말을 꺼냈다.

"너도 참, 굳이 여기를 와서 망신을 당하려고 그러니?"

"안타깝게도 제가 망신당할 일은 없을 겁니다."

망신을 당하는 건 그쪽이죠, 태민이 여유롭게 말하자 제인의 표정이 살짝 구겨졌다.

"아, 고모할머님께 충고 드리고 싶은 게 있네요."

"응? 그게 뭘까?"

"그 여자를 너무 믿지 않으시는 게 좋을 겁니다."

"그 여자라니?"

제인이 무슨 말을 하는지 모르겠다는 듯 시치미를 떼며 물었다. 태민이 싸늘하게 말했다.

"박세라 말이에요. 그 여자, 고모할머님을 아주 많이 닮았거든요."

통화를 마친 현아는 아쉬웠다. 태민 씨 돌아오면 얼굴 보고 속상했던 거 다 말해야지. 그러면 태민 씨가, 우리 현아 고생했네, 하면서 쓰담쓰담 해주면 좋겠다. 그 큰 손으로 머리를 쓰다듬어 주는 상상만으로도 기분이 좋아져 배시시 웃음이 났다. 그런 현아를 힐끔거리며 사람들이 수군거렸다.

대충 들어보니 게시판 사진 이야기에 구내식당에서의 싸움 이야기까지 추가된 듯했다. 어휴, 또 난리구만! 현아가 홱 고개를 돌려서 쳐다보자 사람들이 놀라서는 수군거림을 멈췄다.

김현아, 저런 말도 안 되는 말 따위에 신경 쓸 필요 없어! 태민 씨 목소리도 들었으니 힘내서 하은이한테 사과하러 가자! 하은에게 전화를 걸며 탈의실을 나섰다. 그런데 통화 연결음이 갑자기 끊기고 전화를 받을 수 없다는 안내가 들려왔다. 내 전화는 아예 안 받을 건가? 투덜거리면서 발걸음을 옮기는데, 갑자기 앞에 그림자가 졌다.

"정하은!"

생각지 못한 곳에서 하은이 나왔다. 아직 화가 덜 풀렸는지 여전히 딱딱한 얼굴로 앞에 딱 버티고 있었다. 현아가 눈치를 살피며 말했다.

"나, 너한테 전화하고 있었는데."

"아주 잘 알고 있다."

하은이 휴대폰을 들어보였다. 둘이 함께 서 있는 모습을 본 사람들이 또다시 수군거리기 시작했다. 하은은 있는 대로 눈을 부라리며 그들을 째려보고는 현아의 손을 잡아끌었다.

"가자. 니가 잘못했으니까 니가 쏴."

"그래, 그래. 먹고 싶은 거 먹어. 다 사줄게."

"나쁜 것."

하은이 툴툴거리는 데도, 현아는 그저 좋아서 헤헤 웃었다. 화많이 났을 텐데, 이렇게 먼저 와 주고. 정말 착한 내 친구. 이렇게 옆에 있어 주는 게 너무나 고마웠다. 분명 혼자서 사람들의 수군 거림을 들으며 퇴근할 게 걱정되어 와주었을 것이다.

"완전 비싼 거 먹을 테니, 그렇게 알아."

"그래, 그래."

"사장님! 여기 족발 중자 하나랑 소주 하나요."

하은이 현아를 데려간 곳은 동네 근처의 족발 가게였다. 이른 시간인데도 사람들이 가득 차 있는 걸 보니 꽤나 유명한 곳인 모양이었다.

"야, 더 비싼 거 먹어도 되는데…."

"니 남친이 부자지, 니가 부자냐? 돈 아껴."

"그건 그렇지, 하하."

현실적인 조언에 현아가 이마를 긁적였다. 가게 주인이 소주와 잔을 내려놓고 가자 하은은 자연스럽게 소주를 제 잔에 따랐다. 현아도 잔을 내밀었다.

"확! 잔 안 내려놔? 넌, 술 먹지 마. 나 요즘 기운 없어서 너 뒷감당 못 해."

"야, 그러지 말고. 나 딱 한 잔만 먹을게."

현아가 간절한 눈빛으로 하은을 바라보았다.

"그래, 지금 니 속이 오죽하겠냐? 마셔라, 마셔."

하은이 선심을 쓰듯 현아의 잔에 소주를 따라주었다.

"짠!"

잔을 부딪치고 소주를 들이켰다. 쓴 맛과 함께 오늘 있었던 일들이 스쳐 지나갔다.

"태민 씨한테는 얘기했어?"

"아니, 일하는 데 괜히 신경 쓸까 봐. 오면 얼굴 보고 말하려고."

하은이 괜히 투덜거렸다.

"이태민, 그 자식은 왜 이렇게 필요할 때마다 없냐?"

"아니거든. 존재만으로 충분히 든든하거든."

"헐."

닭살 돋는 대답에 못 들을 걸 들었다는 듯 소스라치며 팔을 벅벅 긁어대는 모습이 우스꽝스러워 현아는 픽, 웃었다.

"그래, 친구 버리고 사랑 택한 너랑 무슨 말을 하겠냐? 술이나 마셔야지."

"어이, 친구 왜 또 그러시나? 같이 마십시다."

하은이 제 잔에 소주를 따르려 하자 현아가 얼른 선수를 쳐 잔을 채워주었다.

"거의 일주일 만인가요? 저는 여러분들이 한 달이라는 시간에 동의해주셨다고 믿었는데."

태민은 차분하지만 힘 있는 목소리로 말했다. 위압감 넘치는 목소리에 주주들은 괜히 불안한 기분이 들었다.

"한국호텔과의 인수합병이 결렬되지 않았습니까? 그런데 어떻게 기다릴 수 있습니까?"

주주 하나가 나서서 태민의 탓인 듯 말하자 다른 주주들도 동요하며 웅성거렸다. 제인은 의기양양하게 미소를 지으며 이 상황을 어쩔 거냐는 듯 쳐다보았다. 하지만 태민은 전혀 흔들림 없는 태도로 말을 이어갔다.

"여러분들이 걱정하는 마음, 충분히 이해합니다. 하지만 하나의 문이 닫히면 또 다른 문이 열리는 법이죠."

태민은 궁금증을 자아내는 말로 주주들의 시선을 끌었다. 다들 이어질 다음 말에 집중했다.

"저는 한국호텔이 아닌 오리엔탈호텔과 인수합병을 진행할 것입니다."

전혀 예상치 못한 태민의 발언에 주주들이 술렁거렸다. 그때, 주주 중 하나가 따지듯 물었다.

"그곳은 이회장님께서 인수합병을 고려할 때부터 제외되었던 곳 아닙니까?"

"그렇습니다."

"한국호텔이라는 적합한 상대를 두고, 대체 왜, 후보로도 넣지 않았던 오리엔탈과 인수합병을 하겠다는 겁니까? 다니엘, 당신 지금 제정신입니까?"

주주는 흥분을 해서는 감정적으로 말을 했다. 태민은 이럴 거라 어느 정도 예상하고 있었던 터라 전혀 당황하지 않았다.

"오리엔탈이 인수합병의 대상으로 제외되었던 이유는 룩과는 어울리지 않는 스타일 때문이었습니다. 룩이 클래식하다면, 오리엔탈은 새롭죠."

"천박한 게 아니라요?"

주주가 발끈하며 되물었지만 태민은 여유롭게 웃으며 말했다.

"새로운 것을 천박하다 여기는 그 생각이 지금껏 룩의 발목을 잡아 왔습니다. 룩은 새로워져야 합니다. 클래식이란 말에 사로잡혀 따분하고 고루해져서는 안 됩니다. 룩은 우아함을 지키면서도 젊어야 합니다. 그런 점에서 매번 새로운 시도로 주목을 받고 있는 오리엔탈은 룩에게 아주 좋은 파트너이자 자극제가 될 것입니다."

주주들 중에 많은 이들이 그럴듯한 태민의 말에 동의하는 듯 고개를 끄덕였다. 사실 룩은 지나치게 고급스러운 스타일 때문에 젊은 층에게 거리감을 주었다. 이 거리감이 좁혀지지 않는다면 룩은 점점 외면당할 게 분명했다.

"그리고 인수합병의 목적은 그저 한국에서만이 아니라 아시아에서의 입지를 다지고자 함입니다. 한국만 살핀다면 한국호텔이 최적의 인수합병 상대입니다. 하지만 룩은 아시아를 보아야 합니다. 오리엔탈은 중국의 자본을 끌어들이고 있습니다. 그런 오리엔탈과의 인수합병으로 룩은 중국을, 그 넘어 아시아로 입지를 굳힐 수 있을 겁니다."

태민이 자신감 넘치는 목소리로 말했다.

주주들은 대체로 그의 의견을 받아들이는 듯했다. 그것이 룩의 혁신이었기 때문이다. 어쩌면 다들 비슷한 생각을 가지고 있기는 했지만 아무도 나설 수 없었던 것! 누구도 책임지고 싶지 않은 문제이기도 했다. 그런데 태민이 나서서 문제를 개진하니 그러면 가능할 것이라는 신뢰감을 느끼고 있는 것이다.

처음과는 전혀 다른 분위기에 제인은 인상을 찌푸렸다.

"오리엔탈 측이랑은 협의가 된 상황인 건가요?"

원했던 대로 회의가 흘러가지 않자 조급해진 제인이 공격적인 말투로 물었다.

"긍정적인 답변을 얻었습니다."

"긍정적인 답변이라? 그건 지켜도 그만 안 지켜도 그만이라는 뜻이잖아요?"

제인의 말에 주주들이 술렁였다.

"다니엘은 그런 불확실한 협상 때문에 확실했던 관계를 저버린 셈이군요."

제인은 태민에게 제대로 한방 먹였다는 자신감을 드러냈다. 하지만 태민은 당황하기는커녕 별일 아니라는 듯 여유롭게 대꾸했다.

"설마, 그럴 리가 있겠습니까?"

말만으로는 주주들의 마음을 움직일 수 없다는 걸 누구보다 잘 알고 있었다. 그래서 사장으로 부임하자마자 오리엔탈에서 제공할 자료보다 훨씬 더 밀도 높은 정보들을 수집하기 시작했다. 그리고 그것들을 바탕으로 오리엔탈을 설득시킬 제안도 충분히 마련했다.

지금까지 오리엔탈의 반응으로 보아 룩의 제안을 받아들일 게 확실했다. 다만 그런 판단을 내릴 수 있도록 시간은 주어야 했다. 그런데 세라가 갑자기 한국호텔과의 인수합병 결렬 기사를 내는 바람에 일정이 상당히 급박하게 진행되었다. 하지만 충분히 해볼 만한 게임이었다.

"오늘 뉴욕으로 오기 전, 오리엔탈 측에 인수합병을 위한 제안서와 양해각서를 제시하였습니다. 그리고 이 회의에 들어오기 전,

오리엔탈 측에서 양해각서에 사인을 해 보내왔습니다. 여러분들이 동의하신다면 양해각서 체결을 마무리하고 싶군요."

태민은 느긋한 태도로 제인을 보며 말했다. 순간 제인의 얼굴이 일그러졌다. 제인은 세라를 이용해 태민을 사장 자리에서 내쫓고, 그 자리를 차지한 후 한국호텔과의 인수합병을 다시 진행할 생각이었다. 그런데 그 모든 계획이 물거품이 되기 일보 직전이었다.

"엄청 엄청 잘 생겼찌이, 키도 크지이, 어깨도 넓지이, 목소리도 좋지이, 일도 완전 잘 하고. 우리 태민 씨는, 왤케 완벽하지? 헤헤. 그런데, 그거, 알아?"

"뭐?"

"그렇게나, 멋진 남자가, 사랑하는 여자가, 나당. 헤헤."

"아휴, 네네, 아주 잘 나셨습니다. 아주 잘 나신 김현아, 얼른 물 마시고 정신 차리자."

하은이 화장실에 다녀온 사이에, 현아는 몰래 소주 한 잔을 더 마시고는 살짝 혀가 풀려서는 주정을 해댔다. 하은은 이 추운 겨울에 술 취한 현아를 부축해서 걸을 수 없다는 생각에 술을 깨울 요량으로 물을 연신 먹었다.

"우리 태민 씨가, 내가 만든 식빵이 최고랬엉. 그러고 보니, 우리 태민 씨, 내 식빵에 반했나? 헤헤."

연애를 시작하더니 술주정에도 애교가 넘치다 못해 과해. 하은은 현아를 한심하다는 눈빛으로 바라보았다.

"그래! 나, 결심했어! 뒤에서 나 까는 사람들, 찍소리도 못하게 만들어줄 거야. 식빵으로 확, 다, 사로잡을 거라고, 내가. 제발 그 식빵 팔아달라고 내 앞에 무릎 꿇고 애원하게 만들 거야."

"그래, 그래."

하은이 또 물 잔을 내밀었다. 현아는 속이 타는지 물 잔을 받아 들더니 단숨에 비웠다. 그러고 나니 마음이 편해졌는지 다시 빙그레 웃었다.

"보고 싶다, 우리 태민 씨. 반짝 반짝 우리 태민 씨."

"우리 태민 씨 타령, 또 시작이냐?"

현아가 또다시 태민 이야기를 시작하려고 들자 하은은 지겹다는 듯 말하며 길게 한숨을 내쉬었다. 그러다 문득 좋은 생각이 떠올라 휴대폰을 꺼내 들었다.

"김현아, 여기 봐."

현아가 고개를 들어 쳐다보았다. 하은은 현아의 술주정을 카메라로 찍기 시작했다. 김현아, 너의 흑역사를 내가 기록해주지. 절대 안 지워줄 거야. 니가 하는 짓이 얼마나 손발이 오그라드는 짓인지, 술 깨고 나면 처절하게 깨닫게 해주마.

"우리 현아, 지금 누가 제일 보고 싶어?"

"이태민 씨."

"이태민 씨가 뭐가 그리 좋은데?"

"잘생겼어."

"그리고?"

"다, 다, 다 잘해."

"그 중에서 뭘 제일 잘 해?"

"키스, 키스를 엄청, 엄청 잘 해!"

주주회의가 원만하게 마무리되자, 제인을 제외한 모든 이들이 만족하며 돌아갔다. 태민은 이회장이 있는 볼티모어로 가기 위해 차에 올라탔다. 그제야 마음에 여유가 생겼다. 그리고… 현아가 미치도록 보고 싶었다. 목소리라도 듣고 싶은 마음에 휴대폰을 꺼냈다. 하지만 바로 전화를 걸지 못하고 잠시 망설였다. 한국은 이미 새벽인 시간이기 때문이었다.

자고 있겠지? 태민은 잠이 많은 현아를 차마 깨울 수가 없어 휴대폰을 내려놓고 차창 밖을 보았다.

"잠깐."

태민의 말에 차가 급하게 멈춰 섰다.

수석비서가 돌아보며 물었다.

"무슨 일이라도 있으십니까?"

"저기 잠시 들렀다 가지."

차가 멈춘 곳에는 커다란 보석 매장이 있었다. 태민이 차에서 내려 매장으로 들어가자 수석비서가 얼른 그 뒤를 따랐다. 태민은 현아와 늘 함께하고 싶었지만 그럴 수 없었다. 그래서 그런 자신을 대신해 늘 현아와 함께할 무언가를 선물하고 싶었다. 사실 가장 선물하고 싶었던 건 반지였지만, 반지는 프러포즈를 위해서 참기로 했다.

태민이 매장으로 들어서자 점원이 친절하게 인사하며 물었다.

"혹시 찾으시는 게 있으신가요?"

"목걸이, 바라만 봐도 눈부신 여성에게 어울릴 만한 걸로."

태민은 현아를 떠올리며 달콤하게 말했다. 점원은 저도 모르게 태민의 미소에 홀려 잠시 본분을 잊었다. 하지만 곧 정신을 차리고 목걸이들이 전시된 진열대 앞으로 태민을 안내했다.

"추천해드릴까요?"

"아뇨, 직접 고르죠."

현아에게 줄 선물을 고르려니 왠지 모르게 설렜다.

어떤 게 좋을지 찬찬히 살펴보는데, 빛나는 보석들 사이에서 유난히 시선을 잡아끄는 펜던트가 있었다. 해바라기 모양으로, 안쪽에 다이아몬드가 알알이 박혀 마치 태양처럼 빛나고 있었다.

"이거."

해바라기 펜던트를 손으로 가리키자 점원이 조심스러운 손길로 꺼내 태민에게 건넸다. 눈부시게 빛나는 목걸이를 보니 자연스럽게 떠올랐다. 환한 그 빛이 현아를 닮았다.

현아가 술이 살짝 깨자 그제야 둘은 족발 가게를 나왔다. 나중에 집에 갈 걱정 없이 속 편하게 마실 수 있겠다는 생각에 하은은 원룸으로 현아를 이끌었다.

"집에 먹을 거 없어?"

하은이 안주거리를 찾으려 냉장고를 뒤적거리며 물었다.

"식빵 밖에 없다."

현아가 냉장고 위 식빵을 가리키고는 맥주 캔을 따서 호로록 마셨다. 좁은 부엌에서 부스럭거리던 하은이 뭔가를 가져왔다. 치즈와 올리브를 올려 만든 식빵 카나페였다.

"오올, 웬 요리?"

"요리는 무슨. 와인 좋아하던 놈이 만들어줬던 거. 이상하게 그 놈 얼굴은 기억도 안 나는데, 이건 가끔 생각이 나더라고."

하은은 장난스런 표정으로 말했다. 현아는 접시가 놓이기 무섭게 손을 뻗어 카나페를 입안에 넣었다.

"와, 맛있다!"

식빵의 심심한 맛과 짭짤한 치즈 그리고 부드러운 올리브가 너무나도 잘 어우러졌다.

현아는 뭔가에 홀린 듯, 입안의 카나페가 사라지기 전에 또 손을 뻗었다.

"야, 고만 먹어. 내 술안주야."

"먹는 거 가지고 치사하게 굴래?"

현아가 눈을 흘기며 보자 하은이 가소롭다는 듯 피식 웃었다. 그리고는 휴대폰을 꺼내들었다.

"김현아, 너 지금 이 언니한테 치사하다 그랬나?"

"그래, 했다, 왜?"

"훗, 두 번 다시 그 입을 함부로 놀리지 못하게 해주마."

의미심장한 웃음소리에 현아는 불길함을 느꼈다. 하은이 족발 가게에서 찍었던 동영상을 내밀며 씨익, 한층 더 사악한 미소를 지어 보였다.

"김현아, 앞으로 이 언니한테 잘 보여라. 안 그러면 이거 바로 이태민한테 보낸다."

"야!"

하은이 휴대폰을 흔들며 약을 바싹 올렸다. 현아가 휴대폰을 빼앗기 위해 손을 뻗으며 소리를 지르자 순간 쾅쾅, 하고 신경질적으로 벽을 두드리는 소리가 났다.

"뭐냐?"

"옆에 고시생 살아. 시험이 얼마 안 남아서 엄청 예민해."

"그래? 근데, 저렇게 집중을 못 해서야 어디 합격하겠냐?"

하은의 말을 듣기라도 했는지 다시 쾅쾅, 벽 두드리는 소리가 났다. 둘은 잠시 눈치를 보다 금세 다시 몸싸움을 시작했다.

이회장은 태민이 도착하기 삼십 분 전쯤 잠시 깨었다 다시 잠들었다고 했다. 아쉬운 마음을 달래며 침대 옆에 다가가 섰다. 잠든 모습이긴 했지만 할아버지의 얼굴이 편안해 보여 태민은 마음이 놓였다.

얼른 깨어나세요, 태민은 자신의 손으로 이회장의 손을 다정하게 감쌌다.

"도련님, 차 준비 되었습니다."

황집사가 응접실에서 나와 말했다. 태민은 이회장의 손을 놓고 소파에 가 앉았다.

앞에 막 끓인 차가 놓였다.

"일은 원만히 해결하셨더군요."

"그래도 완전히 마무리가 된 건 아니니 한동안은 긴장해야지."

"네, 지금쯤 그들은 아주 초조할 겁니다. 훨씬 더 과격해질지 모르니 조심하십시오."

"그래."

황집사의 염려에 태민은 작게 고개를 끄덕이고는 차를 마셨다.

"이제 베이커리 문제만 해결하면 호텔 문제는 얼추 마무리가 되겠군요."

"응."

호텔 일이 마무리 되면 곧장 현아에게 프러포즈부터 해야지. 매일 보고, 어디든 함께 하는 거야…. 상상만 해도 기분이 좋아져 태민은 저도 모르게 입꼬리가 올라갔다. 황집사도 그가 무슨 생각을 하는지 짐작이 가 덩달아 살짝 웃었다.

13화

현아는 하은을 보내고 늦게 잠들었지만, 다른 날보다 일찍 일어났다. 게시판 일이 있고 난 다음 날이라 행동에 더 신경 써야겠다 생각했다. 평소보다 더 정성을 들여 화장을 하고, 욕실 거울 앞에 섰다.

"김현아, 기죽을 거 없어! 당당하게 행동하자! 잘할 수 있어!"

현아는 혹시라도 마음이 약해질까 거울 속 자신을 보며 의지를 다졌다.

때마침 핸드폰이 드르르, 울렸다. 태민이었다.

-굿모닝?

"네, 태민 씨! 좋은 아침이에요."

-오늘도 기운이 넘치네. 그래야, 내 에너지바지.

"에너지가 넘치는 건 맞는데, 바보는 아니거든요!"

-그래, 그래.

현아가 툴툴거리자 전화기 너머로 태민이 웃는 소리가 들렸다.

-나, 이제 당신에게 돌아가는 중이야.

"네, 기다리고 있을 게요."

태민 씨가 돌아오면 어제 속상했던 일 다 말 해야지. 하은이랑 크게 싸울 뻔한 얘기도, 든든한 주방장님 얘기도 해야지. 그리고 태민 씨 품에 안겨서 토닥토닥 해달라고 해야지. 곧 만날 수 있다고 생각하니 현아는 행복해졌다.

"태민 씨?"

-응?

"힘내라고 말해줄래요?"

-힘내, 김현아.

태민의 힘내란 말에 거짓말처럼 힘이 솟았다. 그래, 오늘 하루도 잘 버텨보자! 현아는 주먹을 꽉 쥐었다.

"태민 씨, 나 오늘도 잘할게요."

-응? 그래.

"늦겠다. 이만 끊어요."

현아는 혹시 늦을까 걱정하며 서둘러 전화를 끊고 집을 나섰다.

현아는 출근하자마자 재료 창고에서 올리브와 치즈를 가져와 조리대 앞에 섰다. 어제 하은이 해주었던 카나페를 먹으며 올리브와 시그니처 식빵의 재료로 쓰면 좋겠다는 생각이 들었기 때문이다.

"주방장님, 이걸 시그니처 식빵에 넣으면 어떨까요?"

"올리브와 치즈를?"

주방장은 선뜻 확신이 서지 않는다는 표정이었다.

"네, 치즈는 이미 많은 곳에서 식빵의 재료로 쓰고 있습니다. 올리브 역시도 특유의 부드러우면서 오일리한 식감 때문에 여러 요리에 쓰이는 재료입니다. 그런 점에서 천연 발효종의 독특한 풍미와도 잘 어울릴 겁니다. 특히 올리브는 노화방지, 고혈압 예방, 항산화 효과 등 알려진 건강 효능이 무궁무진해 슈퍼 푸드로 불리는 만큼 평범하면서도 특별한 식빵의 재료로 안성맞춤이라고 생각합니다."

현아가 생각했던 것들을 최대한 잘 전달하기 위해 노력했다. 주방장은 잠자코 듣더니 천천히 고개를 끄덕였다.

"많이 생각했나 보네, 잘했어."

"고맙습니다."

"일단 한번 만들어보자고."

"네!"

전용기가 수평 비행을 시작했다. 태민은 보고 있던 서류들을 내려놓고 잠시 창밖으로 눈을 돌렸다. 끝없이 펼쳐진 하얀 구름이 현아와 함께 걸었던 눈밭처럼 보였다. 그때였다, 수석비서가 다급하게 와 태블릿 PC를 내밀었다.

"사장님, 이것 좀 보셔야 할 거 같습니다."

화면에 '사장이랑 여직원, 다른 호텔에서 나오는 걸 목격!'이라는 제목의 글이 떠 있었다. 태민은 그 게시 글에 첨부된 현아와 자신의 사진을 보고 피가 거꾸로 흐르는 듯한 기분이 들었다. 세라가 자신을 협박하려 보냈던 그 사진이었다. 내 주위를 흔든다는 게 이런 거였나?

"그것 때문에 어제 호텔에서 소동이 일어난 모양입니다. 그 위의 글에는 동영상도 있습니다."

수석비서의 말을 따라 태민은 '구내식당 파이터'라는 글을 클릭했다. 재생버튼을 누르니, 시작하자마자 현아의 얼굴이 보였다. 동영상 속의 현아는 '저, 사장 빽으로 룩 호텔 들어온 게 아니라 제 능력으로 들어왔거든요'라며 사과를 요구하고 있었다.

태민은 자신 때문에 곤욕을 치르는 현아를 보니 마음이 아팠다. 하지만 그런 와중에도 당당하게 맞서 싸우는 게 또 너무나 사랑스러웠다. 역시 내 여자야, 하지만 더는 현아가 곤란해하는 걸 보고 싶지 않았다. 얼른 한국으로 돌아가고 싶었다.

"사장님, 조금 전에 올라온 글도 보셔야 할 것 같습니다."

태민은 수석비서가 말한 글을 확인했다. 방금 전, 익명으로 올라온 글이었다.

[인수합병, 인원 감축 시작]

한국호텔과의 인수합병이 깨지고 오리엔탈호텔이랑

인수합병 진행한다고 함.

한국호텔이랑은 유리한 조건이었는데, 오리엔탈로 바뀌면서

불리하게 되었음.

그래서 지금 인원 감축도 있을 거란 말 돌고 있음.

그게 다 결혼이 파토 나서라고 함.

아니, 왜 재벌들의 불장난에 우리가 피해를 입어야 함?

글을 읽는 태민의 눈빛이 서늘해졌다.

인원 감축이 이뤄질지도 모른다는 글은 사람들이 태민과 현아의 관계를 바라보는 시각까지 바꿨다. 그 전까지는 단순히 사장과 여직원의 스캔들로 보았다면, 이제는 자신들의 일자리를 위협하게 만든 몹쓸 불장난으로 생각하게 된 것이다. 직원들이 모인 곳에서는 태민과 현아에 대한 이야기가 끊이질 않았다.

둘의 호텔 밀회, 인수합병, 인원 감축이 하나로 연결되어 사실과 사실이 아닌 이야기들이 삽시간에 꼬리에 꼬리를 물고 퍼졌다. 직원들은 서로의 불안감을 공유했고, 그럴수록 태민과 현아의 관계에 대한 곱지 않은 시선도 더욱 차가워졌다.

"야, 그러지 말고 오늘 점심은 나가서 먹자."

하은은 구내식당으로 향하는 현아를 말렸다. 자신을 걱정해 그런다는 걸 알았지만, 매번 피해 다닐 수 없는 노릇이었다. 거기다 부끄러울 짓은 하지 않았기 때문에 당당히 맞서기로 마음먹었다.

"뭘 나가서 먹어, 이렇게 추운 날에."

현아는 아무렇지 않은 척 구내식당으로 들어섰다. 하은은 못 말리겠다는 듯 한숨을 내쉬며 뒤따라 들어갔다. 구내식당으로 들어서자 순간 식당 안에 있던 사람들의 시선이 한쪽으로 쏠렸다.

어쩜 저렇게 뻔뻔해?

자기 때문에 사람들이 잘릴지도 모르는데 밥이 넘어가나?

사장을 등에 업어서 무서운 게 없나 보지?

터무니없는 비난의 말이 현아에게 쏟아졌다. 하은은 웅성대는 사람들 쪽을 매섭게 노려봐주고는 걱정스레 현아를 살폈다. 현아는 마치 그들의 말이 귀에 들리지 않는 것처럼 식판을 들고 배식구로 성큼성큼 걸어갔다. 그리고 배식원에게 씩씩하게 말했다.

"이모님, 저 밥 많이 주세요. 많이 먹고 힘내야 하거든요."

식판 가득 밥을 받아서는 걸어가는데, 누군가 의도적으로 현아의 발을 걸었다. 철퍼덕 소리를 내며 현아가 바닥에 고꾸라졌다. 식판이 바닥으로 떨어지며 현아의 머리와 옷을 더럽혔다. 순간 울컥해서 눈물을 쏟을 뻔했지만 현아는 온 힘을 다해서 참아냈다.

안 울 거야, 절대 안 울어. 나오려는 눈물을 꾹 눌러 담으며 이를 악물었다.

그때, 식당이 다시 술렁이기 시작했다.

"이러고 있는 데도 예뻐 보이면, 내가 미친 건가?"

태민이 현아가 민망해하지 않도록 너스레를 떨며 무릎을 꿇고 앉았다. 현아는 생각지도 못한 그의 등장에 놀라 잠시 멍해졌다. 손수건을 꺼내 얼굴을 정성스레 닦아주는데, 이런 우스운 꼴을 보이게 된 게 너무나 속상해 현아는 고개를 숙였다.

"괜찮아, 내 눈에는 언제나 예쁘니까."

태민은 현아의 턱을 들어 눈을 맞추었다. 그의 따스한 미소에 현아는 차갑게 얼었던 마음이 조금씩 풀리는 듯했다.

"그만 가자."

태민은 현아를 부축해 포근하게 어깨를 감싸며 말했다. 그리고는 차가운 눈빛으로 식당을 둘러보았다. 그 기세에 눌려 사람들은 저도 모르게 다들 시선을 피했다. 태민과 현아가 구내식당을 나가려 하자, 현아에게 발을 걸었던 남자가 들으라는 듯 큰 소리로 비아냥거렸다.

"여자한테 미쳐서는."

남자는 일부러 도발하려는 것처럼 일부러 거슬리는 말을 골라서 내뱉었다. 그리고는 뻬딱하게 앉아 이쪽을 쳐다봤다. 태민이 가던 걸음을 멈추고 남자를 보았다.

"맞아, 나 이 여자한테 미쳤어. 그런데 그게 그쪽이랑 무슨 상관이지?"

서릿발 같은 태민의 눈빛에 남자는 저도 모르게 움찔했지만, 이내 큰소리로 응수했다.

"상관이 왜 없어! 당신, 그 같잖은 불장난 때문에 인수합병 틀어져서 언제 쫓겨날지도 모르는데!"

"이봐. 그쪽이 불안해하는 건 이해하겠는데, 바로 잡아야 할 게 있어. 먼저, 난 같잖은 불장난을 하는 게 아니라 진지하게 사랑을 하는 중이야. 그리고 다음, 인수합병은 진행되지만 인원감축은 절대 없어. 즉, 그쪽처럼 무례한 사람도 해고할 생각이 없어."

다분히 감정적인 남자의 말에도 태민은 흥분한 기색 없이 침착하게 대응했다. 그러자 오히려 남자가 초조한 듯 제 아랫입술을 깨물며 눈동자를 굴리다 현아를 보았다.

"그따위 소리를 믿으라고? 차라리 니 여자를 준다 그래라."

"그런 식으로 말하면 곤란한데, 날 모욕하는 건 참아도 내 여자 모욕하는 건 못 참겠거든."

"못 참으면 어쩔 건데? 한 대 치려고? 그래, 어디 한번 쳐봐."

남자가 태민의 어깨를 툭툭 치며 깐죽거렸다. 태민은 무심한 얼굴로 남자를 쳐다봤지만, 지켜보는 사람들은 언제 터질지 모르는 시한폭탄 같다는 느낌을 받았다. 더는 보고 있을 수 없어 현아가 남자의 손을 밀쳐냈다.

"그만하세요!"

"이게, 확!"

발끈한 남자가 손을 올려 현아를 때리려 했다. 순간 현아는 공포에 질려 질끈 눈을 감았다.

태민은 재빠르게 자신의 얼굴을 들이밀어 현아에게 향하던 남자의 손을 막았다.

철썩! 남자의 손이 세차게 태민의 뺨을 후려쳤다. 태민은 남자에게 맞은 볼이 얼얼한지 손으로 얼굴을 쓸어내렸다. 순식간에 나타난 경호원들이 남자를 잡아 제지했다.

"괜찮으십니까?"

수석비서의 물음에 태민은 나서지 말라는 듯 눈빛을 보냈다. 괜히 일을 키울 필요는 없다는 판단이었다. 그러자 수석비서가 남자를 붙잡고 있던 경호원들에게 눈짓을 했다. 경호원들이 몸을 놓자 남자는 기분 나쁘다는 듯 몸을 세게 털었다.

"특별히 이번 일은 없었던 일로 할 테니 그만 하지. 하지만 다음엔 내가 어떻게 할 지 모르겠어."

아주 차분하게 말했지만 태민의 눈빛은 분노로 이글댔다. 태민이 현아를 데리고 식당을 나가려하자 남자가 갑자기 현아의 한 손을 잡아끌어 세웠다.

"그러지 말고, 나도 좀 만나자고. 내가 돈은 없어도 만족은 시켜 줄 수."

남자의 말이 채 끝나기도 전에 태민이 남자의 얼굴에 주먹을 날렸다. 순간 이성을 잃어 저도 모르게 나와버린 행동이었다. 남자는 미처 피하지 못하고 힘없이 떠밀려 날아가 쓰레기통 위에 쓰러졌다. 남자의 주위로 휴지가 나뒹굴었다.

"내가 틀림없이 경고했을 텐데, 내 여자 모욕하는 건 못 참는다고. 그러고 있으니 뭐가 쓰레기인지 모르겠군."

태민은 주먹을 몇 번 쥐었다 펴며 말했다. 그런데 이상하게도 남자는 기분 나빠하는 기색이 전혀 없었다. 오히려 입술에 흐르는 피를 닦아내며 실실 웃었다. 그 모습에 태민은 섬뜩한 기분이 들었다.

수석비서와 하은이 남아 상황을 정리하기로 하고 태민은 현아가 옷을 갈아입을 수 있도록 스위트룸으로 올라왔다. 현아는 태민의 붉어진 볼을 안쓰럽게 쳐다보았다. 아파할까 차마 건드리지도 못했다.

"많이 아프죠? 미안해요, 나 때문에… 하은이가 밖에서 먹자는 걸 내가 고집을 피워서…. 다 나 때문이에요."

"좀 전의 그 일은 당신 때문이 아니라 그 사람 때문에 일어난 일이야. 그 사람이 잘못한 거지, 당신 탓이 아냐. 알겠어?"

현아가 고개를 끄덕였다. 하지만 상황이 복잡하게 꼬여 버린 게 전부 자신 탓인 것 같아 마음이 무거웠다. 태민은 현아가 무슨 생각을 하는지 알아채고 손을 당겨 품에 안고 등을 부드럽게 쓸어주었다. 그러자 마음이 조금 편해지는 듯했다.

"당신을 사랑하지만 된장국 냄새는 맡기 조금 힘드네. 얼른 씻어."

태민이 일부러 과장되게 말하며 현아를 떼어냈다. 그리고는 샐쭉해하는 현아에게 갈아입을 옷을 안기며 욕실로 밀어 넣었다. 침대에 걸터앉은 태민은 입술의 피를 닦으며 실실거렸던 남자의 얼굴을 떠올렸다. 태민이 주먹을 날리자 마치 자신을 때려주기를 기다렸다는 듯 웃었다.

뭔가 이상해. 느낌이 안 좋아. 태민은 그 남자가 의뭉스럽게 웃던 모습이 못내 마음에 걸렸다.

그때 태민의 셔츠와 바지로 갈아입은 현아가 쭈뼛거리며 욕실을 나왔다.

"이상하죠?"

현아는 어색하게 웃으며 미간을 찡그렸다. 어깨선이 한참이나 내려간 셔츠와 몇 번을 접어 올린 바지 단이 마치 어린아이가 엄마의 옷을 몰래 꺼내 입은 느낌이 들었다. 그 모습을 보자 조금 전의 불쾌했던 기분이 순식간에 사라지는 듯했다.

"아니, 너무 잘 어울려."

태민이 쑥스러워하는 현아를 힘껏 안았다. 따스한 체온이 전해지자 현아는 저도 모르게 마음이 놓여 응석을 부리듯 그의 품에 기대었다.

"김현아."

"네?"

"아무 걱정하지 마. 내가 다 해결할 테니까. 당신 남자 친구는 당신이 생각하는 것보다 훨씬 더 능력 있어."

"알아요."

"알면 그냥 믿어. 걱정할 시간 있으면 그 시간에 내 생각을 해, 알았어?"

"그래요."

현아는 태민의 말에 고개를 끄덕였다. 한참 서로의 체온을 느끼다 태민이 갑자기 몸을 떼더니 현아를 침대에 앉혔다.

"잠깐 거기 있어 봐."

태민은 재킷 안주머니에서 작은 케이스를 꺼내 현아 앞에 무릎을 꿇고 앉았다. 설마? 현아의 심장이 곧 터질 것처럼 두근거렸다. 태민이 조심스럽게 케이스를 열어 현아에게 내밀었다. 세상에서 사랑하는 단 한명의 여자, 김현아를 위한 해바라기 목걸이였다.

"나랑 결혼해줄래?"

갑작스러운 프러포즈에 현아는 너무 놀랐다. 그를 만난 이후로 늘 꿈꾸어오던 그 순간이었지만, 막상 현실이 되자 어떻게 해야 하는지, 어떤 말을 해야 할지, 머리가 새하얘져 아무 것도 할 수 없었다.

"반지가 아니라 목걸이라 좀 그렇긴 하지만… 다음에 다시 반지로 멋지게 프러포즈 할게."

언제나 당당하고 자신감 넘쳤던 태민도 지금 이 순간만큼은 쑥스러웠다. 현아는 그런 태민의 모습이 낯설면서도 사랑스러워 웃음이 났다. 놀란 마음을 진정시키고 나니 그가 갑작스럽게 프러포즈를 하는 이유를 알 것 같았다.

나 혼자 힘들까 봐, 내게 든든한 울타리가 되어주고 싶은 거겠지… 현아는 태민이 너무 고맙고 든든했다.

"좋아요, 결혼해요."

현아가 흔쾌히 청혼을 승낙했다. 대답이 예상보다 너무 빨리 나오자 태민은 세상을 다 가진 듯 기뻐하며 현아를 안았다. 아니, 안으려는데 현아가 갑자기 정색을 했다. 영문 모를 행동에 놀라 쳐다보자 생각지 못한 말이 돌아왔다.

"근데, 지금은 안 돼요."

현아는 미안한 표정이었지만, 대답은 단호했다.

"뭐? 방금 뭐라고…?"

태민은 순간 자신이 잘못 들었나 싶어 되물었다.

"나도 태민 씨랑 너무 너무 결혼하고 싶지만, 지금은 못하겠어요. 나에 대한 뜬소문들 다 정리하고 나면 그때 해요. 그때도 태민 씨가 날 사랑한다면, 그때 우리 결혼해요."

현아는 차분하게 제 생각을 말했다. 태민은 놀리려 농담을 하는 건가 했지만, 그러기에 현아의 표정이 너무나 진지했다.

"언제가 됐든 내가 결혼하고 싶은 사람은 당신밖에 없어. 어차피 하게 될 결혼, 조금 서둘러 하는 거라고 생각해. 당신에 대한 소문들은 결혼하고 나면 금방 사그라질 거야."

태민이 현아를 설득하려 했지만, 현아는 쓸쓸하게 웃을 뿐이었다.

"그럴 거예요. 태민 씨랑 결혼하게 되면, 나에 대한 뜬소문들 전부 언제 그랬냐는 듯 사라질 거예요. 하지만 그건 싸우기 싫어서 덮어버리자는 거잖아요. 전 그러고 싶지 않아요. 그리고 무엇보다도 행복해야 할 결혼을 그런 식으로 이용하고 싶지 않아요."

현아가 조심스레 내뱉는 말들을 태민은 가만히 귀 기울여 들어주었다.

"태민 씨 마음 잘 알아요, 나 힘들까 봐 그러는 거. 그렇지만 내가 해결할게요. 당신 여자 친구도 당신이 생각하는 것보다 훨씬 더 능력 있어요. 내가 사람들에게 내 능력을 보여줄 수 있게, 그래서 당신 여자 친구가 엄청 멋진 사람이란 걸 보여줄 수 있게 지켜봐줘요."

현아가 흔들림 없는 눈빛으로 태민을 보았다. 태민은 자신에게 기대려 하지 않는 게 조금 서운했지만 그 마음을 이해할 수 있었다. 언제나 최선을 다하는 멋진 내 여자, 태민은 대답 대신 현아를 다정하게 안아주었다.

"많이 힘들 텐데 괜찮겠어?"

"원래 용기 있는 자가 미남을 얻는다고, 이태민 씨랑 사귀려면 어쩔 수 없죠, 뭐."

걱정스레 묻는 말에도 현아는 농담처럼 대답했다.

"이태민 씨?"

"응?"

"근데 나 목걸이는 받을게요."

"어?"

예상치 못한 말에 태민은 기뻤지만 다른 의미가 있을까 싶어 긴장하며 쳐다봤다.

"태민 씨가 나를 위해 골랐을 걸 생각하니, 너무 갖고 싶어요."

솔직히 목걸이가 너무 비싸 보여 거절할까도 생각했다. 하지만 자신을 위해 준비한 선물이니 기쁘게 받아주고 싶었다. 그것까지 거절한다면 태민이 많이 속상해할 것 같았다. 태민이 들뜬 얼굴로 목걸이를 케이스에서 꺼내 들었다.

"왜 해바라기에요?"

"태양보다 더 빛나는 해바라기…. 이걸 보는 순간 당신 얼굴이 떠올랐어. 반짝반짝 빛나는 게 당신을 닮아서."

애정이 담기다 못해 넘쳐흐르는 그 말에 현아는 얼굴을 붉혔다. 태민이 현아 뒤로 가 목걸이를 걸어주었다. 해바라기 펜던트가 현아의 쇄골에서 반짝거렸다.

"잘 어울린다. 앞으로 항상 하고 다녀."

"그럴게요, 고마워요."

"그 말 별론데."

현아의 대답이 마음에 들지 않는지 태민이 시큰둥하게 대답했다. 그러자 현아는 그가 원하는 대답을 해주려 조심스레 입을 열었다.

"사랑해요."

"나도 사랑해."

태민의 눈이 자신을 향하자 현아는 자연스럽게 눈을 감았다. 둘의 입술이 천천히 포개지던 그 순간… 똑똑, 침실 문을 두드리는 소리가 났다. 현아가 화들짝 놀라며 태민에게서 떨어졌다. 태민이 못내 아쉬운 얼굴로 불청객의 방문을 허락했다.

"들어와."

태민의 말이 끝나기 무섭게 수석비서가 문을 벌컥 열고 들어왔다. 그의 표정이 어두웠다.

"사장님…."

태민은 말하지 말라는 눈짓을 보냈다. 현아를 불안하게 만들고 싶지 않았다. 현아는 심상치 않은 분위기를 감지하고 자리에서 일어났다.

"저 그만 내려가 볼게요. 좀 있음 업무 시작해야 해서요."

"그래, 이따 퇴근하고 봐."

현아가 서둘러 방을 나가자 태민이 수석비서에게 물었다.

"무슨 일이야?"

"큰일 났습니다. 이걸 보십시오."

수석비서는 태블릿 PC를 들어 사이트에 올라온 영상 하나를 태민에게 보여주었다. 'L호텔 사장 갑질 동영상'이란 제목의 영상이었다. 태민은 순간 싸한 예감이 들었다. 영상에는 구내식당에서 태민과 남자가 다투는 게 찍혀 있었다. 하지만 사이트에 올라온 영상은 다툼 전체가 아니라 일부분이었다. 태민이 남자의 얼굴에 주먹을 날리고 피를 흘리며 바닥에 쓰러져 있는 남자에게 '그러고 있으니 뭐가 쓰레기인지 모르겠군' 하고 말하는 부분만 편집되어 올라와 있었다.

그건 누가 봐도 호텔 사장이 직원에게 폭언을 하고 폭력을 행사하는 모습이었다. 제목 그대로 '사장이 직원에게 갑질을 하는'동영상이었다. 얼굴이 모자이크로 처리되긴 했지만, 제목에서 나온 L호텔과 실루엣만으로도 동영상의 주인공이 룩 호텔의 사장인 태민이라는 걸 쉽게 짐작할 수 있었다.

"누군가가 악의적으로 편집해 올렸습니다."

태민은 순간 남자의 기분 나쁜 웃음이 떠올랐다. 입술에 흐르는 피를 닦으며 실실 웃던 모습이….

"아무래도 함정에 빠진 거 같군."

태민은 침착하게 상황을 파악했다.

"그리고 조금 전에 기술팀에서 연락이 왔습니다. 그런데 알아보라 하셨던 게시판 글 작성자가, 사장님께 시비를 걸었던 객실 팀 김영호 매니저였습니다."

"설마 이 동영상을 올린 것도 그자인가?"

"네, CCTV에 김영호 매니저가 동료에게 미리 자신의 휴대폰을 주며 촬영을 부탁하는 모습이 촬영되어 있다고 합니다."

"그 후에 이렇게 편집된 동영상을 올렸고…."

태민은 얕은 수에 걸려든 게 어이가 없어 웃음이 났다. 원하는 대로 진행됐다고 생각하겠지만, 지금부터는 아닐 거야. 태민의 눈이 매섭게 빛났다.

"동영상은 어느 정도 퍼진 거지?"

"일찍 발견하여 조치를 취한 덕에 더 이상 퍼지지는 않을 겁니다. 염려 않으셔도 됩니다."

"원본 영상은?"

"그게, 김영호 매니저가 갑자기 사라지는 바람에 아직 확보하지 못했습니다. 현재 소재를 파악하고 있습니다."

그자의 행방이 묘연하다는 말에 태민은 괜히 찜찜한 기분이 들었다. 그런 마음을 눈치 챘는지 수석비서가 서둘러 말했다.

"만약을 대비해 CCTV 영상은 준비해두었습니다."

"아니, 그건 소리가 없어서 더 큰 오해를 만들 수도 있으니 원본이 필요해. 그자를 최대한 빨리 찾아. 그리고 배후에 누가 있는지도 알아봐."

"네."

태민은 침착하게 현 시점에서 해결할 수 있는 방법을 생각했다.

"그리고 인원 감축에 대한 회사 입장 발표해. 인수합병이 진행되어도 절대 감축되는 인원은 없다고, 직원들이 동요하지 않고 일할 수 있게 신경 좀 써줘."

"네, 알겠습니다."

현아가 주방으로 들어서자 사람들의 불편한 시선이 느껴져 자꾸만 어깨가 움츠러들었다. 하지만 이내 당당히 가슴을 펴고 고개를 들었다.

"아자, 아자! 힘, 힘, 힘!"

현아는 주문을 외듯 기합을 넣으며 작업대 앞에 섰다. 그래, 나 김현아, 빵에 대한 열정만큼은 누구에게도 지지 않아. 이번 시그니처 식빵, 꼭 성공해 보일 거야. 그래서 다들 날 인정하게 만들 거야. 오전에 주방장에게 말한 대로 치즈와 올리브를 재료로 한 발효 식빵을 만들기 시작했다. 각각의 비율을 달리해 반죽을 만들었다. 가장 맛있는 비율을 찾아내는 것이 관건이었다. 현아는 주위의 시선은 잊고 오로지 식빵에만 집중했다.

재료의 비율이 각기 다른 식빵을 스무 개쯤 반죽하고 구워냈을 때, 갑자기 앞에 작은 딸기 생크림 케이크 하나와 포크가 놓였다. 현아가 놀라 고개를 들었다.

"힘들지?"

동원이 다정하게 말을 걸어왔다. 직원 게시판에 태민과 현아의 호텔 사진이 올라온 후, 동원은 현아를 멀리 했다. 그러던 동원이 다시 먼저 말을 걸어주는 게 그저 고마웠다.

"선배…."

"잘 돼가?"

"열심히는 하고 있어요."

잠시 침묵이 흘렀다. 동원이 조심스레 입을 열었다.

"사실 나 사람들이 욕할 때 그냥 듣고만 있었어. 날 아프게 한 네가 미웠거든. 아까 식당에서도 그랬어. 난 너보다 내 마음이 다친 게 더 중요해서… 그래서 곤란해 하는 널 보고도 모르는 척했어. 그런데 그 사람은 다르더라. 그동안 미안했어."

"아, 아니에요."

멋쩍게 웃으며 사과하는 동원에게 현아는 손사래를 쳤다.

"이건 이번에 만든 1인용 케이크야. 이거 먹고 힘내서 잘해보자."

"네, 고마워요, 선배."

케이크를 건네고 동원이 서둘러 자신의 작업대로 돌아갔다. 미니 케이크는 기존 홀 케이크의 4분의 1정도 되는 크기였다. 현아가 포크로 케이크를 잘라 입에 넣었다. 역시나 맛있네, 크기도 적당하고. 새삼 1인 베이커리를 기획한 태민이 대단하다는 생각이 들었다. 그래, 나도 시그니처 식빵, 잘 만들어보자!

"아자, 아자! 힘, 힘, 힘!"

현아는 다시 한 번 기합을 넣으며 빵을 반죽하기 시작했다.

태민이 사장실로 내려가는데, 갑자기 세라에게 전화가 걸려왔다.

-내 도움이 필요하지 않아요?

이 모든 일의 배후에 세라가 있다는 심증이 확신으로 바뀌었다.

"아니, 도움이 필요한 건 오히려 그쪽일 텐데."

-내가 왜 당신 도움이 필요하죠?

"이 일의 배후에 그쪽이 있으니까. 이쪽에서 파고들면 그쪽도 꽤 심하게 타격을 입을 거야. 그러니 이쯤에서 그만하는 거 어때?"

-배후요? 아무런 증거도 없으면서.

비웃는 말투로 보아 태민은 이미 그쪽에서 원본을 입수했을 거란 생각이 들었다.

"이미 그자를 빼돌린 건가?"

-빼돌리다니, 누굴요?

"김영호, 당신에게서 이 일을 사주 받은 자."

-무슨 말을 하는지 잘 모르겠네요, 소설이라도 쓰시나 봐요?

세라는 전혀 모르는 것처럼 발뺌했다.

-어쨌거나 당신을 구할 키는 내게 있으니, 그걸 받을지 말지 결정하세요. 그리 오래는 못 기다려요. 기한은 내일 아침까지, 그 후에는 어떻게 될지 나도 책임 못 져요.

세라는 제 할 말만 하고 전화를 끊었다.

원본을 확보할 수 없다면 다른 대책을 세워야 했다. 잠시 생각에 잠겨 있던 태민이 인터폰을 눌러 수석비서를 사장실로 불렀다.

현아는 시그니처 식빵을 만드는 데 집중하느라 시간이 어떻게 가는지도 몰랐다. 가능한 모든 재료의 조합 중에 최고의 조합을 찾아야 했기에 만들어야 하는 양이 꽤 많았다. 그래서 쉴 새 없이 빵을 만들다 보니 어느새 퇴근 시간이 지난 줄도 몰랐다. 정신없이 일하던 그때, 태민에게서 전화가 걸려왔다.

-퇴근 안 해?

"어? 벌써 시간이 이렇게 됐어요?"

현아는 휴대폰의 시간을 확인하고 깜짝 놀랐다. 이미 퇴근 시간이 두 시간이나 지나 있었다. 하지만 아직 집에 갈 수 없었다. 시그니처 식빵을 완성해야 한다는 생각에 조급한 마음이 들었다. 얼른 완성해 베이커리와 룩 호텔, 아니 무엇보다 태민에게 도움을 주고 싶었기 때문이다.

"조금만 더 일하고 갈게요, 알아서 갈 테니까 신경 쓰지 말고 일해요."

-오늘 하루만 일할 건 아니지? 내일도 일해야지. 오늘은 가서 쉬자.

태민의 다정한 말에, 현아가 금세 백기를 들었다.

"네, 퇴근할게요."

-그래, 후문에서 기다리고 있을 테니 얼른 내려와.

현아가 후문으로 나가자 기다렸다는 듯 빵빵, 하고 경적소리가 울렸다. 평범한 은색 세단이 서 있었다. 도로에 나가면 열에 다섯은 타고 다닐 법한 차였다. 아마 사람들의 시선을 피하기 위해서인 듯했다. 누가 볼세라 현아가 재빠르게 차에 올라탔다.

"고생 많았어."

태민이 눈을 맞추며 다정하게 웃었다. 그 따뜻한 미소에 현아는 오늘 힘든 게 전부 사라지는 것 같은 기분이었다.

"태민 씨도 수고했어요."

"그나저나 너무 오래 일하는 거 아냐? 너무 회사 생각만 하면 곤란한데."

"사장님이 그런 이야기하는 거 웃기거든요?"

"아니, 나 사장 퇴근했어. 지금은 김현아 남자 친구 출근이야."

닭살스러운 말에 현아는 괜히 민망해졌다. 이 남자는 부끄러움도 없나? 어쩜 저런 오그라드는 말을 막 해? 그런 생각을 하면서도 은근히 기분이 좋았다.

"손."

태민이 현아를 향해 오른손을 내밀어 손바닥을 보였다. 왜 이렇게 매번 떨리지? 현아는 두근거리는 가슴을 진정시키고 태민의 손바닥 위에 살포시 왼손을 얹었다. 그러자 태민이 자연스럽게 깍지를 끼며 잡았다. 이 순간이 영원했으면 좋겠단 생각이 들었다.

차가 금세 현아의 원룸 앞에 도착했다. 현아는 내리기 아쉬워서, 태민은 현아를 보내기 아쉬워서, 차가 멈춘 후에도 둘은 아무 말 없이 손을 붙잡고 있었다. 먼저 입을 연 건 현아였다.

"그만 가볼게요."

"어, 그래…."

현아가 손을 풀고 차 문고리를 잡자, 태민도 내릴 준비를 했다.

"나오지 마요. 태민 씨도 얼른 가서 쉬어야죠."

그의 얼굴에 아쉬움이 서리자 현아는 괜히 마음이 무거워졌다.

"저기… 차 한 잔 하고 갈래요?"

현아를 따라 원룸 안으로 들어간 태민은 조금 충격을 받았다. 둘이 함께 살던 집에 비해 훨씬 작은 크기인데, 이 공간에 싱크대는 물론 책상, 옷장 그리고 화장실까지 들어차 여유 공간이 없었기 때문이다.

"여기에서 산다고?"

"이게 원룸이라는 거예요. 대한민국의 많은 젊은이들이 이런 곳에 살아요."

현아는 이런 반응쯤은 예상한 듯, 태연하게 태민과 자신의 코트를 옷장에 넣고 전기주전자에 물을 끓였다. 태민은 선 채로 좁은 원룸을 쓰윽 한 번 훑더니, 말했다.

"그러지 말고 우리 집으로 가. 우리가 살던 집으로."

"아뇨, 싫어요. 거기 있으면 자꾸 태민 씨 생각나서 혼자 못 있을 거 같아요."

현아는 별 생각 없이 한 말이었지만, 그 말을 들은 태민의 입 꼬리가 살짝 올라갔다. 태민은 뒤로 가 슬며시 허리를 감아 안고 목덜미에 얼굴을 가져갔다. 뜨거운 숨결이 느껴지자 현아가 고개를 돌렸다. 그 순간, 입술이 덮쳐왔다. 천천히 현아의 입술을 열고 들어간 태민의 혀가 좀 더 깊게 들어가려던 순간, 전기주전자가 탁, 소리를 내며 꺼졌다. 순간 정신이 번쩍 들었다.

맞다, 옆방! 밀착되어 있던 몸이 급하게 멀어졌다.

"잠깐… 옆방이…."

"옆방이 뭐?"

"방음이 잘 안 돼서…."

"그런데?"

"그래서 소리가 옆방에 다 들려요."

"옆방에 다 들리면 어때서?"

"아니, 우리 사랑하는 소리도 다 들리고 그러면… 그니까…."

현아가 얼굴을 붉히며 조심스레 말하자 태민이 대수롭지 않은 듯 대꾸했다.

"그게 왜? 연인들이면 당연히 하는 거고, 옆방도 성인이면 알텐데."

말이 끝나기 무섭게 옆방에서 세차게 벽을 두드리는 소리가 들렸다. 태민이 황당한 얼굴로 벽과 현아를 번갈아보았다. 현아가 거 보라는 듯 고개를 끄덕였다.

"이렇게 말하는 것도 다 들린단 말이에요, 그러니까 오늘은 그만해요."

태민은 못마땅한 얼굴이었다. 현아는 그런 태민을 달래주려 꼭 안아주었다.

"미안해요. 핫초코 맛있게 타줄 테니 그거 마셔요, 우리."

"난 핫초코보다 에너지바가 더 필요한데."

"잠깐만 앉아서 기다려요."

현아는 쑥스러워 태민의 몸을 밀어내 바닥에 앉혔다. 머그잔을 젓가락으로 휘휘 젓는 현아의 뒷모습을 보며 태민이 흐뭇해했다. 사랑하는 사람이 자신을 위해 핫초코를 타고 있다는 사실만으로도 행복했다.

"마셔봐요."

현아가 머그잔을 내밀며 옆에 앉자, 태민은 조금의 틈도 허용하지 않겠다는 듯 바싹 다가갔다. 그리고는 빤히 쳐다보았다. 현아는 그의 뜨거운 시선을 마주볼 엄두가 나지 않아 고개를 숙인 채 핫초코만 홀짝거렸다.

"맛있다. 안 마셔요?"

현아가 슬쩍 고개를 돌리며 물었다. 그 순간 태민의 입술이 덮쳐왔다. 혀가 입안을 살짝 훑으며 지나갔다.

"달다."

태민이 갑작스러운 키스에 얼어 있는 현아의 귀에다 작게 속삭였다. 온몸이 간질거리고 열이 올랐다. 방심한 틈을 타 머그잔을 멀리 치운 태민이 현아를 안아 옆으로 눕혔다. 민망해하며 일어나려고 하자 허리를 끌어안으며 말했다.

"우리 잠깐 이렇게 있자."

태민의 촉촉한 눈빛에 현아는 그냥 다시 누웠다. 둘은 한참 동안 말없이 서로의 얼굴을 들여다보았다. 사랑한다는 말을 하지 않아도 사랑한다는 게 느껴졌다.

"이런 방에서 함께 사는 것도 나쁘진 않겠다."

현아가 어이없는 표정을 지으며 태민을 보았다.

"이렇게 좁으니까 심하게 다툰 날에도 어쩔 수 없이 딱 달라붙어서 자야겠지? 나 여기 와서 살까?"

"스위트룸에 사는 사람이 그런 말 하면 사람들이 욕해요."

"김현아가 없는 스위트룸은 외롭고 쓸쓸해. 난 당신이 있는 원룸에 살고 싶어."

그렇게 말하는 눈빛이 슬퍼 보여 현아는 태민의 얼굴을 부드럽게 어루만져주었다. 마음속 깊은 슬픔을 꺼내어, 나누어 갖고 위로해주고 싶었다.

"이태민 씨."

"응?"

"태민 씨 부모님은 어떤 분이셨어요?"

태민은 잠시 망설이는 표정을 지었다. 그 누구에게도 한 적 없는 이야기였다. 하지만 곧 현아에게는 털어놔도 괜찮을 것 같은 생각이 들었다.

"다정한 분들이셨어… 내가 일곱 살 때 호수에서 스케이트를 타다가 심한 감기에 걸렸는데, 그때 부모님은 스페인에 계셨어. 철없던 나는 부모님께 보고 싶으니 얼른 와달라고 전화를 했어. 부모님께선 내 한마디에 곧장 비행기를 타셨지. 하지만 영영 오지 않으셨어."

담담하게 말했지만 목소리에는 슬픔이 묻어 있었다. 현아는 부모가 오기만을 기다렸을 일곱 살 어린 태민이 안타까워 마음이 아팠다.

"할아버지는 그 이후로 내게 한 번도 웃어주지 않으셨어, 나도 할아버지 앞에서 웃을 수가 없었고. 할아버지와 나, 우린 둘 다 부모님을 아주 많이 사랑했거든. 그래서 난 날 증오하듯 바라보는 할아버지를 미워할 수가 없었어. 다 내 탓이었으니까. 내가 와달라고만 하지 않았으면… 그 비행기만 타지 않았으면…."

태민은 금세 눈물이라도 흘릴 것처럼 눈가가 젖었다. 현아는 자신의 소매로 눈을 닦아주고는 그의 얼굴을 품에 포근하게 안았다. 태민은 현아에게 안겨 소리 없이 울었다.

"태민 씨 탓이 아니에요, 그건 태민 씨 잘못이 아니에요…."

현아는 태민의 머리를 부드럽게 어루만지며 그 말을 몇 번이고 되뇌었다.

태민은 한결 가벼워진 얼굴로 현아를 보았다. 나를 이렇게 편안하게 해줄 수 있는 사람. 사람의 품이라는 게 이렇게나 따뜻하고 좋을 수 있다는 걸 알려주는 고마운 존재…. 태민은 현아를 바라보는 것만으로도 가슴이 벅찼다.

현아는 태민의 미소 짓는 얼굴을 보니 마음이 놓였다. 미소만으로도 이렇게나 나를 기쁘게 만드는 사람. 현아는 태민이 행복할 수만 있다면, 그의 웃는 얼굴을 보기 위해서라면 뭐든 할 수 있을 것만 같았다. 그게 이별일지라도… 그가 원한다면 기쁘게 해줄 수 있을 것 같았다.

"우리 집은 아빠, 엄마, 나, 이렇게 셋이에요."

현아는 힘든 이야기를 해준 데 보답하듯 자신의 이야기를 꺼냈다.

"태어나 네 살 때까지 서울에서 살았어요. 그러다 갑자기 엄마가 몸이 안 좋아지셔서 시골로 이사를 갔어요. 한동안은 괜찮으셨는데… 열 살 때 갑자기 돌아가셨어요."

태민은 현아가 그런 것처럼 품에 안고 부드럽게 등을 토닥여주었다.

"시골에서 살 때 아빠가 읍내에 가면 식빵을 사오셨어요. 많고 많은 빵 중에 식빵을요. 그러면 엄마는 그걸로 어떤 날은 샌드위치를 만들어주시기도 하고, 어떤 날엔 계란을 입혀서 구워서 딸기잼을 발라주셨어요."

현아의 얼굴은 그 시절을 회상하는 듯 행복해 보였다. 태민은 엄마가 만들어 준 샌드위치와 프렌치토스트에 기뻐했을 어린 현아와 그 모습을 흐뭇하게 바라보았을 어머니의 모습을 상상해보았다. 가슴이 따뜻해지는 풍경이었다.

"그래서 난 식빵이 좋아요. 소소하지만 행복했던 추억을 참 많이도 만들어줬거든요. 가끔, 그 소소했던 일상이 그리워요. 바보같이… 늘 소중한 걸 보내고 나서야 그게 얼마나 귀한 거였는지 알게 돼요."

현아가 말을 멈추고 태민을 보았다. 태민도 가만히 현아를 보았다.

"태민 씨."

"응?"

"그러니까 할아버지가 깨어나시면, 사랑한다고 꼭 말씀드려요. 태민 씨의 소중한 사람이잖아요. 할아버지가 쓰러지셨을 때 얼마나 걱정했는지, 깨어나시길 얼마나 간절히 기도했는지 까지 전부다. 알았죠?"

태민은 속에만 품고서 한 번도 이회장에게 하지 못한 말들을 떠올렸다.

고맙다, 보고 싶다, 사랑한다….

다시 기회가 주어진다면 꼭 말해보리라, 하고 다짐하며 고개를 끄덕였다.

"옳지."

현아는 기특하다는 듯 태민의 머리를 쓰다듬어주었다.

현아는 햇살에 인상을 찌푸리며 눈을 떴다. 그런데 눈앞에 햇살보다 더 눈부신 생명체가 자신을 빤히 쳐다보고 있었다.

어쩜, 아름답기도 하지. 현아는 멍하니 태민의 빛나는 얼굴을 바라보았다.

"굿모닝."

태민은 부드러운 목소리로 아침인사를 하며 현아에게 살짝 입을 맞췄다. 꿈인가 싶어 저도 모르게 손을 뻗었다. 오뚝한 콧날, 부드러운 입술, 손끝으로 전해지는 온기… 모든 게 생생했다. 어, 꿈이 아니야? 그렇다면….

"지금 몇 시예요?"

"8시 20분."

"네? 뭐라구요? 어떡해, 지각하겠어!"

현아는 스프링처럼 팅기듯 벌떡 일어났다. 태민은 가만히 누워 느긋한 얼굴로, 부산스레 옷장에서 셔츠를 꺼내는 현아를 지켜보았다.

"왜 알람 안 울렸지?"

"알람 울렸어."

"네?"

"내가 껐어."

"아니, 그걸 왜 꺼요?"

"당신이 곤히 자길래."

현아는 말문이 막혔다.

휴, 그래 말을 말자.

고개를 저으며 서랍장을 열었다. 한쪽에는 브라가, 한쪽에는 팬티가 줄맞춰 정렬되어 있었다. 현아는 맨 위에 있는 속옷들을 하나씩 집어 들다 문득 느껴지는 시선에 뒤를 돌아보았다.

"난 그 뒤에 있는 화려한 게 더 좋은데."

"대체 뭘 보는 거예요?"

현아가 붉어진 얼굴로 속옷을 셔츠 아래 숨기며 서랍장 문을 서둘러 닫았다.

"안 보려고 해도 집이 너무 작아서 다 보이는데, 나더러 어쩌라는 거지?"

"봐도 못 본 척 해줘야죠."

태민이 능청스럽게 묻자 현아가 슬쩍 눈을 흘기며 욕실로 향했다.

"정말! 깨워주지도 않고. 나 지각하면 책임질 거예요?"

"책임은 예전부터 진다고 말했을 텐데."

태민이 진지한 얼굴로 말했다. 그러자 현아는 다시 할 말이 없어졌다. 이러고 있을 때가 아니지, 얼른 씻고 나갈 준비나 하자. 샤워기에서 뜨거운 물이 쏟아져 나왔다.

아니, 사장이라는 사람이 어쩜 저렇게 시간관념이 느슨해? 내가 늦어봐, 사람들이 얼마나 욕을 하겠어. 아니, 나만 욕먹나? 자기도 욕먹지. 어휴, 정말! 현아는 속 편하게 구는 태민이 답답했다.

현아가 머리에 수건을 감고 나오니 작은 상 위에 샌드위치가 올려져 있었다. 태민이 칭찬해달라는 듯 반짝거리는 눈으로 쳐다보고 있었다. 꼬리만 안 달렸지, 커다란 강아지 같았다. 귀여워.

현아는 과장되게 눈을 뜨고 태민을 보았다.

"우와, 샌드위치에요? 언제 이런 걸 다 만들었대?"

현아의 반응에 태민의 입 꼬리가 슬그머니 위로 올라갔다. 아휴, 귀여워.

"잘 먹을게요."

"말로만?"

태민이 살짝 입술을 내밀었다. 현아는 못 이기는 척 입을 맞춰줄 것처럼 다가가다 갑자기 방향을 바꿔 볼에다 살짝 뽀뽀를 해주었다. 태민은 아쉬웠지만, 그런대로 만족하기로 했다.

"태민 씨는 같이 안 먹어요?"

"난 일단 씻고."

"네, 그래요."

현아가 샌드위치를 한 입 베어 무는데, 태민이 욕실로 들어가지 않고 그 앞에서 셔츠를 풀기 시작했다.

"설마 거기서 벗을 거예요?"

"방이 따로 없잖아. 옷도 따로 없고."

"아니, 그래도…."

거기서 벗으면, 난 어쩌라구요?

현아가 말끝을 흐리며 얼굴을 붉혔다.

"이미 다 봐놓고는 뭘 그렇게 부끄러워하지?"

태민은 부끄러워하는 현아를 놀리듯 더 대담하게 옷을 벗기 시작했다. 현아는 고개를 숙인 채 기계적으로 샌드위치를 씹기 시작했다. 신경 끄자, 샌드위치에 집중하는 거야….

하지만 태민의 옷 벗는 소리가 너무나 생생해 현아의 상상력을 자극했다. 풀썩, 셔츠가 바닥에 떨어지고… 벨트 버클 푸는 소리, 바지 지퍼 내리는 소리…. 현아가 슬쩍 곁눈질 했다. 태민의 매끈한 발뒤꿈치가 보였다. 시선을 조금 올리자 매끈하게 뻗은 종아리와 단단한 허벅지가 보였다. 태민의 손이 드로우즈를 가볍게 끌어내리자 봉긋 올라간 엉덩이가 드러났다.

꿀꺽, 현아는 저도 모르게 마른 침을 삼켰다. 이 변태야! 침은 왜 삼켜? 현아는 순간 얼굴이 달아올랐다. 탁, 욕실 문이 닫히는 소리와 함께 긴장이 풀린 현아가 바닥에 쓰러졌다. 아휴, 미쳤어, 미쳤어. 아침부터 무슨 생각을 하는 거야? 그런데 자꾸만 태민의 완벽한 뒷모습이 눈앞에 아른거린다.

"만지고 싶다."

무심코 툭 튀어나와버린 말에 깜짝 놀란 현아가 자리에서 벌떡 일어났다. 자꾸만 야한 상상을 해대는 머리를 식혀야겠다는 생각이 들어 창문을 활짝 열었다. 찬바람을 쐬고 나니 이제야 정신이 좀 맑아지는 기분이 들었다.

"창문 좀 닫지?"

무심코 돌아본 곳에는 태민이 젖은 머리를 털어내며 서 있었다, 아무것도 입지 않은 채로. 깜짝 놀라 고개를 팩 돌리긴 했지만, 아주 잠깐 봤는데도 태민의 몸이 생생하게 떠올랐다. 넓은 어깨, 곧게 뻗은 쇄골, 선명한 식스팩, 그리고 위풍당당하게 자신을 뽐내고 있는 태민의 분신까지….

현아는 찬바람으로 간신히 진정시킨 머리가 다시 폭주하는 것을 느꼈다.

"얼른 옷 입어요."

현아가 떨리는 목소리로 말했다. 그런데 태민은 옷은 입지 않고 천천히 현아의 곁으로 다가왔다.

오지 마, 오지 마. 왜 이리로 와. 현아는 잔뜩 긴장해서 창문에 딱 달라붙었다. 태민이 성큼성큼 다가오더니 등 뒤에 겹치듯 달라붙어 섰다. 현아는 모든 신경이 등으로 쏠리는 듯한 기분이 들었다. 등에 닿은 태민의 몸은 불처럼 뜨거웠다. 심장이 금방이라도 터질 것처럼 위험하게 쿵쾅거렸다. 태민의 손이 천천히 올라왔다.

"창문 닫으려고."

태민의 손이 현아의 어깨를 지나쳐 열린 창문을 닫더니 살짝 물러섰다. 현아는 긴장이 풀려 참았던 숨을 몰아쉬었다.

"출근 전에 한 번 할까?"

"뭐, 뭐얼 한 번 해요? 얼른 오, 옷 입어요."

짓궂은 농담에 현아는 흥분해서 말까지 더듬거렸다. 태민이 새빨개진 현아의 귀에다 입을 맞추고는 물러났다. 아흡, 현아는 저도 모르게 터진 신음 소리를 얼른 집어 삼켰다.

정말… 미쳤어, 미쳤어. 현아는 머릿속에서 떠도는 야한 상상들을 몰아내려 눈을 감고 애국가를 읊조렸다. 동해물과 백두산이 마르고 닳도록, 하느님이 보우하사….

"다 입었어."

현아는 혹시 태민이 또 장난을 치는 건 아닌가 싶어 눈을 반만 뜨고서 곁눈질로 확인했다. 다행히도 단정하게 잘 입고 있었다.

"그런데, 창문은 왜 연 거지?"

태민이 아무것도 모르겠다는 얼굴로 현아를 빤히 보았다. 왠지 모를 죄책감 때문에 눈을 마주 볼 수가 없었다.

"더워서."

"당신 몸에서 열나는 거 같은데?"

태민이 걱정하는 척 장난스럽게 현아의 얼굴을 두 손으로 감싸 안아 제 쪽으로 돌렸다. 현아의 눈에 태민의 촉촉한 입술이 들어왔다. 위험해! 내 안의 음란마귀가 튀어나올 것만 같아! 현아가 자리를 박차고 벌떡 일어섰다. 당장 이곳을 벗어나야겠어.

"어머나, 지금 안 나가면 지각하겠네."

국어책을 읽듯 어색한 말투에 태민이 참지 못하고 웃음을 터트렸다. 창피한지 현아가 얼굴을 감싸고 후다닥 도망가 버렸다. 태민이 서둘러 뒤따라 나갔다.

"화장도 못 하고 나왔네. 이게 다 태민 씨 때문이에요."

"왜 나 때문이지?"

태민이 억울하다는 듯 묻자 현아는 괜히 미안해졌다. 하긴, 태민 씨는 아무 잘못 없지. 온통 머릿속에 야한 상상뿐인 내 탓이야….

"안 되겠다, 립스틱이라도 발라야지."

현아는 은근슬쩍 딴 이야기를 하며 핸드백에서 주섬주섬 립스틱을 꺼냈다. 태민은 립스틱을 바르는 현아를 사랑스럽게 바라보았다.

"화장 안 해도 예뻐."

"아뇨, 안 하면 안 예뻐요. 뭐, 해도 그리 다를 건 없지만. 이제 태민 씨랑 사귄다는 소문이 나서 후줄근하게 하고 다니면 나만 욕먹는 게 아니라 태민 씨도 욕먹는단 말이에요. 여자 보는 눈 엄청 구리다고."

"아니지, 저 여자는 저런 데도 멋진 남자가 좋아하는 걸 보면 숨겨진 매력이 어마어마한가 봐, 하겠지."

칭찬인지 자기 자랑인지 애매한 말에 현아가 눈을 흘겼다. 이렇게 가자미눈을 하는 것조차 사랑스러워 보이는 걸 보면 눈에 콩깍지가 쓰여도 단단히 쓰인 모양이다.

호텔로 들어서자, 입구에 쭉 늘어선 사람들이 보였다. 카메라와 마이크를 든 모습이 기자들인 것 같았다. 대체 무슨 일인지 걱정이 된 현아가 태민을 보니, 얼굴이 약간 굳어 있었다. 때마침 수석 비서에게서 전화가 걸려왔다.

"호텔 앞에 기자들이 왜 있는 거지?"

-그게… 한국호텔에서 기자들에게 동영상을 보낸 거 같습니다.

태민은 어제 세라가 했던 협박이 떠올랐다.

협박 따위 맞춰줄 생각도 없었지만, 오늘 아침까지 생각할 시간을 준다고 하지 않았었나? 왜 갑자기? 태민은 낮게 한숨을 쉬었다. 현아는 걱정스레 태민을 보았다.

-호텔 로비와 직원 출입구 쪽은 위험하니 지하 3층 자재 출입구를 이용하셔야 할 거 같습니다.

"그래."

태민은 전화를 끊고 지하 2층에 차를 세운 뒤, 걱정하는 현아에게 차분하게 설명했다.

"같이 내리는 건 위험하니까, 당신은 여기서 내려. 그리고 큰일 아니니 그렇게 걱정스럽게 보지 않아도 돼. 내가 뭐랬지? 당신 남자 친구는 생각보다 훨씬 유능하다고 그랬지?"

"네."

"좋은 하루 보내고 이따 점심 같이 먹자."

"네, 태민 씨도 좋은 하루 보내요."

쑥스럽지만 용기를 내 태민의 입에 뽀뽀를 하고는 후다닥 차에서 내렸다. 태민은 현아가 호텔로 뛰어 들어가는 걸 확인하고 지하 3층으로 차를 몰았다.

태민이 엘리베이터에서 내리자 수석비서가 따라 붙어 보고를 시작했다.

"삼 십분 전쯤 L호텔 사장 갑질 동영상을 제보 받았다며 사실을 확인하려는 기자들의 전화가 있었습니다. 그래서 곧 공식 발표를 할 예정이니 그때까지만 잠시 기사화하는 걸 멈춰줄 것을 요청했습니다. 그런데 갑자기 십 분전에 무슨 생각인지 선민일보가 기사를 냈습니다. 그러자 경쟁하듯 다른 곳에서도 기사를 올리고 후속 취재를 하겠다며 호텔 앞으로 몰려들었습니다."

태민은 수석비서의 보고를 들으며 사장실로 들어왔다.

"기사가 올라간 후, 예약을 취소하려는 전화들이 걸려오기 시작했습니다. 그리고…."

수석비서가 머뭇거렸다.

"그리고 뭐?"

"오리엔탈 측에서도 기사를 봤는지 조금 전에 연락을 해왔습니다. 이런 식이면 인수합병을 다시 고려해봐야 할 거 같다고 전해 왔습니다."

14화

"객실 팀 김영호 매니저는 찾았나?"

"아직 찾지 못했습니다. 그자의 주변을 샅샅이 뒤졌는 데도 찾을 수가 없었습니다."

"해외로 갔을 가능성은?"

"그런 흔적은 없었습니다. 아직 국내에 있는 건 확실합니다."

태민이 잠시 고민에 잠겼다. 시비를 걸었던 영호가 감쪽같이 사라지는 바람에 생각해두었던 계획이 틀어져버렸다. 원래 계획대로라면 영호에게 원본을 받아내는 동시에 그 배후에 한국호텔이 있음을 밝혀내고 모든 소동을 한 번에 정리하는 것이었다. 하지만 그가 자취도 없이 숨었으니, 달리 방법이 없었다. 번거롭지만 다음 계획으로 넘어가는 수밖에.

태민은 무언가 결심한 듯한 눈빛으로 수석비서를 보았다.

"영상 풀지."

수석비서가 고개를 끄덕였다. 어제 세라의 협박전화를 받은 후, 만일을 대비해 다른 영상을 확보했다. 문제가 된 동영상에서 촬영 중이던 다른 휴대폰을 발견해냈고, 발 빠르게 그 주인을 찾아냈다. 다행히 그 직원의 영상에도 모든 상황들이 촬영되어 있었다.

"즉시 보도자료 배포해, 그리고 빠르게 정정하지 않을 시에는 법적으로 대응할 거라고 친절하게 설명해줘."

"네."

"우리 쪽 기사가 뜨기 시작하면 그자도 겁을 먹고 연락해 올 거야. 제안할 게 있으니 생각 있으면 연락하라고 메시지 남겨."

태민은 그자에게 연락이 올 것이라고 확신했다. 사건이 이런 식으로 진행된다면 영호 혼자 이 일에 대한 모든 책임을 지게 될 것이 불보듯 뻔했다.

한국호텔에서 얼마를 받았는지 모르겠지만 받은 것 이상으로 룩 호텔에 배상해야 할 텐데, 그런 상황에서 살기 위해서는 자신이 내민 손을 잡을 수밖에 없을 것이다.

"그리고 오리엔탈에 전화 연결해. 오전 중으로 다 해결할 수 있으니 걱정하지 말라고 알려줘야겠어."

"네, 알겠습니다."

수석비서가 빠르게 사장실을 나섰다.

직원 출입구로 들어온 현아가 눈치를 보며 베이커리로 향했다. 그런데 사람들 시선이 어딘지 모르게 부드럽게 변해 있었다. 태민이 어제 인원 감축에 대한 입장을 빠르게 표명한 덕에 직원들의 불안이 해소되기도 했고, 구내식당에서의 소동을 직접 본 직원들 사이에서 현아에 대한 동정 여론이 생긴 것도 크게 작용했다.

"현아 씨, 기사 봤어?"

한동안 아는 체도 않던 베이커리 팀 동료 하나가 현아에게 물어왔다.

"무슨 기사요?"

"뭐야, 아직 못 봤어? L 호텔 사장 갑질 논란."

현아가 어리둥절해하며 되묻자 동료는 답답하다는 듯 기사를 내밀었다. 포털 메인에 올라와 있는 선민일보의 기사였다. 모자이크 처리되었지만, 기사 속 인물은 태민이 확실했다.

"아니, 이런 말도 안 되는?"

현아는 악의적으로 보도된 기사를 보고는 당황해서 말문이 턱 막혔다.

"어쩜 딱 이 부분만 올렸더라고. 우리야 거기 있었으니까 전후 사정 다 안다지만, 이것만 본 사람들은 우리 사장이 쌩 양아친 줄 알거 아니야. 게다가 제목이 L호텔이면 다 룩 호텔인 거 알지, 누가 몰라?"

"혹시 이 남자 분은 어디 가면 만날 수 있는지 아세요?"

"왜? 만나서 영상 내려달라고 하게?"

"네, 부탁해봐야죠."

"어휴, 물 건너갔어."

"네? 왜요?"

"그 사람, 객실팀 매니저인데, 어제 그 일 있고나서부터 코빼기도 안 보인대. 이렇게 숨은 거 보면 의도적으로 사장 멕이려고 한 거지, 뭐. 여튼 지금 이 기사 떠서 예약 취소 전화 오고 난리도 아닌가 봐."

예약 취소? 현아는 사태가 이렇게까지 심각한데도 딱히 할 수 있는 일이 없다는 게 너무 속상했다.

"그러지 말고 현아 씨도 우리랑 같이 댓글이나 달아. 악플이 장난 아냐. 사람들이 잘 알지도 못하면서 막말을 어찌나 해대는지 몰라."

동료의 말에 현아는 휴대폰을 꺼내 기사와 댓글을 확인했다. 온통 태민을 비난하는 글들로 가득했다. 사람들이 갑질에 대해 비난하는 건 충분히 이해하고 지지할 수 있었다. 하지만 갑질을 하지도 않은 태민이 이런 욕을 듣고 있는 게 억울했다. 현아는 마음을 가다듬고 신중하게 댓글을 써내려갔다.

이런식빵 : 그 자리에 있었던 사람입니다. 그때 상황에 대해 설명하자면, 저 남자분이 다른 여자분께 모욕적인 말을 하며 폭력까지 행사했습니다. 그때 사장님이 여자분을 구하려다 몸을 날렸고 대신해 뺨까지 맞았습니다. 그리고 그 이후에도 남자분이 모욕적인 말을 계속하여 참다못한 사장님이 남자분을 때렸습니다. 그런데 딱 저 장면만 잘려서 기사화된 겁니다. 잘잘못을 따지자면 시비를 먼저 건 저 남자분이 잘못이라 생각합니다.

현아가 떨리는 손으로 댓글을 써서 완료 버튼을 눌렀다. 댓글이 등록이 되자마자 댓글 아래 대댓글이 달렸다.

ㄴ 모두까기인형 : L 호텔 돈 많나 봐. 댓글 알바 엄청 풀었네.

ㄴ 이런식빵 : 알바 아니거든요! 정말 여자분 구하려다가 저런 상황까지
   간 거 맞거든요!

현아는 분노를 꾹꾹 눌러가며 대댓글을 달았다.

ㄴ 모두까기인형 : 구하긴 뭘 구해? 로맨스소설 같은 소리하고 자빠졌네.
   ㄴ 호텔 사장놈 생긴 게 딱 기생오라비 같던데, 여기 저기 쉴드쳐주는 것
   들 많네. 그래봤자 걔는 너랑 안 만나줘.

"뭐? 야, 이 씨 발라먹을 놈아!"
  우리 태민 씨가 어딜 봐서 기생오라비야! 그 백배 천배 잘 생겼
구만! 그리고 안 만나줘? 흥, 이미 잘 만나고 있거든요!
  현아는 저도 모르게 흥분해서 욕지거리를 내뱉었다.
  그렇게 흥분해서 온갖 저주의 말을 퍼붓다가 시선을 느끼고는
머쓱하게 웃으며 다시 휴대폰으로 고개를 박았다.

ㄴ 이런식빵 : 거기 있었던 사람이 아니라면 아닌 거죠. 배배 꼬아 듣는 게
   인간 꽈배기 수준이네.

현아는 눈을 번뜩이며 악플에 싫어요 버튼을 하나하나 감정을
실어 눌렀다.

정정기사가 하나둘씩 올라오기 시작하자 여론의 방향은 금세

바뀌었다. 화살의 방향도 태민에게서 영호에게로 돌아섰다. 예상대로 영호는 불안한 마음에 먼저 연락을 취해왔다.

"잘못했습니다. 용서해주십시오."

영호는 사장실로 들어서자마자 무릎을 꿇었다.

"일단 앉지."

태민이 소파에 앉으며 말했다. 영호는 눈치를 보며 조심스레 소파에 앉았다.

"본인이 한 짓이 얼마나 위험한 짓인지 이제 알았나 보군?"

"네, 정말 죄송합니다. 죽을죄를 지었습니다."

"죄를 지었으면 벌을 받는 게 당연하지."

태민의 서늘한 말투에 영호는 덜덜 몸이 떨렸다.

"하지만 그쪽이 어떻게 하느냐에 따라 벌을 받는 사람이 달라질 수도 있어."

영호는 태민의 말이 선뜻 이해하기 어렵다는 표정을 지었다.

"누구 사주를 받고 그런 짓을 했는지 솔직하게 털어놔. 그럼 그쪽은 선처해줄 테니까."

"그게… 저… 그러니까…."

영호는 뭐가 두려운지 자꾸 머뭇거렸다.

"내 말을 이해 못 한 거 같으니 다시 친절하게 말해주지. 나는 우리 룩 호텔의 명예가 잠시라도 실추가 됐단 사실에 아주 화가 나 있어. 그래서 어마어마한 손해배상을 청구할 거야. 아마 그 비용은 당신이 받아 챙긴 그 액수보다 훨씬 클 거야. 아마 당신이 죽는 날까지도 못 갚을지 모르지."

단호한 그 말에 영호의 눈이 초점을 잃고 흔들렸다.

"충고하자면, 당신을 사주했던 자가 당신의 뒤를 봐줄 거란 헛된 기대는 않는 게 좋을 거야. 이미 그쪽에서는 당신과 관련된 모든 흔적들을 지우고 있을 테니까."

영호가 잔뜩 겁먹은 얼굴로 손을 떨었다.

"하지만 당신이 모든 걸 솔직하게 말한다면, 손해배상은 없는 일로 하겠어. 간단한 명예훼손의 책임만 묻고 회사에서 나가는 걸로 정리해주지."

태민은 말을 마치고 가만히 영호에게 생각할 시간을 주었다. 잠시 후, 영호가 무언가 결심한 듯 입을 열었다.

"박세라, 한국호텔 부사장이 시켰습니다."

현아는 악플에 '싫어요'를 잔뜩 날리고 맹렬한 기세로 주방에 들어왔다. 그리고 전투적인 기세로 빵 만들기에 집중했다. 하루라도 빨리 시그니처 메뉴를 만들어 태민과 호텔에 도움을 주고 싶단 생각을 하자 힘이 불끈 솟아올랐다.

현아는 어제에 이어 최고의 조합을 찾기 위해 오전 내내 식빵을 구웠다. 그리고 만든 식빵 중 가장 좋았던 세 가지의 조합으로 다시 구워내 주방장 앞에 내놓았다. 유난히 긴장되는 순간이었다.

주방장은 세 종류의 식빵을 천천히 맛을 곱씹으며 먹었다. 그냥 보기에는 모두 똑같은 식빵으로 보이지만, 사실 전혀 달랐다. 과연 이 차이를 알아봐주실까? 현아는 주방장의 표정을 읽으려 노력했다.

"김현아 씨는 뭐가 제일 맛있었지?"

"세 번째 식빵이 제일 맛있었습니다."

주방장의 질문에 대답을 하고는 괜히 긴장했다. 나랑 생각이 다를 수도 있으니까 너무 실망하지 말자. 현아는 스스로를 다독였다.

"나도 그래."

주방장이 현아를 보며 만족스러운 미소를 지었다.

와! 다행이다. 현아는 그제야 마음이 놓여 헤실헤실 웃었다.

주방장이 말을 덧붙였다.

"첫 번째는 치즈가 좀 튀는 느낌이었어. 두 번째는 빵이 재료에 묻히는 느낌이 들었지. 마지막 건 처음에는 조금 심심하다는 느낌이 들었는데, 씹을수록 재료랑 잘 어우러져서 맛있었어. 잘했어, 아주 수고했어."

주방장의 칭찬에 현아는 날아갈 것 같은 기분이 들었다.

"고맙습니다, 주방장님!"

"아니, 내가 고맙지. 내일 오후에 베이커리 전체회의 있으니 그때 모두에게 선보이자."

"네, 알겠습니다!"

현아는 너무나 기뻤다. 이렇게 기쁜 소식을 태민에게 알려주고 싶었다. 그냥 이 기쁨을 나누고 싶다는 생각에 무작정 전화를 걸었는데, 통화 연결음이 들리는 순간 현아는 아차 싶었다. 갑질 논란 기사 때문에 태민 씨 가뜩이나 심각할 텐데, 나만 생각했네.

ㅡ응?

태민의 목소리는 다정했다. 하지만 현아는 괜히 마음이 쓰여 메뉴 개발 소식은 내일 오후 회의 때 말해야겠다고 생각했다.

"태민 씨, 괜찮아요? 기사 때문에 난리던데…. 정말 그 사람 무지막지하게 나쁜 사람이에요! 태민 씨를 갑질이나 하는 양아치 사장으로 만들어버리고."

현아는 아침에 갑질 기사를 보고 주방으로 들어가 줄곧 빵을 만드느라 정정 기사가 올라온 걸 아직 모르고 있었다. 그러자 태민이 장단을 맞추어 여전히 고생 중인 것처럼 대답했다.

-응, 그렇지 않아도 그것 때문에 골머리가 아파.

"점심은 먹었어요?"

-아니, 수석이 도시락을 사놓긴 했는데 한 입도 못 먹었어. 입맛도 없고.

"그러면 안 돼요. 이럴수록 밥을 잘 챙겨 먹어야죠. 밥심이라는 말이 왜 있는 건데요?"

-그래? 당신이 같이 먹어준다면 모를까, 별 생각이 없어.

"금방 갈 테니 같이 밥 먹어요."

현아는 전화를 끊고 부리나케 사장실로 달려갔다.

사장실 앞을 지키고 있어야 할 수석비서와 하은은 태민의 지시로 자리를 비운 상태였다. 현아는 사장실 앞을 잠시 기웃대다 조심스레 똑똑, 문을 두드렸다.

-들어와.

살며시 문을 열고 안으로 들어가자 서류를 넘기고 있는 태민이 보였다.

"잠시만, 이것만 끝내고."

우와, 멋져!

현아가 흐뭇하게 태민을 바라보았다. 그런데 볼펜이 유난히 눈에 띄었다. 오동통하게 생겨서 위에 스노볼 같은 게 달린 저건! 내가 남산 다녀오면서 줬던 기념품?

"그거 쓰고 있었어요?"

현아가 묻자 태민이 당연한 거 아니냐는 듯 볼펜을 들어보였다.

"생각보다 퀄리티가 좋아. 회의가 지루할 때 이거 보는 재미도 쏠쏠하고."

태민이 볼펜을 흔들자 스노볼의 남산타워 구조물 위로 반짝이가 날렸다.

유치하다고 했으면서, 치이! 현아의 입꼬리가 씩 올라갔다.

"이리 와봐."

태민이 현아를 제 곁으로 불렀다. 현아는 살짝 기대하는 마음으로 다가가 옆에 섰다.

"손 줘봐."

현아가 별 생각 없이 순순히 손을 내밀었다. 태민은 현아의 손을 뒤집어 손바닥 위에 '이태민'이라고 적었다.

"이게 뭐예요?"

달콤한 말과 행동을 기대했던 현아는 조금은 실망한 듯 물었다.

"내 이름 적었으니까 내 거야, 김현아."

태민은 현아의 손을 잡아 당겨 제 무릎 위에 앉혔다. 현아는 당황하긴 했지만 싫지 않아 가만히 있었다.

"오후에 일정이 있어서 이따 만나기 어려울지도 몰라. 그러니

지금 좀 할까?"

태민이 한 손으로 현아의 허리를 부드럽게 감아 당겼다. 현아의
얼굴이 태민에게 성큼 다가왔다. 둘의 입술에 포개어지려는 그 순
간 똑똑, 문 두드리는 소리가 들렸다. 현아가 허둥지둥 무릎에서
내려왔다. 태민이 무서운 표정으로 문을 노려보았다.

"죄송합니다. 10분 뒤에는 출발하셔야 합니다."

수석비서는 재빠르게 할 말을 하고 나갔다.

"10분이면 키스할 시간은 충분하군."

"안 돼요. 밥 먹어야 해요."

"난 김현아가 필요해."

"아뇨, 이태민은 김현아도, 밥도 다 필요해요."

현아는 태민의 손을 잡아 자리에서 일으켜 소파에 앉혔다. 그리
고는 초밥 도시락을 내밀었다. 도시락을 내려다보던 태민이 못마
땅한 표정을 지었다.

"하나 먹을 때마다 뽀뽀 한 번."

현아는 상당히 민망한 말을 내뱉고는 얼굴을 붉혔다. 태민이 밝
아진 얼굴로 초밥을 하나 집고 빤히 현아를 보았다. 부끄럽긴 하
지만 한 말이 있으니 지켜야 했다.

쪽, 소리와 함께 태민의 입가에 미소가 번졌다.

"야, 김현아!"

낯익은 목소리에 현아가 돌아보았다. 하은이었다. 같은 동네에
살면서도 출퇴근 때 우연히 만난 적은 없었는데 이렇게 보니 유난

히 반가웠다.

"정하은! 사장님은 일하시는데 비서만 먼저 퇴근해도 되는 거야? 응?"

"이게 어디서 이런 밉상 짓을 배워 와서는."

하은은 얄밉다는 듯 잽싸게 손으로 현아의 입을 잡아 흔들었다.

"한 번만 더 그런 소리 해, 확 그냥! 오늘 안 그래도 갑질 때문에 정신이 없었는데."

"미안. 근데, 갑질 논란 기사는 어떻게 정리되고 있어?"

현아가 하은에게 조심스레 물었다. 비서실에서 조용히 진행하고 있는 거면 말하기 곤란할 수도 있겠다 싶어 괜히 묻기가 조심스러웠다.

"야, 넌 대체 어느 시절 얘기하냐? 그 기사 해명한 지 꽤 됐거든."

"정말? 다행이다."

얼마나 마음을 졸였는지…. 가는 길에도 악플이랑 싸울 준비로 마음을 다잡고 나왔는데, 그럴 필요가 없어진 거구나. 마음이 좀 편해지자 저절로 안도의 한숨이 새어나왔다.

"일만 하지 말고 가끔 쉬면서 휴대폰도 하고 좀 그래."

하은은 제 휴대폰으로 기사를 찾아 현아에게 보여주었다. 아침까지만 해도 엄청났던 기사들이 싹 사라졌다. 대신 '갑질 논란, 알고 보니 앙심 품은 직원의 자작'이라는 기사가 떠 있었다.

그래, 맞아 그거지! 현아는 기쁜 마음으로 기사를 클릭했다. 그런데 기사가 올라온 시간이 좀 이상했다. 오전 10시 30분?

"정정 기사가 10시 30분에 올라왔네?"

"수석님이랑 내가 아주 발 빠르게 처리했지! 환상의 팀워크라고 할까나?"

"아니, 아까 점심때 태민 씨가 갑질 논란 기사 때문에 마음 쓰느라 밥도 못 먹겠다고 그랬거든….."

"속았네, 속았어. 니 남친이 작정하고 너 놀려먹은 거네."

하은은 어리둥절한 얼굴의 현아를 향해 혀를 찼다.

이 남자가! 순간 울컥했지만, 지하철 안이라 소리를 지를 수도 없는 노릇이라 꾹 삼켰다.

"우씨, 내가 얼마나 걱정했는데!"

"참 잘 속아요, 김현아. 내가 니 남친이라도 놀려먹고 싶겠네."

하은이 태민을 이해한다는 듯 고개를 끄덕이며 말했다.

아니라고 할 수도 없고…. 현아는 그냥 속으로 꿍얼거렸다. 그때 하은이 주위를 살피더니 현아에게 바짝 다가가 귓속말을 했다.

"이건 너만 알아. 결혼 기사 떴던 한국 호텔 박세라 기억하지? 그 여자가 이번 사건 배후에 있대. 객실팀 김영호 매니저가 박세라의 사주를 받았다고 털어놨나 봐. 그래서 지금 조사 받고 있대."

"뭐?"

박세라, 그 여자가 이 모든 걸 꾸몄다고?

"여튼, 너만 알고 있어. 아직 확실한 건 아니니까."

하은의 당부에 현아가 알겠다는 고개를 끄덕였다.

드라마에서나 나올 법한 재벌 간의 암투가 실제로 벌어지는구나. 그래도 잘 해결되고 있어서 정말 다행이다. 현아는 속아서 분했던 마음도 그새 잊고는 다시금 안도의 한숨을 내쉬었다.

현아는 지하철 역 앞에서 하은과 헤어지고 원룸으로 향했다. 저도 모르게 흥이 나 콧노래를 흥얼거렸다. 발걸음도 가벼웠다. 모든 시련이 끝났으니, 앞으로는 다 잘 될 것 같은 기분이 들었다.

원룸 건물로 들어가려는데, 갑자기 누군가 현아 앞을 막아섰다. 고개를 들어 보니, 검은 양복을 입은 덩치 큰 남자였다. 모르는 사람인데, 왜 그러지? 현아는 자신과 관계없다고 판단해 남자의 뒤로 돌아 들어가려 했다. 그런데 남자가 다시 막아섰다.

"저기, 좀 들어가도 될까요?"

"김현아 씨, 맞죠?"

"네, 맞는데 누구세요?"

남자가 어디론가 눈빛을 보냈다. 돌아보니 어느새 몸집이 작은 다른 남자가 뒤에 바싹 다가와 서 있었다. 작은 덩치의 남자가 잽싸게 현아의 팔을 잡아 뒤로 묶듯이 잡았다.

"당신들 뭐야? 놔, 이거 놔!"

현아는 남자의 손아귀에서 벗어나려고 몸부림을 쳤다. 하지만 제 몸의 세 배나 되는 사람의 힘을 이겨낼 재간이 없었다.

"사람 살려! 살려주세요!"

현아가 소리를 지르며 도움을 청하자 작은 덩치의 남자가 현아의 입을 틀어막았다. 그 소리를 들은 현아의 경호원이 부리나케 달려왔다. 덩치 큰 남자가 경호원 앞을 막아섰다. 둘은 누가 먼저랄 것도 없이 서로에게 달려들었다. 작은 덩치의 남자가 그 틈에 재빨리 현아를 끌고 갔다. 경호원이 덩치 큰 남자를 제압하고 현아 쪽으로 달려왔다.

그때, 픽! 하는 소리와 함께 경호원이 쓰러졌다. 두목으로 보이는 남자가 각목으로 경호원의 뒤통수를 가격한 것이다. 남자들은 피를 흘리며 쓰러진 경호원을 내버려둔 채 그곳을 떠났다.

오리엔탈과의 인수합병 회의는 예상보다 훨씬 일찍 끝이 났다.

태민은 차에 올라타자마자 현아에게 전화를 걸었다. 곧장 원룸으로 가 현아를 태우고 스위트룸으로 데려올 생각이었다. 그런데 웬일인지 연결이 되지 않았다. 다시 걸기 위해 전화를 끊었을 때, 낯선 번호로 전화가 걸려왔다. 태민은 왠지 받아야만 할 것 같은 불안한 느낌이 들었다.

-다니엘

세라였다. 태민의 표정이 불쾌함으로 일그러졌다.

-아직 나한테 볼일이 남았나?

"그럼요, 내겐 당신의 마음을 돌릴 열쇠가 있으니까요."

-그 열쇠 이미 내가 찾았어. 그쪽은 죗값 치를 준비나 해.

"죗값? 그런 건 모르겠고, 당신이 사랑하는 그 여자는 잘 있어요?"

세라가 섬뜩한 미소를 지으며 고개를 돌려 현아를 보았다. 현아는 입에 재갈이 물린 채 의자에 묶여 있었다. 격하게 몸부림을 치며 매서운 눈빛으로 세라를 노려보았다.

-당신, 김현아한테 허튼 짓 한 건 아니겠지?

"진정해요, 다니엘. 아직은 아무 짓도 안 하고 고이 데려다놓기만 했으니까. 물론 내가 앞으로 무슨 짓을 할지는 모르지만."

세라가 불쾌한 얼굴로 현아의 턱을 세게 잡으며 말했다. 현아는 고개를 흔들어 그 손을 뿌리쳤다. 세라는 가소롭다는 듯 피식 웃었다.

-김현아, 털 끝 하나라도 건드렸다간 그쪽 정말 가만 안 둬.

"상황을 이렇게까지 만든 건 당신이에요. 다니엘이 김영호를 들쑤시는 바람에 우리 한국호텔이 아주 곤란하게 됐어요. 졸지에 범죄자 취급을 당하고 있다니까요? 내가, 다니엘 당신 때문에!"

세라는 차분하게 말을 하다 갑자기 이성을 잃고 소리를 질렀다. 순간 현아는 세라에게서 뿜어져 나오는 위험한 기운에 본능적으로 몸을 움츠렸다.

-원하는 게 뭐지?

"이렇게 순순히 나올 줄 알았으면 처음부터 이 방법을 쓸 걸 그랬네요."

세라가 헛웃음을 지으며 현아의 머리채를 잡아 당겼다.

"갑질 논란, 그거 김영호가 단독으로 벌인 작은 해프닝쯤으로 마무리하죠? 당장 고소부터 취하하세요. 사주니 배후니 그 따위 것들, 더 이상은 캐묻지 말고 이쯤에서 조용히 덮어요. 그러면 이 여자 놔줄게요."

-좋아, 그러지.

태민은 망설이지도 않고 곧바로 대답했다. 고소를 취하한 이상 재고소할 수는 없을 테니, 세라가 원하는 대로 될 것이었다. 하지만 태민이 너무 순순하게 나오자 기분이 좋지 않았다.

"그리고 충고하겠는데 경찰이니 뭐니 섣불리 부르지 않는 게 좋을 거예요. 그 즉시 당신 여자는 위험해질 테니까."

눈빛을 보내자 대기하던 남자가 현아의 입에 물린 재갈을 풀어주었다. 세라는 휴대폰을 가져가 현아의 입가에 대며 말했다.

"당신 애인한테 구해달라고 한마디해."

"태민 씨? 난 괜찮아요. 난 괜찮으, 으읍⋯."

말이 채 끝나기도 전에 세라가 현아의 입을 손으로 눌러 막았다. 현아는 묶인 손으로 겨우 세라의 코트 끝을 잡아당겼다. 코트 단추만 뜯겨 바닥에 떨어졌을 뿐 손은 꿈쩍도 않았다.

-김현아! 당신, 괜찮아?

전화기 너머로 태민의 목소리가 들렸다. 세라는 미간을 찌푸리며 경고했다.

"다니엘, 당신이 어떻게 행동하느냐에 따라서 내 태도도 달라진다는 걸 확실히 알아둬요."

-그쪽이 현아를 풀어준다는 걸 어떻게 믿지?

"믿기 싫음 말아요. 난 설득할 생각이 없으니까. 한 시간 줄게요.

세라가 전화를 끊으며 입을 막았던 손을 풀었다. 현아가 가쁜 숨을 내쉬었다.

잠시 생각에 잠긴 세라가 자신의 휴대전화를 닦는 덩치 큰 남자에게 말했다.

"내가 전화하면 알아서 처리해."

세라의 눈이 위험하게 빛났다.

처리하라니? 현아는 저도 모르게 몸이 덜덜 떨렸다.

"은혜는 못 갚아도 원수는 꼭 갚아야 한다고 배웠거든. 내가 다니엘에게 갚을 게 많아서."

"풀어주세요, 이건 엄연히 범죄에요."

세라가 피식 웃었다.

"난 범죄 같은 걸 저지른 적이 없어. 왜냐면 난 여기 없는 사람이거든. 난 널 어떻게 할 수가 없어. 이건 전부 저 사람들이 한 거지, 내가 한 게 아니야."

세라가 턱으로 덩치들을 가리키며 말했다. 현아는 순간 덜컥 겁이 났다. 하지만 겁을 먹었다는 걸 들키지 않으려 오히려 고개를 빳빳하게 들어 노려보았다. 그러자 짜증이 이는지 세라가 계획을 바꾸었다.

"기다릴 거 없어, 지금 처리해. 보기 싫으니까."

"갑질 논란 관련 조사, 당장 멈추고 이쯤에서 마무리해."

태민은 세라와의 전화를 끊고 수석비서에게 지시했다.

"사장님, 여기서 멈추면 더 이상은 한국호텔의 덜미를 잡을 수가 없습니다."

"상관없어."

태민이 매우 단호했기 때문에 수석비서도 더는 뭐라 말을 할 수가 없었다.

"눈에 띄지 않을 만한 걸로 차 대기시켜. 갈아탈 거야."

태민은 수석비서에게 지시하는 한편, 휴대폰으로 현아의 GPS 위치를 검색했다. 자신을 위협하는 이들이 현아에게도 위해를 가할지 모른다고 판단해 선물했던 목걸이에 GPS 기능을 추가해놓았다.

"어디로 가시려고 그러십니까?"

"김현아 찾으러 가야지. 수석은 여기서 사건 처리하고 내 다음

224

지시를 기다리고 있어."

"사장님, 그러지 마시고 박세라가 풀어준다고 약속했으니 기다려보시는 건 어떠십니까?"

"아니, 난 박세라 못 믿어. 그 여자 상상 이상으로 무서운 사람이야."

"안 됩니다, 사장님. 너무 위험합니다. 차라리 GPS 정보를 경찰에게 공유하고 맡기시지요."

"그건 안 돼. 혹시라도 박세라 귀에 경찰이 움직였단 소리가 들어가면 현아가 위험해져."

수석비서의 만류에 태민은 고개를 내저었다. 그 어떤 위험한 상황도 현아에게 일어나선 안 됐다.

지금 이 순간 태민은 오로지 현아의 안전만을 생각했다.

"내가 찾는 즉시 연락하지. 그때 경찰에 연락해."

"정 그러시면 경호라도 붙이고 가시지요. 사장님의 안위는 곧 룩 호텔의 안위입니다. 위험하게 내버려둘 수 없습니다. 혼자는 절대 안 됩니다."

물러날 기색 없는 수석비서의 단호한 눈빛에 태민은 졌다는 듯 고개를 끄덕였다.

"그래, 좋아. 딱 한 명 데리고 가지. 그 이상은 눈에 띄니까 안 돼."

"대체 이걸 얼마나 더 파야 해?"

"지금 판 거만큼 더 파."

덩치 큰 남자가 삽으로 땅을 파다 말고 투덜거렸다. 작은 덩치의 남자는 한 손으로는 랜턴으로 구덩이를 비추고, 한 손으로는 현아의 뒷덜미를 잡고 서서는 심드렁하게 말했다.

"그냥 대충 하고 가자."

"안 돼, 얕게 파묻으면 비 한 번 내리는 걸로도 바로 들통 나."

섬뜩한 대화를 들으며 현아는 이 상황에서 벗어날 수 있는 방법을 생각했다.

호랑이에게 물려가도 정신만 차리면 산댔어! 현아는 어릴 때 배웠던 유도 기술들을 차분히 떠올렸다.

그래, 안뒤축걸기! 그거라면 가능할지도 모르겠어. 나를 잡고 있는 이 남자를 밀어서 저 아래의 덩치 큰 남자 위로 떨어뜨리면 도망칠 수 있을지 몰라. 현아는 조심스레 눈치를 보며 기술을 걸기 좋은 위치에 섰다. 그리고 두 남자가 이야기하느라 잠시 목덜미를 잡은 손이 헐거워진 틈을 노려 잽싸게 작은 덩치의 남자를 아래쪽으로 밀었다.

다행히도 현아가 생각했던 그림이 나왔다. 위에 있던 남자가 갑자기 툭 떨어지자 아래서 땅을 파고 있던 남자가 중심을 잃고 쓰러졌다. 두 사람이 우왕좌왕하는 틈을 타 현아는 곧장 숲 속으로 내달렸다.

GPS 위치를 따라 온 곳은 서울 인근의 외진 산속이었다. 태민과 경호원은 혹시라도 세라 일당이 눈치라도 챌까 차를 멀찌감치 세워놓고 조심스레 걸어서 접근했다. 별장에는 사람이 있는지 불이 켜져 있었다. 하지만 현재 현아의 GPS 위치는 별장이 아닌 산속을 가리키고 있었다.

"난 산으로 갈 테니, 저기 확인하고 수석에게 연락해."

태민은 작은 목소리로 경호원에게 별장을 보고오라고 지시하고, 현아를 찾아 산속으로 걸음을 옮겼다.

산속은 먹이라도 칠한 것처럼 새카만 어둠뿐이었다. 나무 사이로 들어오는 달빛마저 없었다면 한 걸음도 떼지 못할 정도였다. 산속을 한참 헤매고 나니 지금 어디에 있는 건지도 가늠이 되지 않았다. 자꾸만 같은 자리를 맴도는 것만 같아 무서웠다.

현아는 돌아가신 엄마의 말을 떠올렸다. 그래, 무섭고 두려워서 겁이 날 때는 좋아하는 걸 떠올리자. 좋아하는 마음은 두려움을 이길 수 있어! 엘리베이터에 갇혔던 그날처럼 현아는 태민을 떠올렸다. 자신을 걱정하며 기다리고 있을 태민을 떠올리자 두려움이 조금씩 사라졌다.

"난 하나도 안 무서워. 난 하나도 안 두려워. 태민 씨가 기다리고 있어. 난 무사히 이 산을 내려가서 태민 씨를 만날 거야. 난 하나도 안 무서워."

현아는 용기가 나는 주문이라도 되는 것처럼 자꾸만 저 말들을 중얼거렸다. 주문이 먹히기라도 했는지 저 멀리서 희미하게 자신을 부르는 소리가 들려왔다.

"현아야, 김현아!"

태민 씨? 아니야, 이런 산 속에 태민 씨가 있을 리가 없잖아. 환청인가? 그런데 환청으로 생각했던 소리가 점점 커지며 다가왔다.

현아는 그럴 리 없다고 생각하면서도 태민의 목소리가 들리는 쪽으로 걸음을 옮겼다.

"태민 씨?"

현아가 힘껏 태민의 이름을 불렀다. 그리 멀지 않은 곳에서 반짝, 하고 불빛이 보였다. 현아가 반신반의 하며 걸음을 멈춘 사이, 어두운 숲에서 불빛과 함께 태민이 나타났다. 두 눈으로 보고도 믿기지 않는 순간이었다.

"김현아?"

태민이 나뭇가지를 헤치며 달려와 현아를 품에 안았다. 어떻게 여기 태민이 있는지 알 턱이 없는 현아는 여전히 어안이 벙벙했다.

"어디 다친 데는 없지?"

태민은 현아의 머리부터 발끝까지 꼼꼼하게 살폈다. 그러다 손을 묶은 끈을 발견하고는 얼른 풀어냈다. 손에 붉게 남은 자국을 보자 태민은 속이 상했다. 안쓰러운 마음에 현아를 더 세게 끌어안았다.

"정말 태민 씨 맞죠?"

"응."

"이거, 정말 꿈 아니죠?"

"응, 꿈 아니야."

현아는 이 모든 게 꿈인 것만 같아 자꾸만 되물었다. 그때마다 태민은 대답해주며 머리를 쓰다듬었다. 현아가 허리에 두른 손에 힘을 줘 태민을 가까이 당겨 안았다.

"얼마나 무서웠는데…."

현아는 따뜻한 태민의 품에 안기자 마음이 놓이는지, 그만 울음을 터트렸다.

"괜찮아, 괜찮아. 나 여기 있어. 내가 지켜줄게. 괜찮아, 이제."

태민이 현아의 등을 토닥였다.

"이태민은 김현아가 있는 곳이면, 거기가 어디든 따라갈 거야. 그래서 언제나 당신 옆에 있을 거야. 그러니까 무서워하지 마."

마음이 진정되던 현아는 갑자기 태민의 옷을 꽉 움켜잡았다. 문득 아직 안심할 상황이 아니라는 걸 떠올린 것이다. 자신을 묻으려던 남자들이 뒤쫓고 있을 것이다. 현아는 눈물을 닦아내며 말했다.

"이러고 있을 때가 아니에요, 얼른 도망쳐야 해요! 그 사람들이…."

"여기 있었네?"

현아가 채 말을 끝내기도 전에 남자들이 나타났다. 그들은 태민을 보더니 인상을 찌푸렸다.

"어라? 처리할 게 하나 더 생겼어?"

남자들이 어슬렁거리며 다가오자, 현아가 태민의 손을 끌어당겼다. 하지만 태민은 꿈쩍도 하지 않았다.

"잠시만 있어. 내가 다 처리할게. 그리 오래 걸리진 않을 거야."

걱정 말라는 듯 웃어 보였다.

태민은 어린 시절부터 꾸준히 체계적으로 호신술을 배워왔다. 움직임을 최소화하고 단번에 급소를 공격해 상대에게 치명상을 입힐 수 있는 전문 기술들을 몸에 익혔다. 그런 그에게 이런 건달 서너 명은 아무것도 아니었다. 하지만 그걸 알 리 없는 현아는 그저 두려울 뿐이었다. 태민은 현아를 뒤로 물러나게 하고 목을 까닥거리며 몸을 풀었다.

"내 여자한테 한 짓을 생각하면 두 번 다시 세상 빛을 못 보도록 만들고 싶지만, 내 여자가 보고 있으니 그건 참지. 대신 감옥에서 평생 썩게 만들어주지."

남자들이 어이없다는 듯 피식거렸다. 상대의 곱상한 외모만 보면 주먹도 제대로 휘두르지 못할 것 같았다.

"야, 저 새끼가 뭐라 그러냐?"

작은 덩치가 큰 덩치에게 지껄이며 기습적으로 태민에게 주먹을 휘둘렀다. 하지만 주먹이 닿기도 전에 발차기에 하복부를 맞고는 저만치 나가 떨어졌다.

"이 새끼가!"

예상치 못한 상황이 벌어지자 본 큰 덩치가 흥분해서 달려들었다.

태민이 능숙하게 큰 덩치의 주먹을 피하고는 명치에 정확하면서도 강한 주먹을 날렸다. 큰 덩치가 비명을 내지르며 고꾸라졌다. 정신을 차린 작은 덩치가 다시 덤벼들었지만 태민의 움직임이 더 빨랐다. 공격할 자세를 취하기도 전에 턱에 카운터를 날렸다. 순식간에 몸이 붕 떠올랐다 바닥에 철퍼덕 떨어졌다.

태민은 기절한 이들을 끌어다 옷가지로 결박해 못 움직이게 만들었다. 그리고는 간단한 준비운동이라도 끝낸 듯 옷을 툭툭 털었다. 현아는 휘둥그레진 눈으로 태민의 현란한 동작을 지켜보았다. 운동을 한 건 알겠지만, 이렇게 싸움도 잘하는 줄은 몰랐다.

"왜? 새삼 반하겠어?"

태민이 능청스럽게 웃자 현아의 얼굴에 생기가 돌아왔다.

"손."

현아가 태민이 내민 손을 잡자 둘의 체온이 따스하게 맞붙었다.

"그만 가자."

"앗!"

현아가 갑자기 주저앉았다. 아무래도 아까 도망치다 발을 삔 모양이었다. 태민은 무릎을 굽히고 앉아 현아의 발을 살폈다. 붉게 부어오른 발목을 보니 이대로 걸어 산을 내려가기는 힘들 것 같았다. 태민이 등을 내보이며 말했다.

"업혀."

"아니에요. 걸으면 돼요."

"그렇게 부은 발로 어떻게 걸어!"

현아는 선뜻 그에게 업힐 수가 없었다. 어둡고 깊은 산속이었다. 제 몸 하나도 간수하기 힘든 산길을 자신까지 업고서 걷게 할 수는 없었다.

"안 업히면 한 발짝도 안 움직여."

태민이 단호하게 말하자 현아가 어쩔 수 없이 업히면서도 걱정스러워했다.

"많이 무거울 텐데…."

"깃털 같아."

깃털? 현아는 조금 민망하긴 해도 기분은 좋았다.

"황금 깃털."

"황금 깃털? 금이면 무거운 거잖아요. 지금 나더러 무겁다는 거예요?"

"그럼 무겁지, 가벼울 리가 있어?"

"내려요, 내려. 내가 바닥을 기어서라도 혼자 갈 테니까, 내려줘요!"

태민은 기운이 넘치는 현아의 몸부림에 안도했다. 등에서 내리려고 발버둥 치는 현아를 추켜올려 자세를 고쳐 업었다. 몸이 휘청거리자 현아가 자연스럽게 태민의 목에 팔을 두르고 몸을 낮춰 등에 찰싹 달라붙었다.

"황금 깃털 아냐. 보드랍고 따스한 깃털이야. 하나도 안 무거워. 매일 업고 다닐 수도 있을 정도야."

"됐거든요!"

툴툴거리며 말했지만 저도 모르게 입가에 웃음이 번졌다. 현아가 가만히 등에 얼굴을 기댔다. 태민은 문득 오래전 술에 취한 현아를 업고오던 날이 떠올랐다. 바보 김현아, 내가 자기를 미워하는 줄로 오해하고…. 아마 그날 일은 기억도 못 하겠지?

"김현아?"

태민은 가라앉은 목소리로 현아를 불렀다.

"네?"

"나, 왜 좋아해?"

생각지 못한 질문이라 현아는 얼굴이 붉어졌다. 갑자기 그런 건 왜 물어봐? 왜 좋아하냐고? 무엇 때문인지도 모를 만큼 태민 씨의 모든 게 다 좋아져버렸는데…. 현아는 뭐라고 말해야 할지 몰라 망설이다 조심스레 입을 열었다.

"태민 씨는요… 내 심장을 뛰게 하는 사람이에요."

이런 말을 하는 게 쑥스러워서 귀까지 시뻘게졌다. 산속이 어두워서 얼굴이 보이지 않아 천만다행이란 생각을 했다. 태민은 온몸이 간질거렸다. 지금 이런 기분이라면 하늘을 날 수도 있을 것 같다.

"김현아?"

"네?"

"나 많이 사랑해줘. 다른 사람 말고 나만 많이 사랑해줘."

아이처럼 보채는 말이 한 없이 사랑스러우면서도 조금은 가슴이 아팠다. 현아가 태민을 끌어안으며 나지막하게 말했다.

"이미… 그러고 있거든요."

"손 주변에 있던 찰과상은 소독을 마쳤습니다. 그리고 삔 곳은 테이핑을 해두었으니 찜질만 꾸준히 하시면 금방 좋아지실 겁니다. 그래도 다행히 큰 외상은 없으니 영양제 맞으시면서 휴식 취하시면 될 거 같습니다."

담당의사는 정중하게 인사를 하고는 VIP 병실을 나갔다.

"나 진짜 괜찮은데."

"아니, 내가 안 괜찮아. 안 돼. 오늘은 그냥 여기 있어."

태민은 현아를 다시 침대에 눕히고 옆으로 의자를 당겨 앉았다. 자연스럽게 발목에 찜질팩을 해주었다. 자신 때문에 다쳤으니 이만저만 속이 상하는 게 아니었다.

다친 건 난데, 어쩜 나보다 더 아픈 얼굴을 하나? 현아는 괴로워하는 태민의 얼굴에 마음이 쓰였다.

"태민 씨?"

"응?"

"이리 와요."

현아가 옆자리를 손으로 치며 말했다. 태민이 피식 웃으며 침대로 올라갔다.

"숨 잘 쉬어요, 내가 아주 꽉 안을 거니까."

자못 비장하게 하는 말이었지만 그저 귀여웠다. 현아가 최대한 힘껏 태민을 껴안았다.

"아까 말 못했는데, 구해주러 와서 고마워요."

현아는 편지지에 글자를 눌러 쓰듯 자신의 진심을 담아 말했다. 나 때문인데…. 태민은 고맙다는 말에 오히려 미안해졌다. 그 마음을 아는지 현아는 천천히 말을 덧붙였다.

"오늘 있었던 일은 태민 씨 때문이 아니에요. 나쁜 건 그 사람들이에요. 태민 씨는 날 구하러 온 착한 사람이에요."

현아는 언젠가 태민이 자신에게 해주었던 말들을 하며 그의 등을 토닥였다.

"그리고 이건 혼자만 알고 있으려고 했는데, 특별히 말해줄게요. 아까 산 속에서 태민 씨가 나타났을 때, 빛이 반짝반짝 나는 게 벌써 아침이 왔나 했어요. 그야말로 자체발광! 헤헤…."

현아는 자신이 말하고도 민망했는지 쑥스럽게 웃었다. 태민도 따라 웃었다. 고맙고 사랑스러운 사람, 내가 당신을 잃어버릴까 봐 얼마나 무서웠는지 당신은 알까? 태민은 보물을 다루듯 조심스레 현아의 볼을 감싸며 말했다.

"내가 더 고마워, 무사해줘서."

"치이, 내가 더 고맙거든요!"

현아는 쑥스러운 마음에 장난처럼 대꾸했다.

"근데, 아까부터 궁금했던 건데, 내가 있는 곳 어떻게 알았어요?"

"나한테는 김현아 레이더가 있거든."

"네?"

현아는 무슨 소리냐는 듯 쳐다보았다. 하지만 태민은 쉽게 대답해줄 마음이 없어 보였다.

"그래서 김현아는 나 버리고 어디 못 가. 어딜 가든 내가 찾아낼 수 있거든."

"그러지 말고, 진짜 어떻게 알았어요?"

태민은 말 대신 현아의 목에 걸린 목걸이를 만지작거렸다.

"목걸이였구나!"

현아가 눈치를 채고 말했다.

"담에 도망갈 때는 목걸이 풀고 도망가야겠네."

"어딜? 내가 당신을 보내줄 줄 알아? 절대 안 보내줘. 아니, 못 보내줘."

태민은 현아를 얼른 끌어안았다. 안긴 품이 따뜻하고 아늑해서 현아는 마음이 놓였다. 무서웠던 일들이 모두 나쁜 꿈처럼 아득해졌다. 너무나 편해서 자꾸만 눈이 감겼다. 얼마 지나지 않아 쌔근쌔근 현아의 숨소리가 들렸다.

"자?"

태민이 당황한 목소리로 물었다. 하지만 대답이 없었다. 현아가 편안한 얼굴로 잠들어 있었다. 당황했던 그의 얼굴에 미소가 걸렸다. 괜찮아, 이렇게 당신을 보는 것만으로도 나는 충분히 행복하니까.

"사랑해, 김현아. 사랑해… 많이, 아주 많이."

태민은 현아의 머리카락에 입을 맞추고 소중한 것을 대하듯 조심스럽게 안았다.

현아는 허전함에 눈이 떠졌다. 옆에 있어야 할 태민이 보이지 않았다.

응? 어디 갔지? 삐었던 발목을 확인하니 붓기가 싹 빠져 걸어도 아무렇지 않을 만큼 좋아졌다. 병실 소파 위에 놓인 쇼핑백이 눈에 띄었다. 뭔가 싶어 열어보니 갈아입을 옷가지가 들어 있었다. 화려한 레이스의 검은색 속옷을 발견하고는 얼굴을 붉혔다.

이렇게 야한 걸 누가 고른 거야? 현아는 민망해서 연신 손부채질을 했다. 태민이 누군가와 전화를 하는 소리가 들려왔다. 현아는 조심스레 다가가 안을 들여다보았다.

"그자들이 박세라를 모른다고 했다고?"

-아무래도 김현아 씨가 한 번 더 조사를 받으셔야 할 것 같습니다.

"그건 안 돼. 현아가 그 불쾌한 순간을 떠올리게 하는 것만으로도 싫어. 무엇보다 현아를 그 인간들이랑 같이 있게 하고 싶지가 않아."

태민은 어제 경찰 조사만으로도 충분히 힘들었을 현아를 다시 힘들게 하고 싶지 않았다.

"우리 쪽에서 제출한 통화내역과 통화녹음파일로는 안 되겠어?"

-그것만으로는 충분하지 않을 거 같습니다.

태민은 짜증스러운 상황에 미간을 찌푸렸다. 현아는 태민의 마음이 고마웠다. 하지만 갚을 게 많다고 했던 세라의 무서운 말들을 생각하면 이렇게 가만있을 수 없었다. 어떻게든 세라에게서 태민을 지켜내야 한다는 생각이 들었다.

"제가 조사 받을게요, 박세라가 있었다는 거 증언할게요."

태민은 전화를 하다 말고 돌아보았다.

"내가 다시 전화 하지."

태민은 심각한 얼굴로 전화를 끊고 다가왔다.

"굳이 하지 않아도 돼, 다른 방법을 찾으면 돼. 당신은 얼른 잊어."

"아뇨, 피하는 건 내 스타일이 아니에요."

"아니, 이런 건 피해도 돼."

"안 돼요, 그 여자 막아야 해요. 안 그럼 태민 씨까지 위험해질지 몰라요. 태민 씨는 내가 지킬 거예요."

굳게 다문 입과 꽉 쥔 주먹. 현아의 모습은 자못 비장했다. 하지만 태민의 눈에는 그저 사랑스럽게만 보였다. 이렇게 작은 손으로 나를 지키겠다니, 그 마음이 너무나 고마웠지만 그만큼 걱정도 컸다.

"그렇게 걱정 안 해도 된다니까요. 응? 으응?"

현아는 살짝 민망했지만, 일부러 팔에 매달려 고개까지 갸웃거리며 콧소리를 냈다. 그렇게 전에 없던 애교까지 부려봤지만 태민의 표정은 여전히 굳어 있었다. 괜한 애교를 부렸나….

갑자기 태민이 손을 잡아 당겨 현아를 품에 안았다. 현아가 지그시 눈을 감자 태민은 기다렸다는 듯 그녀의 입술을 삼켰다. 그리고 숨처럼 깊게 들이마셨다. 순간 방심하던 현아의 혀가 그의 입안으로 끌려왔다. 처음에는 끝을 간질이더니 매끄럽게 미끄러져 깊숙이 들어와 혀뿌리를 간질였다.

제 안을 휘젓고 다니는 태민 때문에 현아는 정신이 아득해져 저도 모르게 그의 가슴 위에 손을 올려 기댔다. 그러자 손끝에 동그란 셔츠 단추가 걸렸다. 맞아, 단추! 현아가 눈을 번쩍 뜨며 태민을 세게 밀어냈다.

"단추! 단추가 있어요!"

맥락 없는 말에 태민은 고개를 갸우뚱했다. 현아가 눈을 반짝거리며 확신에 찬 표정을 짓자, 태민도 무언가 있다는 걸 알아차렸다.

"내가 박세라, 그 여자 코트 단추를 뜯었거든요. 그 단추가 그 별장 바닥 어딘가에 있을 거예요!"

왜 이렇게 안 나오는 거지? 태민은 변호사와 함께 조사를 받으러 들어간 현아가 좀처럼 나오질 않자 걱정이 되었다. 차 안에서 기다리다 도저히 안 되겠는지 검찰청 앞으로 가 초조하게 서성였다.

그때 건물 안에서 변호사와 나오는 현아가 보였다.

"괜찮아?"

얼른 달려가 손을 꼭 잡았다. 현아는 걱정을 덜어주고 싶어 웃어 보였다.

"아주 보기 좋네요."

뒤따라 나오던 세라가 태민과 현아 옆에 와 섰다. 태민의 표정이 일순 매서워졌다. 하지만 세라도 지지 않고 노려보며 말했다.

"설마 이 정도로 날 감옥에 집어넣을 수 있다고 생각하는 거예요?"

"그쪽은 감옥에 있는 게 훨씬 안전할 거야."

세라가 분한 듯 부들부들 몸을 떨었다. 현아가 태민의 팔을 당기며 말했다.

"그만 가요, 저 여자 헛소리에 대꾸할 필요 없어요."

"헛소리? 지금 네까짓 게 날 무시하는 거야?"

세라가 금방이라도 죽일 듯 노려보았다. 하지만 현아는 조금도 움츠러들지 않았다. 세라가 어이가 없다는 듯 헛웃음을 짓더니 태민에게 말했다.

"이게 끝일 거라고 생각하지 마요. 나 아니어도 당신 등에 칼 꽂고 싶어 할 사람 많으니까."

"어디서 개가 짖나? 계속 개소리가 들리네."

세라가 태민에게 협박하듯 말하자 현아가 빈정거렸다. 못 참고 손톱을 세우고 달려드는 세라를 그녀 변호사가 막아서더니 데리고 나갔다. 그제야 현아는 안도의 한숨을 내쉬었다.

태민의 입에서 유쾌한 웃음소리가 터져 나왔다.

"이제 보니 내 여자친구, 카리스마가 철철 넘치네. 아주 듬직해."

"이태민 씨는 내가 지킨다고 했잖아요."

"그래, 믿고 날 맡겨도 되겠어."

"이태민 씨는 나만 믿어요."

현아가 으스대며 말하자 태민은 못 참겠다는 듯 이마에 살짝 입을 맞췄다. 현아는 안 그래도 동그란 눈을 더 크게 뜨고는 주위를 획획 둘러보았다. 뒤에 서 있던 변호사와 눈이 마주치자 그가 서둘러 고개를 돌렸다.

부끄러워 죽을 것 같아! 현아는 얼굴이 벌게져서 도망치듯 건물 밖으로 나갔다.

15화

"병원으로 가지."

태민이 기사에게 행선지를 말했다. 차가 출발하자 현아는 영문을 모르겠다는 얼굴로 태민을 보며 물었다.

"병원엔 왜요?"

"왜긴, 당신 좀 더 쉬어야지."

"나 이제 괜찮아요. 호텔로 가요."

"호텔? 그 발목을 해서 출근을 하겠다고?"

"이제 괜찮아요. 걸어도 아무렇지 않아요."

현아가 아무렇지 않다는 듯 발을 굴러 보이며 대답했다. 오늘 베이커리 팀 회의에서 시그니처 메뉴를 발표하려면 얼른 가서 식빵을 만들어야 하기 때문에 마음이 급했다.

태민 씨 깜짝 놀라겠지? 놀란 태민의 얼굴을 상상하니 설렜다.

"잠깐 걸을 때는 괜찮겠지. 그런데 출근하면 내내 서 있을 거 아냐? 안 돼, 쉬어."

걱정하는 마음을 몰라주는 현아가 야속해 조금 퉁명스럽게 말을 내뱉었다. 걱정해서 하는 말인 건 알아도, 다짜고짜 명령조로 말하자 현아는 살짝 기분이 상했다.

"아니, 내가 괜찮다고 하잖아요."

말을 내뱉고서야 현아는 아차 싶어 그의 표정을 살폈다. 얼굴에 웃음기가 싹 사라진 게, 화가 난 듯했다.

"당신 걱정해서 그러는 거잖아, 지금."

태민의 말투는 차분했지만 화를 꾹 눌러 참고 있다는 게 느껴졌다.

현아는 괜히 마음이 상했다. 왜 화를 내? 나도 화났거든. 그래서인지 저도 모르게 또다시 퉁명스러운 말이 나왔다.

"날 걱정해주는 건 좋지만, 출근할지 말지 결정은 내가 하는 거예요."

"날 사랑한다면서 그거 하나 못 들어줘?"

"그러는 태민 씨는요? 날 사랑한다면서 왜 내가 하겠다는 걸 못하게 해요?"

현아는 태민의 말을 되받아치고는 바로 후회했다. 이렇게까지 티격태격 할 필요도 없는 일인데. 솔직하게 회의 때문에 오늘은 빠질 수 없다고 말하면 됐을 걸….

현아는 태민에게 미안한 마음이 들었다. 하지만 또 한편으로는 너무 서운했다. 그냥 못이기는 척 내 말대로 따라주면 되잖아. 차 안 공기가 급속도로 싸늘해졌다. 두 사람 다 차창 밖만 멍하니 내다보았다. 현아는 차창에 비치는 태민의 굳은 얼굴이 마음 아팠다.

그래, 서로 사랑한다는 게 중요하지. 이기고 지는 게 뭐가 중요해? 현아가 먼저 미안하다 말을 하려고 조심스레 입을 열었다.

"태민 씨?"

태민이 고개를 돌렸다. 그런데 잔뜩 화났단 얼굴을 하고 있자 울컥했다. 먼저 사과하려고 했는데, 뭐야 저 태도는? 시위하는 거야? 현아는 하려던 말과는 다른 말을 내뱉었다.

"여기서 세워줘요, 나 택시 타고 갈 테니까."

"그래, 맘대로 해. 세워!"

현아가 발끈해서 말하자, 태민도 그에 질세라 차를 세웠다. 현아는 차에서 내려 차 문을 세게 닫았다. 차는 기다릴 생각도 않고 쌩하니 출발했다. 기가 막혔다. 이쯤하면 먼저 미안하다며 잡을 줄 알았다. 가란다고 진짜 가? 이태민, 이 밴댕이 소갈머리야!

"절대로 먼저 사과 안 할 거야!"

멀어지는 차를 향해 큰 소리를 치고는 택시를 잡아탔다.

호텔에 도착하기 무섭게 주방으로 달려갔다. 그리고는 베이커리 회의 때 내 보일 식빵을 만드는데 집중했다. 반죽을 오븐에 넣고서야 잠시 한숨을 돌릴 수 있었다.

다행이다, 시간에 맞출 수 있겠어. 현아는 흐뭇하게 오븐에서 익어가는 식빵을 보았다. 그런데 갑자기 발목이 시큰거렸다. 태민 씨 말처럼 오래 서 있는 건 무리였나? 현아는 자꾸만 발목이 아려와 제대로 서 있을 수 없어 한쪽 발을 비스듬히 들었다.

내가 잘못했어. 현아가 자기 일을 얼마나 좋아하는지 알면서, 쉽게 말하면 안 되는 거였는데. 아니, 그래도 그렇지. 꼭 그렇게 가야 해? 아픈 발을 끌고 기어이 출근을 해야 해?

태민은 마음이 복잡했다. 현아에게 퉁명스럽게 군 게 미안하면서도 진심을 몰라주는 게 서운하기도 하고…. 다른 일을 하려고 해도 자꾸 차 안에서 다툰 일만 생각이 났다.

"사장님? 결재 부탁드립니다."

기다리다 못한 수석비서가 소리 내어 불렀다. 태민은 그제야 정신을 차리고는 결재서류에 하다 만 사인을 마저 했다.

"사장님, 무슨 일이라도 있으신가요?"

"아냐, 아무것도."

태민은 건성으로 결재 서류를 건넸다. 수석비서는 태민의 상태가 영 못 미더운지 일정을 한 번 더 언급했다.

"사장님, 잠시 후에 베이커리 팀 회의 있습니다."

"베이커리 팀 회의?"

그래, 오늘 회의가 있었지. 오늘 출근해야 한다는 게 설마 이것 때문이었나? 그러면 그냥 처음부터 그렇다고 말을 하지. 그러면 회의를 미뤘을 텐데…. 미리 일정을 떠올리지 못한 자신이 원망스러우면서도 말해주지 않은 현아에게도 서운함을 느꼈다.

오늘 베이커리 팀 회의의 주요 내용은 시그니처 메뉴와 1인용 베이커리 메뉴개발이었다. 두 프로젝트의 중심인 주방장과 현아 그리고 홀 캡틴과 동원이 참석했다. 1인용 베이커리 개발 보고가 끝나고 시그니처 메뉴 개발에 대한 보고를 진행했다. 주방장이 그간의 개발과정에 대해 보고를 끝내고 현아가 갓 구운 식빵을 회의 참석자들 앞에 내놓았다.

자신이 만든 올리브 식빵에 대한 첫 외부 평가를 받는 자리라 현아는 긴장했다. 슬쩍슬쩍 세 사람의 반응을 살폈다. 홀 캡틴과 동원의 표정은 그리 나쁜 것 같지 않은데….

가장 중요한 태민이 좋은지 나쁜지 전혀 가늠할 수 없는 표정을 짓고 있었다.

식빵을 한 입 먹은 태민이 무표정한 얼굴로 홀 캡틴에게 물었다.

"홀 캡틴은 어떻습니까?"

"맛이 아주 부드럽네요. 자꾸만 손이 가게 되는 그런 맛입니다. 헬시 푸드인 올리브가 가득 들어간 데다 소화에 좋은 천연 효모종으로 발효시켰다니, 건강을 생각하는 고객들에게 제대로 어필할 것 같습니다."

홀 캡틴의 긍정적인 평가에 현아는 저도 모르게 입 꼬리가 자꾸만 올라갔다. 하지만 아직 평가가 다 끝난 게 아니라서 차분해지려 노력했다.

"이동원 셰프는 어떻게 생각하십니까?"

"올리브와 치즈, 천연 효모종까지 세 가지가 완벽하게 어울리는 것 같습니다."

동원은 대답을 하고는 현아를 보며 흐뭇해했다. 현아도 살짝 쑥스러워하며 입가에 미소를 띠웠다. 태민은 둘이 미소를 주고받는 모습에 살짝 마음이 상했다. 나한테는 그렇게 화를 내고 가놓고!

하지만 태민은 얼른 서운한 마음을 떨치고 사장다운 태도를 유지했다.

"저는…."

순간 현아는 긴장해 숨을 멈추고 태민을 보았다.

"아주 좋았습니다."

무표정하던 태민이 화사하게 웃으며 대답했다. 그 미소를 보자 현아는 그간의 모든 고생들이 싹 씻겨나가는 그런 기분이 들었다. 지금까지의 노력들을 인정받은 것만 같아 너무 기뻤다. 마구 소리를 질러대고 싶은 그런 기분이었다.

"다들 수고 많으셨습니다. 김유미 홀 캡틴과 이동원 셰프, 이순학 주방장님과 김현아 셰프 다들 정말 잘 해주셨습니다."

태민은 개발자들에게 진심 어린 박수를 보냈다. 그러자 다 같이 박수를 치며 서로의 성공적인 결과를 기뻐했다. 잠시간의 기쁨을 만끽하고 다시 태민은 입을 열었다.

"여러분이 개발해주신 1인용 베이커리 및 시그니처 식빵은 앞으로 일주일간 한국에서의 판매를 통해 고객들의 반응을 살필 예정입니다. 그리고 그 결과에 따라 전 지점으로 확대할지 말지 결정하겠습니다."

아직도 삐쳐 있는 거야? 현아는 탈의실에 서서 휴대폰을 매섭게 노려보고 있었다. 아까 회의 때도 일 얘기만 하고 쌩 가버리더니, 여태 문자도 하나 없어? 아니, 그동안 고생했다, 오늘 이것 때문에 고집을 부렸구나, 미안하다, 그런 말 한마디 해주면 어디가

덧나? 됐어! 나도 절대 먼저 말 안 해. 현아가 휴대폰을 가방에 휙 던지듯 집어넣었다.

그때 드르르, 하고 진동소리가 났다. 현아는 언제 토라졌나 싶게 서둘러 휴대폰을 꺼내 메시지를 확인했다.

-밖에서 기다리고 있어.

태민의 메시지를 확인하자마자 현아의 얼굴이 확 밝아졌다. 스스로 생각해도 살짝 민망했는지 일부러 표정을 심각하게 지었다.

그래도 먼저 사과하지 않을 거야, 엄청 도도하게 굴어줄 거야! 하지만 다짐과는 달리 자꾸만 비실비실 웃음이 새어나왔다.

현아가 호텔을 나오니, 빨간색 세단이 기다리고 있었다. 반가운 마음에 달려가고 싶었지만, 최대한 느릿느릿 걸어서 차에 올라탔다.

"수고했어요, 김현아 셰프."

다정한 눈빛의 태민을 보는 순간 꽁했던 마음이 다 풀렸다. 하지만 괜한 자존심에 새초롬한 표정을 지으며 앞만 보았다. 태민이 그런 현아의 손을 따스하게 잡았다.

"미안, 내가 잘못했어. 회의 때문에 출근해야 한다고 말해주지 그랬어. 그때 난 당신이 아프다는 사실밖에 생각이 안 났어, 미안해."

"담부터 그러지 말아요. 날 걱정해주는 건 고맙지만 날 마음대로 하려는 건 싫어요."

"응, 미안. 내일부터는 안 그럴게."

"좋아요, 우리 태민 씨 착하네."

현아가 그제야 얼굴을 풀고 그의 볼에 뽀뽀를 해주었다.

기분 좋게 차가 출발했다. 그런데 원룸이 있는 곳이 아닌 다른 곳으로 향하고 있었다.

"태민 씨?"

"응?"

"우리 길 잘못 들었어요. 조금 전에 저기서 옆으로 들어갔어야 하는데,"

"아니, 제대로 가고 있어."

제대로 가고 있다고?

"네? 이리로 가면 고속도로가 나오는데요?"

"응, 우린 지금 영동고속도로를 타고 속초로 갈 거야."

"네? 속초요? 거긴 왜 가요?"

"포상휴가. 그동안 시그니처 메뉴 만드느라 수고한 김현아 셰프를 위한 선물이자 그동안 잘 참은 나를 위한 선물."

태민이 한껏 들떠서 대답했다. 하지만 현아는 당황한 나머지 말문을 잃고 그를 빤히 보았다.

"이태민 씨?"

현아는 잔뜩 목소리를 내리깔고 불렀다. 순간 그는 저도 모르게 긴장해서는 슬그머니 그녀의 눈치를 살폈다.

"좀 전에, 나한테, 마음대로 하지 않겠다고 하지 않았어요?"

"정확하게 말하자면, 내일부터 안 그런다고 했어."

태민은 현아의 말에 따박따박 대구를 하면서도 속상한지 토라진 표정을 지었다. 그녀는 피식 웃음이 났다. 왜 갑자기 어린애처럼 굴어? 귀엽게.

"떼쓰지 마요. 내일 출근은 안 할 거예요?"

"정말로 포상휴가란 말이야! 다들 프로젝트 때문에 휴일도 없이 일했잖아, 그래서 잠깐이지만 휴가를 준 건데⋯. 당신뿐만 아니라 다른 프로젝트 팀원들도 다 쉬게 했다고!"

억울해하는 태민을 보니 현아는 지레짐작하고 혼낸 게 미안해 뭐라 말을 할 수가 없었다.

"그리고 사랑하는 사람들끼리 갑자기 여행을 갈 수도 있는 거 아닌가?"

태민은 한층 더 풀이 죽은 목소리로, 침울한 표정을 지었다. 현아는 너무 심하게 굴었나 싶어, 안절부절못하고 그의 눈치를 살폈다.

"와아, 이렇게 태민 씨랑 함께 바다 간다니까 너무 좋다. 우리 여태 제대로 된 데이트도 못 해봤는데, 오늘 드디어 이렇게 하네요, 하하하."

현아가 분위기를 바꿔보려 어색하게 말을 늘어놓았다. 귀여워서 조금 더 놀려볼까 생각했지만, 또 토라질까 봐 속으로 웃음을 참아 넘겼다. 대신 손을 꼭 잡았다.

"우리 속초 도착하면 와인 한 잔 할까?"

"에이, 속초까지 가서 무슨 와인이에요."

"그럼?"

"당연히 소주랑 회죠! 맛있겠다."

신나 하는 현아의 모습에 태민도 덩달아 신이 났다.

"아, 우리 가는 길에 휴게소 들러 알감자도 사먹어요."

"알감자?"

"아, 태민 씨는 모를 수도 있겠다. 그게 뭐냐면⋯ 조그마한 감자

를 버터에 구워서 설탕을 솔솔 뿌린 건데, 맛있어요. 휴게소에 맛
난 거 엄청 많아요, 하나씩 내가 다 알려줄게요."

현아는 야심찬 목소리로 외쳐놓고 휴게소에 도착하기 전에 잠
들었다. 태민은 차마 깨우지 못하고 바로 속초로 내달렸다. 물론
그 안에는 오늘 밤을 위해 잠을 재워두는 게 나을 거란 계산도 들
어 있었다.

속초에는 룩과 인수합병이 진행 중인 오리엔탈호텔의 지점이
있었다. 둘은 호텔에서 가까운 횟집으로 들어갔다. 창가 근처에 앉
아 밤바다를 구경하고 있으니, 금방 주문한 회와 소주가 나왔다.

소주 뚜껑을 따자 현아가 냉큼 자신의 잔을 내밀었다. 태민은
잠깐 뜸을 들이더니, 자기 잔에만 소주를 따르고는 병을 내려놓았
다. 그러자 현아가 다시 한 번 잔을 내밀며 말했다.

"나도 줘요."

"안 돼."

"왜요?"

"당신은 술 취하면 잠들어버려서."

"그게 왜요?"

태민이 태연한 목소리로 대답했다.

"난 오늘 당신이랑 꼭 자고 싶거든. 그런데 당신이 먼저 잠들어
버리면 곤란해."

아니, 어쩜 저런 말을 아무렇지 않게 해? 현아는 당황스럽긴 했
지만 저 또한 같은 마음인지라 그리 발끈하지는 않았다.

"그럼 딱 한 잔만 마실게요, 그 정도는 괜찮잖아요."

현아는 태민과의 밤도, 술도 포기할 수 없어 나름의 타협안을 내놓으며 술잔을 내밀었다. 그러자 태민이 못 이기는 척 술을 따라주었다.

"딱 한 잔이야."

"네, 네. 아껴서 먹어야지."

현아는 기분 좋게 술을 받아 내려놓고는 쌈을 싸기 시작했다. 상추에 깻잎을 올리고 두툼하게 썰린 회를 초장에 찍어서 올렸다. 그 위에 고추, 쌈장을 올리고 마지막으로 마늘을 집었다. 그 순간, 현아는 자신이 데이트 중이란 걸 떠올렸다.

키스할 건데 마늘 냄새를 풍길 순 없지, 아쉽지만 오늘은 참자…. 현아는 시무룩해져 마늘을 내려놓았다.

"왜?"

"아무것도 아니에요."

그러자 태민이 마늘을 집어 입에 넣고 씹었다. 알싸한 맛이 입 안에 퍼지자 미간이 찌푸려졌다. 현아가 서둘러 물을 건넸지만, 쉽게 진정이 되지 않아 연신 물을 들이켰다.

"아니, 매운 것도 잘 못 먹으면서 그걸 왜 집어 먹어요?"

"아무래도 에너지바한테 바보가 옮았나 봐."

"뭐라구요?"

현아는 얄밉다는 듯 눈을 흘겼다.

"당신, 마늘 먹고 싶잖아. 둘 다 먹으면, 키스해도 냄새를 못 느낀대."

"누, 누가 키스 때문에 안 먹는대요?"

정곡을 찔린 현아가 저도 모르게 말을 더듬거렸다. 저렇게 빤히 보이는데도 아닌 척은.

"그런 거 아니면 뭐야? 자, 아."

태민이 쌈을 싸서 내밀자 현아는 잠시 머뭇거렸다. 쌈을 이렇게 크게 싸면 얼굴 못생겨지는데… 하지만 태민 씨가 정성스레 싼 거잖아.

현아는 마지못해 입을 벌려 쌈을 받았다. 우물우물 씹는데, 쫄깃쫄깃하고 고소한 맛이 입안에 퍼졌다.

"와, 맛있다!"

현아는 감탄을 하며 재빠르게 쌈을 쌌다. 자신이 느낀 즐거움을 태민에게도 느끼게 해주고 싶었다. 태민은 기다렸다는 듯 입을 벌려 쌈을 받아먹었다.

"행복해."

현아는 저도 모르게 속말을 내뱉고는 쑥스러워 웃었다. 태민도 현아를 따라 웃었다. 태민은 현아가 하는 말을 알 수 있었다. 사랑하는 사람과 마주 앉아, 함께 밥을 먹고, 도란도란 이야기를 나누고…. 소소한 것들이지만 가슴이 벅찰 정도로 행복했다.

현아와 태민은 횟집을 나와 함께 달빛이 내리는 밤바다를 거닐었다.

"좋다…. 그런데 좀 춥네요."

"이리와, 따뜻하게 해줄게."

태민이 코트 앞섶을 열며 말했다. 웬일인지 현아도 빼지 않고 그대로 안겼다. 찬바람이 부는데, 태민의 품에 안겨 있으니 한없이 따뜻했다. 기분 좋은 느낌에 용기가 났는지 고개를 들어 태민을 불렀다.

"태민 씨."

"응?"

"나 하고 싶은 거 있어요."

"뭐?"

"술래잡기요, 연인들끼리 나 잡아봐라 하는 거 있잖아요. 그런 거 한 번 해보고 싶었어요."

발상이 귀여워 태민이 작게 웃었다.

"해, 금방 나한테 잡힐 테지만."

태민의 대답이 떨어지기 무섭게 현아가 코트에서 벗어나 달리기 시작했다.

이런 유치한 짓을 하다니…. 부끄럽기는 했지만 좋았다. 태민은 현아의 뒤를 천천히 따라 걸었다. 그러다 갑자기 힘껏 달려와서는 공주님 안기로 들어 안았다.

"잡았다."

"치, 이렇게 빨리 잡는 게 어딨어요? 한 번 더 해요."

"싫어, 난 당신 안고 싶어."

태민의 눈빛에 현아는 정신이 아득해졌다. 도저히 거부할 수 없었다. 자신 역시 눈앞의 태민이 너무나 갖고 싶었다.

호텔 엘리베이터 문이 닫히기가 무섭게 태민의 입술이 현아의 입술을 덮쳐왔다. 진한 키스에 현아는 자기도 모르게 마음이 조급해졌다. 얼른 넓고 따뜻한 그의 품에 안기고 싶었다. 스위트룸까지 가는 시간이 너무나 길게만 느껴졌다.

차락, 문이 열리자 두 사람은 급하게 구두를 벗어던지고 안으로 들어갔다. 서로에게서 입을 떼지 않은 채로 코트를 벗어 던지고, 서로의 셔츠 단추를 풀기 시작했다. 태민의 손이 조금 더 빨랐다.

태민은 현아를 조심스레 안아 침대 위에 앉혔다. 그리고 셔츠를 걷어냈다. 곧 검은 브래지어에 감싸인 현아의 가슴이 드러났다.

"역시, 잘 어울릴 거 같았어."

태민이 감탄하며 쇄골에 입을 맞췄다. 순간 현아는 정신이 아득해져 단추를 풀던 손에 힘이 풀렸다. 셔츠를 재빨리 벗어 던진 태민이 현아의 손을 가져다 자신의 허리를 감쌌다.

"태민씨 취향, 이런 거였어요?"

"아니, 내 취향은 그냥 김현아라니까."

태민이 목덜미에 부드럽게 입을 맞추고는 깊게 숨을 들이쉬었다. 현아는 저도 모르게 달뜬 숨을 내뱉었다. 자신의 등을 부드럽게 어루만지는 손길에 온몸의 감각이 예민해졌다. 그의 손이 가지런한 척추를 따라 내려가 브래지어 후크를 풀어냈다. 브래지어가 제 기능을 잃고 가슴을 가릴 듯 말듯 아슬아슬하게 움직였다.

조심스레 침대에 눕히고는 거추장스럽게 걸린 브래지어를 치우고, 가슴을 머금으며 봉긋한 끝을 간질였다. 현아는 순간 숨이 멎는 듯했다. 태민은 왼손으로는 부드럽게 가슴을 따스하게 감싸고

오른손은 현아의 다리를 부드럽게 어루만졌다. 스타킹을 사이에
두고 전해지는 손길이 왠지 모르게 낯설기도 하면서 짜릿했다.

손길이 점점 가까이 다가왔다. 종아리에서 시작해 무릎을 지나
천천히 허벅지 안까지 들어와 부드럽게 매만졌다. 리듬감 있는 손
놀림에 현아는 자꾸만 몸이 녹는 듯 힘이 빠졌다. 그의 손이 잠시
떨어지려 하면 괜히 아쉬운 마음이 들었다.

현아가 촉촉하게 젖어들 때쯤, 스커트만 남기고 속옷과 스타킹
을 걷어냈다. 태민이 잠시 모든 걸 멈추고 자신을 보자, 현아는 괜
히 부끄러워 고개를 돌리며 다리를 꼬았다.

"너무 예뻐."

태민은 입을 맞추고 부드럽게 키스했다. 그리고 현아의 비밀스
러운 곳의 문을 조심스레 두드리며 그녀의 귓가에 나지막하게 속
삭였다.

"그만 열어줘, 널 갖고 싶어."

그리고 귓불을 부드럽게 물었다. 온몸에 퍼지는 짜릿한 감각에
현아는 저도 모르게 다리에 힘을 풀었다. 그 순간을 놓치지 않고
태민이 현아의 문을 향해 성큼 다가갔다.

"안아줘요."

전신을 휘감는 간지러운 느낌을 더는 참을 수가 없었다. 열띤
현아의 얼굴을 보자 태민 역시 참기가 어려웠다. 드로우즈와 바지
를 한 번에 벗어 던졌다. 그리고 두 사람 사이를 막고 있던 치마를
걷어냈다.

태민이 다리 사이로 파고들었다. 그리고 이내 부드럽게 현아의

안을 자신으로 가득 채웠다. 벅찬 느낌에 태민을 올려보았다. 달빛을 받은 그의 얼굴이 너무나 아름다웠다.

"태민 씨, 사랑해요."

태민은 그 말에 더욱 자극받아 모든 걸 집어삼킬 듯 몸을 움직였다. 침대는 밤바다의 파도처럼 거칠게 출렁거렸다. 현아의 숨소리가 거칠어졌다. 폭풍우를 만난 밤바다처럼, 밀려들었다 밀려나가는 파도처럼 두 사람의 몸이 들썩였다.

거친 폭풍우에 휩쓸린 듯 정신없이 몸을 움직이는데, 순간 강렬한 번쩍임이 온몸에 불꽃처럼 파악, 빠르게 퍼져갔다. 그 강렬한 느낌에 두 사람은 순간 숨이 멎는 듯했다. 잠시 후, 폭풍우가 지난 바다처럼 거칠었던 숨소리가 점차 잦아들었다.

태민은 현아 위로 잠시 몸을 기대며 말했다.

"사랑해, 김현아. 정말 난… 너 없인 이제 안 되겠어."

현아는 따사로운 햇살에 눈이 부셔 눈을 떴다. 눈앞에 태민이 햇살보다 더 빛나는 미소를 지으며 빤히 들여다보고 있었다. 깜짝 놀라 퍼뜩 얼굴을 가렸다.

"얼굴은 왜 가려?"

"아침이라 엄청 부었을 텐데…."

"아냐, 예뻐."

태민은 현아의 손을 내리며 다정하게 말했다.

"당신은 부어도 예뻐."

태민이 현아의 볼을 살짝 꼬집으며 말했다. 헝클어진 머리도 귀엽고, 살짝 부은 눈도 귀엽고…. 이 여자는 왜 이렇게 귀엽지? 샘 솟는 감정을 참을 수가 없어 입을 맞췄다. 현아는 살짝 얼굴을 붉히면서도 기분이 좋았다.

이렇게 멋진 남자가 나를 사랑한다니! 내가 뭐라고 이렇게 사랑해주는 걸까? 이 모든 게 꿈 같아서 조금 두렵기도 하다. 둘은 서로를 품에 꼭 안았다. 맞붙은 심장의 떨림이 오롯이 느껴졌다. 서로를 향한 마음을 다시금 확인할 수 있었다. 현아가 고개를 들어 태민을 보았다. 태민이 기다렸다는 듯 현아에게 키스 했다.

드르르, 휴대폰의 진동 소리가 눈치 없게 사방으로 울려 퍼졌다.

"전화 받아요."

태민은 가릴 생각이 없는지, 보란 듯이 벌거벗은 몸으로 침대에서 일어났다. 떡 벌어진 어깨와 한껏 올라간 엉덩이, 자꾸만 눈이 가는 몸이었다. 현아는 새삼 저 품에 안겼다는 게 흐뭇했다.

"뭐라도 좀 입어요."

현아가 침대 옆 바닥에 떨어져 있던 태민의 드로우즈를 집어서 건넸다. 뭐라도 입혀야지 이상한 생각을 덜 할 것 같았다. 태민이 현아가 무슨 생각을 하는지 알겠다는 얼굴로 씩 웃었다. 진동 소리는 끊길 생각을 않았다. 응접실 바닥에 아무렇게나 던져진 코트를 집어 들어 휴대폰을 꺼내들었다. 발신자는 황집사였다.

"응, 황집사."

-도련님!

"말해."

-회장님이 깨어나셨습니다.

"정말이야?"

-네, 정말 깨어나셨습니다. 좀 전에 깨어나셔서 제게 말씀도 하셨습니다. 회장님께서 도련님을 부르셨습니다.

"알았어. 바로 출발하지."

태민은 전화를 끊고 멍하니 서 있었다.

현아는 걱정이 되어 침대에서 몸을 일으켰다.

"태민 씨?"

"응?"

태민이 고개를 돌려 현아를 보았다.

"무슨 일이에요?"

"할아버지, 할아버지가 깨어나셨대."

태민의 목소리가 떨렸다. 이회장이 깨어났다는 사실이 믿기지가 않는 듯 멍한 얼굴이었다.

"정말요? 다행이다, 정말 다행이다."

현아는 자기 일처럼 기뻐하며 환하게 웃었다.

"뭐 하고 있어요? 이렇게 넋 놓고 있을 때가 아니잖아요!"

현아가 눈을 반짝이며 침대에서 벌떡 일어났다. 순간 봉긋한 가슴이 훤히 드러났다.

아차! 벌겋게 달아오른 얼굴을 푹 숙여 감추고는 이불을 들어 가슴을 가렸다. 현아는 두 번의 실수는 없다는 듯, 이불로 몸을 칭칭 감고서 침대에서 내려섰다. 그리고는 태민에게 다가가 그의 등을 퍽 소리 나게 때렸다.

"얼른 준비해요, 할아버지 뵈러 가야죠!"

그의 등을 떠밀어 욕실로 향했다. 태민은 당황스럽긴 했지만 저를 생각하는 그 마음 씀씀이가 너무 예뻤다. 그래서 갑자기 돌아서서 현아를 껴안았다.

"정말 이럴 시간 없다니까요!"

그렇게 말하면서도 그의 따스함 품이 좋아 잠시 안겨 있었다.

현아는 초조해하는 태민을 대신해 운전대를 잡았다. 서둘러 도착한 양양공항에 수석비서가 이미 와서 기다리고 있었다. 그는 태민의 차를 알아보고 다가와 섰다. 차문을 열어주려는 그에게 잠시 기다리라는 듯, 손을 내밀어 보였다. 태민은 현아를 애틋하게 바라보았다.

"미안해, 혼자 두고 가서."

"난 괜찮아요. 그러니까 내 걱정은 말고 할아버지 잘 만나고 와요."

"응."

현아는 괜찮다고 말했지만 태민은 마음이 편하지가 않았다. 자신이 데려온 여행인데 이렇게 혼자 두고 가려니, 미안한 마음뿐이었다. 자꾸만 미안해하는 그의 손을 그녀가 포근히 잡아주었다.

"태민 씨, 그때 우리, 원룸에 누워 나눴던 이야기, 기억해요?"

현아는 태민의 눈을 지그시 바라보며 물었다.

가만히 그날을 떠올렸다. 돌아가신 부모님 이야기, 할아버지 이야기, 그렇게 늘 속에만 담아왔던 많은 이야기를 털어놓고 서로의 품에 안겨 위로받았던 그날을….

"할아버지가 깨어나시면 사랑한다고 말하기로 했잖아요."

그래, 그랬지. 하지만 막상 그 순간이 오자 태민은 조금 두려웠다. 현아는 그런 태민의 마음을 알아차린 듯 조심스레 말을 이어 갔다.

"곁에 있을 수 있는 것만으로도, 사랑한다 말할 수 있는 것만으로도 큰 행복이니까 다른 욕심은 부리지 말아요. 그만큼 태민 씨에게 소중한 사람이잖아요. 얼마나 걱정했는지, 깨어나시길 얼마나 간절히 기도했는지 전부 다 꼭 말하고 와요. 알았죠?"

현아의 따스한 눈빛과 말투가 그에게 용기를 주었다.

"그래, 그럴게."

현아는 태민을 배웅하고 서울로 차를 돌렸다. 며칠 더 쉬다 오라 했지만 그러고 싶지 않았다. 혼자가 아닌 둘이 함께한 추억으로 첫 여행을 기억하고 싶었으니까.

아, 맞다 사진! 현아는 문득 태민과 사진 한 장 찍지 않았다는 걸 떠올렸다. 물론 눈에 담기 바빠 사진 찍을 생각을 전혀 못하긴 했지만, 그래도 커플인데 함께 찍은 사진이 없어도 너무 없으니 많이 아쉬웠다.

이런 저런 생각을 하는 사이, 차가 서울로 들어섰다. 현아는 원룸으로 가지 않고 호텔로 향했다. 오늘 출시된 시그니처 식빵에 대한 반응이 궁금했기 때문이었다.

많이 팔렸을까? 사람들이 좋아해줄까? 고객들의 반응을 직접 눈으로 확인하고 싶었다. 현아는 막상 호텔로 들어서자 괜히 민망해졌다.

휴간데 이렇게 나와 보는 건 좀 오버인가? 너무 속 보이는 거 아니냐? 머리로는 걱정하면서 발길은 거침없이 베이커리로 향했다. 현아가 머뭇대며 베이커리로 들어서자 홀 담당 직원이 그녀를 알아보고는 먼저 말을 걸어왔다.

"오늘 휴가 아니셨어요?"

"네. 그게… 지나가다 빵 좀 사가려고 들렀어요."

현아는 직원이 묻지도 않은 이야기까지 하며 어색하게 웃었다. 직원은 그녀의 속내를 알겠다는 듯 별말 없이 미소를 지었다. 때마침 베이커리로 손님이 들어와 현아는 직원에게서 자연스럽게 멀어질 수 있었다. 현아는 빵을 고르는 척하며 손님 주위를 서성거렸다. 손님은 시그니처 식빵 앞에 서서는 그 앞에 적힌 설명을 잠시 보았다. 그러더니 식빵을 집어 들었다.

"예스!"

현아는 저도 몰래 환호성을 작게 내질렀다. 그 소리에 손님이 놀라서 그녀를 돌아보았다. 그러자 그녀가 어색하게 웃으며 말했다.

"아하하, 다행히 빵이 남아 있었네. 이 빵이 워낙 인기가 많아서 못 살까 봐 걱정했거든요, 하하하."

현아는 멋쩍게 식빵을 집어 들고는 카운터로 갔다. 다른 걸 하나 더 고를 걸 그랬나? 머뭇거리며 카운터 위에 식빵을 올려놓자 직원이 웃으며 말했다.

"식빵, 반응이 아주 좋아요. 오늘도 엄청 팔렸어요. 저도 먹어봤는데 정말 맛있던데요."

"아, 정말요? 고맙습니다."

현아의 표정이 환해졌다. 자신이 만든 빵을 사람들이 좋아한다니, 그동안 고생한 걸 보상받는 것 같아 기분이 좋아졌다.

"정하은! 여기!"

현아가 직원 출입구를 나오는 하은을 보고 반갑게 불렀다. 고개를 절레절레 흔들며 다가온 하은이 투덜거렸다.

"너는 참, 휴가라고 주면 집에서 쉴 것이지. 여긴 왜 왔냐?"

"시그니처 메뉴 반응이 궁금해서."

"그래서 반응은?"

"나름 괜찮은가 봐."

"그래? 그럼 축하 의미로 점심은 니가 쏴라."

하은이 씨익 웃으며 팔짱을 끼더니 어딘가로 이끌었다.

현아도 못 이기는 척 기분 좋게 끌려 갔다. 잠시 후, 둘은 호텔 근처 냉면집에 자리를 잡고 앉았다. 얼마 지나지 않아 물냉면 두 개와 숯불고기가 나왔다.

"너한테 미안한 말이지만 니 남친이 없어서 난 참 행복하다. 천년만년 미국에 있었으면 좋겠다. 그리고 까칠이 수석, 그 자식도 같이 영영 안 오면 좋겠다."

"야, 없는 살림에 고기까지 샀더니 그런 악담을 하냐?"

현아가 도끼눈을 뜨고 쩨려보았다. 하지만 하은은 가소롭다는 듯 코웃음을 치며 젓가락을 쥐었다.

"그런 식으로 나오면 내가 사장한테 이르는 수가 있어."

"일러줘라, 하나도 안 무섭다. 이게 언제부터 사측이야?"

생각지 못한 맹공에 하은이 저도 모르게 움찔하며 입을 다물었다.

"근데 니 남친 미국엔 왜 간 거래?"

"할아버지 깨어나셨대."

"정말?"

"응."

하은이 갑자기 젓가락질을 멈추고 현아를 안타깝게 쳐다보았다.

"축하할 일이긴 한데, 널 생각하면 축하하기만 할 일은 아닌 거 같고….."

"축하하기만 할 일이 아니긴 뭐가 아냐? 당연히 축하할 일이지."

하은이 가볍게 혀를 찼다.

"얘가, 얘가! 아직 뭘 모르네. 시아버지도 아니고, 시어머니도 아니고, 시할아버지! 그 시할아버지가 될 사람이 얼마나 무서운 사람인지 모르나 보네. 하긴 그러니까 태평한 소릴 하지. 회장 성격 장난이 아니랬어. 이전 사장은 본사 호출 받으면 덜덜덜 떨면서 갔다고."

"그게 뭐?"

현아가 대수롭지 않게 대답하자 하은이 답답한 소리 말라는 듯 말을 이었다.

"그렇게 성질 더러운 시할아버지가 널 곱게 봐주겠어? 아주 그냥, 드라마 한 편 찍는 거지. 내 손자에게서 떨어져라, 뭘 원하냐… 하, 생각만 해도 갑갑하다."

"살아온 게 다르니까, 나처럼 평범한 사람 반대하는 게 당연하지."

현아가 이미 예상한 것처럼 차분하게 대답하자 하은은 할 말이 없어졌다.

"나 노력할 거야, 태민 씨 할아버지께서 날 받아주실 수 있도록. 물론 처음에는 엄청 반대하시겠지만, 어쨌든 태민 씨의 하나뿐인 가족이니까 내가 잘할 거야."

"그래, 긍정적인 태도가 참 훌륭하다. 이 고기도 너 다 먹어라. 많이 먹고 힘내서 사랑 받자."

하은이 제 앞의 숯불고기를 덜어주며 말했다.

"헤헤, 고맙다."

사실 태연한 척하긴 했지만, 앞으로의 일들이 걱정되긴 했다. 하지만 태민을 위해서라도 앞으로 닥칠 고난을 잘 헤쳐 나가고 싶었다.

태민이 볼티모어에 도착한 건 새벽이었다.

황집사는 그에게 호텔에서 잠시나마 쉬었다 아침에 오는 게 좋겠다 말했지만, 이회장이 찾을 때 바로 볼 수 있어야 한다며 곧장 병원으로 갔다. 잠든 할아버지의 모습을 보고 소파에 기대어 잠시 눈을 붙이는데, 황집사가 조심스럽게 불렀다.

"도련님, 회장님께서 찾으십니다."

태민은 얼른 자리에서 일어나 옷매무새를 바로 했다. 두근거리는 마음을 다잡으며 병실로 들어갔다. 이회장은 허리를 꼿꼿이 펴고 앉아 차를 마시고 있었다.

"왔구나."

"네."

짧은 대화였지만 두 사람 사이의 공기가 예전과는 확연하게 달라져 있었다. 이회장은 한결 편안해진 얼굴로 손자를 바라보았고, 태민 역시도 애틋한 눈빛으로 할아버지를 대했다. 태민은 현아와의 약속을 떠올리고 용기를 내어 입을 열었다.

"걱정 많이 했습니다. 깨어나셔서 다행입니다."

이회장의 얼굴에 놀란 기색이 비쳤다. 그 정도로 지금껏 두 사람 사이에는 감정적인 교류가 없었다. 태민은 조금 더 용기를 내어 슬며시 포옹을 시도했다. 이회장은 처음에는 당황했으나 이내 마주 안아주며 등을 따스하게 토닥여주었다.

"미안하다, 그동안 널 많이 외롭게 했지?"

이회장의 다정한 말에 태민은 목울대가 뜨거워졌다. 순간 현아가 떠올랐다. 그날 해준 말 덕분에 용기를 내 다시 할아버지를 안을 수 있었다. 먼발치에서 두 사람을 지켜보던 황집사의 눈가가 촉촉해졌다. 서로 아끼지만, 겉으론 늘 찬바람이 불었던 두 사람의 사이가 봄처럼 따스하게 풀리다니…. 황집사는 감격스러웠다.

감격스러운 포옹이 끝난 후, 이회장이 황집사를 한 번 쳐다보고는 말문을 열었다.

"그간의 이야긴 다 들었다, 일을 아주 잘 해주었더구나. 물론 인수합병은 내가 준비했던 방향과는 많이 달라졌지만."

"할아버지, 그건….'

"탓하는 게 아니니 마저 들어."

"네.'

이회장이 단호한 말투로 저지하며 남은 이야기를 했다.

"한국호텔을 버리고 오리엔탈호텔을 선택하다니, 처음에는 건

방지다 싶었지. 그런데 네 보고서를 보고는 내가 오만했다는 생각이 들었다. 훨씬 더 좋은 결정을 내렸어."

"감사합니다."

"한국으로 들어갈 때, 나도 함께 가마. 네가 한 일도 볼 겸."

"네."

인정받았다는 생각이 들어 기뻤다. 문득 태민은 지금이 좋은 때란 생각에 용기를 내 이회장을 불렀다.

"할아버지?"

"응, 그래."

"저, 이번에 한국에 가게 되면 할아버지께 보여드리고 싶은 사람이 있습니다."

이회장이 의아한 얼굴로 그를 보았다.

"평생을 함께하고 싶은 사람입니다."

"그래? 어떤 사람인지 궁금하구나."

"아마 할아버지께서도 좋아하실 겁니다."

"그래, 기대하마."

긍정적인 답변에 태민은 한결 마음이 편해졌다. 분명 현아를 마음에 들어 할 거란 확신도 들었다.

그때, 문 두드리는 소리가 들리고 의료진들이 병실로 들어왔다.

"잠깐, 나가 있으려무나."

"전 괜찮습니다. 할아버지 옆에 있겠습니다."

"아니, 내가 괜찮지 않구나. 네게 아픈 늙은이로 보이고 싶지 않아 그래."

"알겠습니다. 잠시 후에 돌아오겠습니다."

태민이 병실을 나가자 이회장이 손짓으로 황집사를 곁으로 불렀다.

"네, 회장님."

"저 녀석이 보여주고 싶다는 사람이 누군지 좀 알아봐. 우리 룩그룹에 어울리는 인물인지 알아봐야겠어."

"네, 알겠습니다."

지시를 받는 황집사의 얼굴이 어두워졌다.

태민은 병실 옆 게스트룸으로 들어와 현아에게 전화를 걸었다. 얼른 전해주고 싶은 얘기가 있었다.

-태민 씨?

"뭐하고 있었어?"

-방금 씻고 나와서 태민 씨 전화 기다렸어요.

"나, 할아버지랑 긴 이야길 나눴어."

-잘했어요. 사랑한다고 말씀 드렸어요?

"아니, 하지만 보고 싶었다는 말은 했어."

-정말 잘했어요.

"다 당신 덕분이야, 고마워."

태민은 진심으로 고마웠다. 현아 덕분에 자신이 변해가는 걸, 더 좋은 사람이 되어가는 걸 느낄 수 있었다.

"돌아가는 게 조금 늦어질지도 모르겠어."

-아, 네.

말투에 살짝 아쉬움이 묻어나자 태민은 자신을 그리워하고 있다는 게 느껴져 기뻤다.

"할아버지랑 함께 한국으로 가게 됐어. 내가 한 일이 보고 싶으시대."

-그렇구나. 잘 됐어요.

"그리고 할아버지께 당신 얘기했어, 평생을 함께하고픈 사람이 있다고."

현아는 많이 놀랐는지 잠시 아무런 말이 없었다.

"김현아? 듣고 있어?"

-할아버지께선, 뭐라고 하세요?

"당신이 궁금하시대."

-아….

현아의 목소리에 막막함이 묻어났다. 얼마나 고민하고 있을지 수화기 너머로 고스란히 느껴졌다.

"너무 걱정하지 마, 할아버지께선 분명 당신을 좋아하실 거야. 나만큼이나 사람 보는 눈이 좋으신 분이거든."

-네.

태민은 긴장을 풀어주려 농담을 건넸다. 하지만 현아는 여전히 걱정이 앞서는지 웃음기 없는 건조한 목소리로 대답했다.

"현아야?"

-네?

"보고 싶어."

-나도, 보고 싶어요.

달달한 태민의 말에 현아는 복잡했던 머릿속이 조금 맑아지는 듯했다. 노크소리와 함께 황집사가 게스트룸으로 들어왔다. 통화 중인 걸 보더니 멀찌감치 멈춰 섰다.

"당신 목소리 더 듣고 싶은데, 방해꾼이 와서 그만 끊어야겠다."

-아, 아! 얼른 끊어요.

"너무 쉽게 끊으라니까 살짝 서운한데?"

-아니, 그게 아니라….

"농담이야."

태민이 작게 웃었다. 자신의 말 한마디에 이렇게나 열심히 반응하는 현아가 귀엽고 좋아서 웃음이 나왔다. 그래도 너무 놀리면 삐지니까 적당히 해야지.

"당신 옆엔 언제나 내가 있어. 그러니까 하나도 어려울 거 없어. 걱정 말고 얼른 자, 알았어?"

-네, 알겠어요.

태민은 전화가 완전히 끊겼는지 확인하고 나서야 핸드폰을 집어넣었다.

황집사가 기다렸다는 듯 다가서며 물었다.

"김현아 씨인가요?"

"응."

"여전히 사이가 좋으시군요."

"아니, 훨씬 더 좋아졌어. 이젠 현아 없인 못살 것 같아."

태민이 장난스럽게 말하며 웃었다. 황집사도 따라 웃었지만, 마음이 편치 않았다. 이회장이 현아를 어떻게 받아들일지, 그로 인해

태민과 이회장의 관계가 어떻게 흘러갈지 걱정스러웠다. 그래, 미리 사서 걱정하지 말자. 회장님께서도 달라지셨으니 의외로 쉽게 받아들이실 수도 있어. 황집사는 걱정을 떨치려 고개를 저었다.

"회장님 상태가 생각보다 좋으셔서 내일이면 한국으로 가실 수 있을 것 같습니다."

"그래? 잘됐네."

현아는 통화를 마치고 행복한 기분으로 자리에 누웠다.

태민 씨 보고 싶다. 예쁜 눈도 보고 싶고, 보드라운 입술에 입도 맞추고 싶고, 따뜻한 품에 잠들고 싶고…. 휴우, 현아는 아쉬움에 한숨을 내쉬었다. 그래도 좀 있음 오잖아, 할아버지도 함께. 그런데 나 진짜 태민 씨 할아버지를 뵙는 거야? 순간 막막함이 현아의 온몸을 휘감았다.

"어떡하지? 어떡해…."

이불을 쥐어뜯으며 발을 구르자 쾅쾅쾅, 옆방 사람이 호들갑 그만 떨라는 듯 벽을 두드렸다. 순간 정신이 번쩍 들어 구르던 발을 조용히 바닥으로 내려놓았다.

그래, 진정하자. 진정하고 생각해보는 거야. 나쁘게만 생각할 필요가 없어. 아직 확률은 반반이잖아. 날 좋아할 확률도 반, 싫어할 확률도 반 아닌가? 날 싫어할 확률이 더 높으려나? 아냐, 궁금하다 하셨으니 의외로 날 좋아하실지도….

그래, 내가 우리 고향에서는 한 인기했잖아. 동네 어른들이 다 나만 보면 손주며느리 삼고 싶다고 그랬어.

생각하다 보니 그럴 수도 있겠다 싶어 기분이 좋아졌다. 그러다 문득 그 인기를 누렸던 때가 유치원 때였다는 게 떠올랐다. 통통하니 살이 올라 무엇을 해도 귀여웠을 꼬꼬마 시절.

그때 이후로 그런 이야길 들어본 적이 없네…. 인기의 진실을 깨닫자 기분이 급하강했다.

이렇게 넋 놓고 있을 때가 아니지! 현아는 휴대폰을 들어 어른에게 사랑받는 방법을 검색해보았다. 그리고 거기에 달린 답변들을 하나씩 차근차근 읽어보았다. 인사 잘하기, 신발 정리하기, 안마 해드리기? 이런 어린이 전용 답변 말고, 다른 거….

애교? 친근하게 애교를 부리라고?

"할아버니임? 할아버지잉?"

현아는 최대한 콧소리를 넣어 말해보고는 고개를 절레절레 내저었다.

어휴, 진짜 어떡하지? 걱정이 물 밀 듯이 밀려들었다.

태민은 할아버지와 함께 뉴욕 본사로 가는 길에 동행했다. 이 회장이 임시 주주회의를 소집했기 때문이다. 말 많은 주주들에게 자신이 여전히 건재함을 보여주는 동시에 태민이 룩의 후계자임을 확실하게 각인시키려는 계산이 깔려 있었다.

두 사람이 회장실로 들어서자 제인이 마치 자신의 사무실인 것처럼 차를 마시다 일어나 두 사람을 맞았다.

"오라버니! 기다리고 있었어요. 이렇게 건강한 모습으로 뵙니 너무 좋네요."

제인은 일부러 환하게 웃으며 포옹했다. 이회장은 서늘한 눈빛으로 입 꼬리만 올려 웃어 보였다.

"그래? 영영 보지 않기를 바랐던 건 아니고?"

"오라버니도 참, 무슨 그런 말씀을 하세요?"

제인은 아무렇지 않은 척 태연하게 대답했다. 은근슬쩍 다른 이야기로 넘어가려 태민에게 인사를 했다.

"그동안 잘 지냈니, 다니엘?"

"네, 고모할머님께서 신경 써준 덕분에 아주 바삐 지냈습니다."

태민의 말은 온화했지만 가시가 있었다. 제인은 그게 거슬리는지 눈을 살짝 치켜떴다. 이회장이 자리에 앉자 둘도 자연스레 자리에 따라 앉았다.

"건강도 되찾으셨으니 이제 회장직에도 복귀하셔야죠?"

"글쎄, 일은 이 녀석에게 맡기고 조금 더 쉬어볼까 싶기도 하구나."

제인의 표정이 일그러졌다. 이대로 이회장이 태민을 룩 그룹의 후계자로 인정해버리면 모든 게 끝나버린다. 두 번 다시 룩 그룹의 주인이 될 기회는 주어지지 않을 것이다. 이렇게 쉽게 태민에게 모든 걸 넘겨줄 수는 없었다.

"그래도 다니엘에게 전부 맡길 생각은 아니시죠?"

제인이 억지로 미소를 머금으며 물었다.

"잠시 자리를 비운 동안 이 녀석이 아주 잘 해주었더구나. 마음 편히 룩을 맡겨도 되겠어."

"오라버니, 너무 이르지 않아요? 다니엘은 아직 원이어도 제대로 끝내지 못했잖아요?"

"그래, 원이어. 그게 좀 걸리긴 하는구나."

이회장이 고개를 끄덕이며 잠시 고민에 잠기자 제인은 가식적인 미소를 지었다.

"그런데 원이어를 중도에 포기한 데는 나의 부재란 타당한 이유가 있었어. 다시 원이어를 하게 한다? 이 녀석이 누군지 전 세계가 아는데 그건 불가능해. 그리고 무엇보다, 그동안 후계자의 자질을 충분히 검증했는데 원이어라는 또 다른 검증을 할 필요는 없을 것 같구나."

이회장이 신뢰가 가득 담긴 눈으로 태민을 바라보며 말했다. 제인은 이대로 이회장의 페이스에 말리면 안 된다는 생각에 마음이 급해졌다.

"하지만…."

"그만!"

이회장의 퍼런 서슬에 기가 눌린 제인이 하는 수 없이 입을 다물었다.

"제인, 넌 충분히 능력이 있어. 하지만 네 능력을 발휘할 수 있는 건 보스턴 정도지, 룩 그룹이 아니야. 그 이상을 바라지 말거라."

"오라버니!"

"제인, 이건 충고가 아니라 경고다."

이회장은 서늘하게 말을 내뱉고는 아무렇지 않은 듯 커피를 마셨다. 주먹을 꼭 움켜쥔 제인의 손이 파르르 떨렸다.

16화

"어른들은 뭘 좋아하시려나?"

"이제 슬슬 걱정되기 시작했냐?"

"응, 조금… 실은 많이."

현아가 식판의 밥을 자꾸만 깨작거렸다.

"그냥 포기해, 반대를 하면 반대하는구나 생각하고 생까. 마음에 들어보겠다고 뭔 짓을 해도 어차피 마음에 안 들걸. 시할아버지랑은 의절하고 태민 씨랑 둘이서 알콩달콩 산다고 생각해."

"야, 아무리 그래도 의절이 뭐냐? 태민 씨한테 하나뿐인 가족인데! 게다가 태민 씨랑 할아버지, 이제 겨우 화해도 하고 잘 지내게 됐단 말이야. 그런데 나 때문에 두 사람 사이가 다시 틀어지는 건 싫어. 어떻게든 마음에 들어 하시게 만들 거야."

"그래, 그래."

하은은 괜한 걱정에 그치길 바라며 현아를 안타깝게 보았다.

아, 맞다! 프러포즈. 하은은 아침에 태민에게서 현아가 원하는 프러포즈를 물어봐 달라는 지령을 받았다. 직접 물어보면 될 걸, 사람 귀찮게 하네. 하은은 현아가 눈치 채지 못하게 젓가락질을 하며 건성으로 물었다.

"근데, 넌 어떤 프러포즈 받고 싶냐?"

"프러포즈? 너 남자 생겼어? 결혼까지 생각하는 거야?"

현아가 호들갑을 떨었다.

너 정말 눈치는 쌈 싸먹었구나⋯. 하은이 작게 한숨을 내쉬었다.

"그러면 좋겠지만, 아니거든."

"그래? 그런데 프러포즈는 왜 물어봐?"

"다른 사람은 어떤 로망을 갖고 있나 궁금해서. 너도 좀 있음 프러포즈 받을 건데, 생각해본 적 없어? 남친이 이런 프러포즈를 해주면 좋겠다, 그런 거 있잖아?"

현아가 젓가락질을 멈추고 한참을 생각하더니 조심스레 입을 열었다.

"아니, 생각해본 적 없는데."

"없어? 노래를 불러주면서라든가, 장미꽃 백송이라든가, 그런 거 아예 없어?"

"응, 없어."

"아니, 없다고? 왜 없어?"

"난, 그냥 태민 씨랑 함께 살 수 있으면 그걸로 행복할 거 같은데? 굳이 프러포즈가 필요한가?"

낯 간지러운 소리를 아무렇지도 않게 하자 하은은 할 말을 잃었다.

"그래, 물어본 내가 등신이다."

전화 올 때가 됐는데, 왜 안 오지? 내가 먼저 전화해볼까? 아냐, 할아버지랑 같이 있을지도 모르는데 괜히 전화해서 미움 받으면 어떡해? 현아는 바닥에 놓인 휴대폰을 뚫어져라 보았다.

그때 휴대폰이 몸을 떨며 액정에 '태민 씨♥'라는 이름이 떴다. 기쁜 마음에 몇 번 울리기도 전에 냉큼 전화를 받았다.

"네, 태민 씨!"

-하하하, 엄청 빠르네. 내 전화만 기다린 사람처럼.

태민이 기분 좋게 웃으며 현아를 놀렸다. 사실이긴 했지만 괜히 기분이 상해서 입이 삐죽 튀어나왔다. 치이, 꼭 그렇게 말해야 해?

"기다린 거 아니거든요. 휴대폰으로 아이돌 영상 보는데 전화가 와서 바로 받은 거예요."

-그래? 난 에너지바가 내 전화를 기다렸다는 생각에 무지 좋았는데, 그게 아니었구나.

"아, 아니에요. 실은 한 시간 넘게 태민 씨 전화 기다리고 있었어요."

수화기 너머에서 호탕한 웃음소리가 들려왔다. 그제야 현아는 낚였다는 걸 깨달았다. 하지만 뭐 어때? 사랑하면 그만이지. 그녀도 따라 웃었다.

-오늘도 나 많이 보고 싶었어?

"네, 많이, 많이요."

-그래? 그럼 이따 봐.

"네?"

-지금 당신에게 가는 중이야.

"정말요?"

-응.

태민 씨가 온다고? 태민 씨가? 현아는 이제 곧 그를 볼 수 있다는 사실에 기분이 들떴다. 하지만 한편으로 이회장을 만날 생각에 마음이 무거워졌다.

망했어…. 현아는 걱정하느라 한숨도 못 자고 다크서클이 목까지 내려온 채로 출근 했다.

이런 몰골로 할아버지를 뵙는다니, 망했어. 한숨이 푹푹 나왔다. 속상한 얼굴로 반죽을 하고 있는데, 주방장이 손짓을 하며 불렀다.

황급히 주방에서 나오자 수석비서가 기다리고 있었다.

"주방장님께는 양해를 구해놨습니다. 가시죠, 회장님과 사장님께서 기다리십니다."

올 것이 왔구나.

수석비서의 말에 눈앞이 깜깜해졌다. 스위트룸으로 가는 엘리베이터에 올라타자 심장이 터질 듯 뛰었다. 띵동, 엘리베이터 문이 열렸다. 현아가 수석비서의 옷깃을 잡아 세웠다.

"잠시만요."

숨을 깊게 들이마셨다. 그리고 비장한 얼굴로 생각했다. 잘할 수 있어, 진심은 통하게 되어 있어! 응접실로 들어서자 이회장과 태민이 보였다. 태민이 현아를 보고는 다가와 덥석 손을 잡았다. 덕분에 긴장이 조금은 풀렸지만 여전히 심장은 터질 듯 뛰었다.

"할아버지, 제가 사랑하는 사람입니다."

"아, 안녕하십니까? 김현아입니다."

현아는 저도 모르게 긴장해서 90도로 고개를 숙여 인사를 했다. 이회장은 온화하게 웃으며 인사를 받아주었다.

"반가워요, 이 녀석이 보여주고 싶다는 사람이 누군지 궁금했어요. 이렇게나 귀여운 아가씨였군요."

"감사합니다!"

현아는 이회장의 칭찬에 들떠 아주 큰 소리로 대답했다.

"내가 늙은이긴 해도 귀는 아직 잘 들리니까, 그렇게 큰 소리로 말할 건 없어요."

"죄송합니다. 제가 긴장을 해서."

"너무 긴장하지 마."

태민이 현아의 어깨를 토닥이며 자리에 앉혔다. 황집사가 차를 내어왔다. 현아가 자신을 보고는 놀라자 황집사가 비밀이라는 듯 입에 손가락을 가져다댔다.

"시그니처 메뉴를 만들었다고 하던데?"

"네."

"룩 호텔을 위해서 아주 중요한 일을 해줬네요."

"아닙니다. 저도 룩 사람이니 당연한 일을 한 것뿐입니다."

대답이 마음에 들었는지 이회장이 미소를 지은 채 고개를 끄덕였다. 현아는 마음이 조금은 놓였다. 나, 마음에 들어 하시는 거지? 역시 내가 어르신들한테는 먹힌다니까.

"사장님, 오리엔탈 전화입니다."

수석비서가 급하게 응접실로 들어와 말했다.

"가서 받으렴. 일은 해야지. 안 그래요?"

"네, 그럼요."

"그럼…."

태민이 수석비서에게서 휴대폰을 건네받으며 응접실을 나갔다. 단 둘만 남겨졌지만 현아는 불편하거나 하진 않았다. 태민 씨 할아버지, 편안하고 좋은 분이신 것 같아. 괜히 걱정했어.

"김현아라고 했던가?"

"네, 할아버님."

"난 자네 할아버지가 아니네, 회장님이라고 부르게."

"아, 네."

현아는 이회장이 정색하며 말하자 적잖이 당황했다. 특별히 좋아하는 호칭인가? 그래, 그럴 수 있지.

"난 자네가 마음에 들지 않아. 아마 앞으로도 쭉 그럴 거고. 자네가 아는지 모르겠지만, 저 녀석과 내 사이가 좋아진 건 얼마 되지 않았어. 그런데 자네 때문에 저 녀석과 다시 멀어지고 싶지 않네. 자네 생각은 어떤가?"

충격이었다. 현아는 갑자기 돌변해버린 이회장의 태도에 놀랐지만 정신을 바짝 차리고 대답했다.

"회장님 마음에 들도록 노력하겠습니다."

"이해력이 나쁘군, 난 한 번 결정한 걸 바꾸지 않아."

그때 통화를 마친 태민이 다시 응접실로 돌아왔다. 태민은 현아 곁으로 와 다시 포근하게 손을 잡아주며 이회장에게 물었다.

"이야기는 좀 나누셨어요?"

"우리, 아주 이야기가 잘 통할 것 같구나. 안 그래요?"

이회장이 시치미를 뚝 떼며 태연하게 굴었다. 아무렇지도 않게 저를 보는데, 뭐라 할 수 없어 현아는 가만히 고개를 끄덕였다. 태민은 한 치의 의심도 없이 두 사람이 서로를 마음에 들어 한다고 생각했다.

"참, 테오 그 친구가 오늘 한국에 온다더구나."

"장선생님께서요?"

현아는 전혀 모르는 이야기라 어색하게 미소를 지으며 찻잔만 만지작거렸다.

"피아니스트 테오 장을 말하는 거야, 할아버지의 오랜 벗이자 내 피아노 선생님이시지."

혹시나 소외감을 느끼지 않도록 태민이 자상하게 설명해주자, 현아는 그를 든든하게 바라보았다.

이회장은 다정한 두 사람의 모습이 마음에 들지 않았다.

"그래, 함께 저녁을 하는 게 어떻겠니? 물론 현아 양도 같이."

"전 괜찮습니다만, 이 사람은 다른 일정이 있을 수도 있고…."

이회장의 제안에 태민은 현아의 표정을 살폈다. 혹시라도 부담스러워 하지는 않을까? 하지만 현아는 밝게 웃어 보였다.

"저도 괜찮습니다."

현아의 당찬 태도가 거슬리는지 이회장이 미간을 살짝 찌푸렸다.

태민과 회장이 사업 이야기를 하는 사이 현아가 먼저 스위트룸에서 나왔다. 기다렸다는 듯 황집사가 다가와 그녀 앞에 섰다.

"작은아버님!"

"그동안 잘 계셨나요?"

"네, 그런데…."

현아가 황집사를 보며 말끝을 흐렸다. 작은아버지가 맞는지, 여긴 왜 있는 건지… 궁금한 게 많아서 뭐부터 물어봐야 할지 몰랐다.

"실은 작은아버지가 아니라 룩 그룹의 수석집사입니다. 황집사라고 편하게 불러주면 됩니다."

"아, 네. 황집사님."

"회장님, 많이 어려우시죠?"

"네, 엄청요."

황집사가 다 짐작한다는 투로 묻자 현아는 고개를 끄덕이며 대답했다.

"그래서 말인데, 저 좀 도와주세요."

"네?"

"저, 회장님께 잘 보이고 싶어요. 회장님이 어떤 걸 좋아하시는지 알려주세요."

눈을 반짝이며 묻는 현아를 보고 황집사는 다행이란 생각을 했다. 현아라면 지금의 위기까지도 나중에는 추억으로 만들 수 있을 것 같았다.

"다행이네요, 혹시나 필요하실까 준비했는데… 이렇게 드릴 수 있어서."

황집사가 아까부터 손에 들고 있던 것을 현아에게 내밀었다.

"이건 회장님께서 좋아하는 것과 싫어하는 것들을 간략하게 정리한 리스트입니다. 그리고 이건 오늘 저녁식사 때 현아 씨가 입으실 만한 옷입니다. 그 안에 간단한 식사 예절을 적은 메모가 있으니, 도움이 되실 겁니다."

"고맙습니다."

황집사가 건넨 것들을 보고 현아는 눈이 휘둥그레졌다. 그의 도움이 고맙긴 했지만 한편으로 그 속내가 궁금했다.

"그런데 왜 이렇게 절 도와주세요?"

"전 해피엔딩을 좋아하거든요, 회장님과 도련님… 그리고 현아 씨도 다 행복해졌으면 좋겠네요."

베이커리 일을 마치고 황집사가 준 옷을 꺼내든 현아는 조금 망설였다. 꼭 이렇게 까지 나 아닌 모습으로 꾸며야 하는 걸까? 아니, 그냥 옷이잖아. 예쁜 옷 입으면 나도 기분 좋은 거지, 뭘 복잡하게 생각해?

태민은 레스토랑 입구에서 현아를 기다리고 있었다. 잠시 후 현아가 고급스러우면서도 우아해 보이는 원피스를 입고 나타나자 태민은 눈이 휘둥그레졌다.

"예쁘다, 당신."

"태민 씨도 멋지네요."

태민의 칭찬에 현아가 수줍게 웃었다.

"그럼 갈까?"

태민이 내미는 손을 현아가 살포시 잡았다. 레스토랑으로 들어가니 이회장과 장선생이 이미 와 있었다. 장선생이 태민을 보고는 반가운 얼굴로 다가와 안았다.

〈다니엘, 정말 오랜만이구나!〉

〈잘 계셨죠?〉

〈그럭저럭.〉

태민과 장선생이 유창하게 프랑스어로 대화를 주고받았다.

프랑스어라고는 봉주르밖에 모르는 현아는 그저 아무 말 없이 웃었다.

〈이쪽은 제 연인, 김현아입니다.〉

〈반가워요, 테오 장입니다.〉

현아는 상황을 보아하니 태민이 자신을 소개한 것 같아 장선생을 향해 인사했다.

태민이 현아가 편히 앉을 수 있게 의자를 잡아주었다.

모두들 자리에 앉자 자연스럽게 프랑스어로 대화가 시작되었다.

〈장선생, 이렇게 함께 식사를 하는 게 얼마만이지?〉

〈글쎄요, 다니엘이 열 살 때가 마지막이었던 거 같은데, 그럼 십년도 훨씬 넘었죠?〉

〈선생님께선 그때 그대로세요. 하나도 안 변하셨어요.〉

현아는 문득 다른 세상에 와 있는 느낌이 들었다. 맞은편에 앉은 이회장이 한쪽 입 꼬리를 올리며 자신을 쳐다보고 있었다. 그 눈빛이 '넌 여기 어울리지 않아, 니 수준을 알아야지' 이렇게 말하는 것만 같아 괜히 움츠러들었다.

"얼마 만에 셋이서 이렇게 모였는지 말하던 중이야. 열 살 때 이후로 처음이라… 와, 벌써 10년도 넘었네."

태민이 현아의 손을 다정하게 잡으며 얘기해주었다. 현아는 괜히 스스로 벽을 만들었단 생각을 했다. 그래, 내겐 태민 씨가 있잖아. 둘의 다정한 모습을 흐뭇하게 보던 장 선생이 궁금한지 물었다.

〈김현아 씨는 하는 일이?〉

〈제빵사예요.〉

"무슨 일을 하느냐고 물으셔서 제빵사라고 말씀 드렸어."

"네에."

태민은 궁금해 하는 현아에게 일일이 통역을 해주었다.

〈제빵사라니, 멋지군요! 그럼 혹시 그 빵을 알 수 있을까요? 오래전에 어머니와 함께 한국에 들렀던 적이 있었어요. 동대문이었나? 시장에서 노란 빵을 사 먹었던 적이 있어요. 달큰한 냄새가 풍겼고 질감도 아주 독특했죠. 마치 젤리 같았어요. 그 후로 한국에 올 때마다 찾아봤지만, 아직 못 찾았네요.〉

태민의 통역을 들은 현아의 눈빛이 진지해졌다.

태민의 차가 현아의 원룸 건물 앞에 섰다.

"오늘 피곤했지? 낯선 사람들 사이에 있으려니."

"아니에요."

"그래도 할아버지께서 당신을 꽤 마음에 들어하셨나 봐. 장선생님과의 식사 자리에 당신을 부르시다니 말이야."

즐거워하는 태민에게 현아는 차마 뭐라고 말을 할 수가 없었다. 할아버님은 나 불편하라고, 주제 파악하고 떨어져 나가라고 부르신 건데…. 그래, 이렇게라도 계속 보다 보면 정 들지도 모르지. 그나저나 노랗고, 달큰하고, 쫄깃한 식감?

"태민 씨, 나, 장선생님께서 말씀하시는 그 빵이 뭔지 알 거 같아요."

"응? 그걸 여태 생각하고 있었어?"

"술빵 같은데, 일단 한 번 만들어봐야겠어요."

현아는 빵을 만들 생각에 사로잡혀 인사도 없이 차에서 내리려 했다. 태민이 다급하게 손을 붙잡았다.

"나 들렀다 가라고 안 해?"

"오늘은 안 돼요. 빵 만들어야 해요."

"그게 나보다 더 중요해?"

"네, 오늘은 그게 중요해요."

태민의 얼굴에 실망이 어렸다. 현아는 미안한 마음에 볼에 뽀뽀를 해주었다.

"이건 우리에게 아주 중요한 일이라구요. 오늘은 그만 가요. 집중해야 하는데 태민 씨 있으면 안 된단 말이에요."

"그래."

"아휴, 착해."

현아는 그의 엉덩이를 톡톡 두드려주며 이번에는 입술에다 뽀뽀를 해주었다. 그리고 다시 붙잡히기 전에 얼른 차에서 내렸다. 현아가 건물 안으로 들어가는 걸 보고 태민은 안주머니에서 반지 함을 꺼냈다. 프러포즈에 대한 환상이 없다고 하니 더 걱정이 되었다.

어떻게 해야 더 기뻐할까? 태민은 현아와 다른 이유로 머리가 복잡했다.

현아는 밤새 만든 술빵을 들고 이회장이 있는 스위트룸으로 올라갔다. 엘리베이터 문이 열리자 황집사가 보였다. 이회장이 저를 만나주지도 않을 수 있단 생각에 현아는 황집사에게 미리 도움을 요청해두었다.

"그건가요?"

"네."

현아는 잘 포장한 술빵을 다시 품에 조심스레 안았다. 황집사가 흐뭇한 표정으로 앞장섰다. 이회장은 차를 마시며 태블릿 PC로 뉴스기사를 보고 있었다. 현아가 들어서는 데도 전혀 시선을 주지 않았다.

"안녕하세요, 회장님. 장선생님께서 어제 말씀하셨던 빵을 가져왔습니다."

술빵을 탁자에 조심스레 올려놓으며 말했다. 이회장은 빵을 슬쩍 보고만 말 뿐, 아무런 반응을 보이지 않았다.

"회장님, 제 어디가 싫으신 건가요?"

현아가 용기 내어 물었다. 이렇게 단도직입적으로 묻지 않으면 결국 아무런 대답도 듣지 못할 것 같았다. 그제야 이회장은 태블릿 PC를 내려놓고 현아를 마주 보았다.

"싫지 않아. 다만 녀석의 짝으로 자네는 너무나 평범해. 저 녀석에게는 적이 아주 많아. 그런데 그런 녀석에게 자네는 울타리가 아닌 약점이 될 거야. 한국호텔과의 일만 봐도 그렇지 않나?"

이회장의 말을 부정할 수가 없었다. 어떻게든 자신이 빌미가 되어 태민을 위험하게 한 건 사실이니까.

"회장님 말씀이 맞습니다. 전 태민 씨에게 약점이 될 겁니다. 하지만 울타리도 될 겁니다. 제 모든 걸 바쳐서라도 태민 씨를, 태민 씨의 행복을 지킬 겁니다. 그래서 회장님께서 절 받아주실 때까지 노력할 겁니다. 회장님은 태민 씨가 사랑하는 사람이니까요."

"할 말 다했으면 그만 나가게."

"또 찾아뵙겠습니다."

현아는 다부지게 말하고는 꾸벅 인사를 하고 응접실을 나갔다. 이회장은 기분이 좋지 않은지 찻잔을 들다 말고 다시 내려놓았다. 눈치를 보던 황집사가 다가와 술빵을 살피는 척하며 이회장에게 말을 걸었다.

"장선생님께서 이 빵을 보시면 아주 좋아하시겠군요. 오랫동안 찾으셨다고 하시니 말입니다. 가볍게 한 말을 세심하게 챙기는 걸 보니 배려심이 있으신 분 같네요. 게다가 회장님 앞에서 주눅 들지 않고 제 생각을 말하는 걸 보니 기세도 좋으시구요."

황집사의 말에 이회장은 말없이 고개를 끄덕이다 곧 다시 고개를 가로 저었다.

"그래도 안 돼, 룩에는 맞지 않아."

엘리베이터를 타자마자 현아는 다리가 풀려 주저앉았다. 무슨 정신으로 이회장에게 말을 했는지 기억이 안 날 정도로 떨렸다. 진정하려 숨을 크게 들이마시던 그때, 태민에게서 전화가 걸려 왔다.

-출근했어?

"네."

-그래? 베이커리 앞에서 기다렸는데 안 보이던데?

"지금 회장님 뵙고 내려가는 중이에요."

-할아버지를?

"네. 장선생님께 술빵을 전해 달라 부탁드렸어요."

-나한테 부탁하면 되잖아, 김현아, 너무 한 거 아냐? 언제나 당신의 일 순위는 나여야지.

태민이 질투가 나는지 투덜거리자 현아는 살짝 짜증이 일었다. 바보, 이태민. 잘 알지도 못하면서.

"이태민 씨 할아버지라 그런 거거든요. 친해지고 싶으니까."

-나만 빼고 두 사람만 너무 친해지는 거 아냐? 나 서운하게.

"아뇨, 그건 절대 아니에요."

그런 일이 있기는 하려나? 절로 한숨이 나왔다. 그 순간 열리는 엘리베이터 문 사이로 태민이 얼굴을 내밀었다. 깜짝 놀란 현아가 소리를 질렀다.

"어!"

"좋은 아침, 안 내릴 거야?"

태민은 어리둥절해하는 현아의 손을 잡아 내렸다.

"업무 시작까지는 15분이나 남았고, 옷 갈아입고 준비하는데 10분 정도 걸린다고 치면… 5분 남네, 나랑 5분만 같이 있어."

"5분 동안 뭐 할 건데요?"

"뭐하긴? 이렇게 얼굴 보고 입 맞춰야지."

태민이 재빠르게 입을 맞췄다. 현아는 황당하면서도 피식 웃음이 났다.

"한 번으로는 안 되겠다."

태민이 견딜 수 없다는 듯 급하게 다시 입을 맞췄다.

달다, 달아. 자꾸만 입을 맞추고 싶었다. 다들 이래서 결혼을 하는 건가? 보고 있어도 보고 싶고, 입 맞추고 있어도 자꾸 입 맞추고 싶어서?

"5분 지났어요."

현아가 냉정하게 몸을 떼어냈다. 사실은 조금이라도 더 함께 있고 싶었다. 하지만 이회장에게 사랑받지는 못해도 책잡히지는 않게 행동에 신경 써야만 했다.

"뭐야? 시간 재고 있었어?"

"얼른 가서 일 하세요, 사장님."

현아가 어린아이 달래듯 태민의 엉덩이를 톡톡 두드려주었다.

"오늘 저녁에 데이트 해."

"좋아요, 그때까지 열심히 일해요. 할아버지가 보면 더 열심히 일하고. 그래야지 나도 칭찬 받지."

"그래, 그럴게."

점심시간이 얼마 남지 않은 시간, 주방장이 현아를 불렀다.

"회장님께서 김현아 씨더러 시그니처 메뉴를 가져다달라고 하셨으니, 다녀와요."

"네? 네, 알겠습니다!"

회장님이 나를 찾으신다고? 이거 그린 라이트? 아침에 찾아뵀던 게 먹혔나 봐. 제 노력이 이회장에게 통한 것만 같아 기뻤다. 설레는 마음으로 스위트룸으로 향했다.

시그니처 메뉴를 들고 응접실로 들어서자 이회장이 웬 여자와 이야기를 나누고 있었다. 현아도 잘 알고 있는 여자였다. 뉴스 기사에서 수없이 보아왔던 사람, 이성전자의 딸인 그녀는 회사를 물려받는 것을 거부하고 NGO를 선택했다고 한다.

지적이면서도 아름다운 외모를 지녀 세간에서도 인기가 많은 사람이었다. 현아는 그녀를 다정하게 바라보는 이회장의 눈빛에 심장이 욱신거렸다. 자신을 이곳으로 부른 이유를 알 것 같았다. 태민 씨에게 어울리는 짝을 보여주고 싶었겠지.

"왔으면 가만있지 말고, 그 빵 좀 썰어다주게나."

이회장은 멍하니 서 있는 현아를 슬쩍 보고는 명령하듯 말했다. 현아는 울컥 쏟아질 것 같은 눈물을 참으며 다용도실로 향했다.

"내 욕심 같아서는 우리 다니엘 짝으로 삼고 싶군요."

"아닙니다. 사장님께는 제가 많이 부족하죠."

이회장과 승원의 웃음소리가 들려오자 현아는 비참한 기분이 들었다. 하지만 이내 마음을 다잡고 살짝 고였던 눈물을 힘차게 닦아냈다.

할아버님, 나빴어! 그런다고 내가 미워할 줄 알고? 이를 악물고 식빵을 썰기 시작했다.

"그만 내려가세요, 이건 제가 내 가겠습니다."

언제 들어왔는지 황집사가 현아의 손을 잡아 멈췄다.

"괜찮아요, 황집사님."

"회장님께서 이번 일은 지나치셨습니다."

"정말 괜찮아요. 업무 중이다, 베이커리 직원으로 온 거다, 그렇게 생각하면 아무렇지도 않아요."

현아는 태연하게 빵을 썰어서는 접시에 올려 담았다. 그리고 황집사의 만류에도 불구하고 응접실로 나갔다. 그냥 업무 중이고, 고객이라고 생각하자. 현아는 쪼그라드는 심장을 달래며 이회장에게로 다가갔다.

그때, 태민이 응접실로 들어서며 현아가 있는 걸 보고는 반갑게 손을 흔들었다. 그런데 현아가 어색한 미소만 살짝 지어 보이자 뭔가 이상한 기분이 들었다.

"네가 이 시간에 웬일이냐?"

"할아버지랑 함께 점심 하려고 올라왔는데, 손님이 계셨네요."

"이쪽은 월드구호의 강승원 양이란다."

이회장이 승원을 태민에게 소개했다.

"안녕하세요, 다니엘 리입니다."

"반갑습니다. 강승원입니다. 회장님께 말씀 많이 들었습니다."

승원이 호감 가득한 얼굴로 그를 쳐다보았다. 이회장이 흐뭇하게 두 사람을 바라보며 웃었다. 현아는 마음이 상했지만 애써 태연하게 굴었다.

"일 마쳤으면 그만 가보게나."

현아가 빵이 담긴 접시를 탁자 위에 내려놓자 이회장이 다시 명령하듯 말했다. 현아를 사람들 앞에서 직원처럼 대하는 모습에 태민은 저도 모르게 인상을 썼다.

"그럼 전 이만 가겠습니다."

현아가 아무렇지 않은 척 인사를 하고 응접실을 나가려는데 태민이 그녀의 손을 잡아 세웠다.

"아니, 당신도 앉지 그래?"

"아뇨, 일도 끝났는데 가봐야죠."

현아가 이회장의 눈치를 살피며 말하자 태민의 표정이 싸늘해졌다.

"손님도 계시는데 조용히 하자꾸나."

"손님도 계시는데 이 사람을 이런 식으로 대하시면 곤란합니다."

두 사람 사이에 팽팽한 긴장감이 흘렀다. 눈치가 빠른 승원이 자리에서 일어섰다. 괜한 일에 휘말려 좋은 기부처를 잃고 싶지는 않았다.

"전 이만 가봐야겠습니다, 즐거웠습니다."

"이런, 내가 초대해놓고는 눈치를 보게 만들었네. 미안해요."

"아닙니다, 기부 관련해서는 다음에 다시 찾아뵙겠습니다."

이회장은 천연덕스럽게 미소를 지으며 승원에게 인사를 했다. 수석비서가 승원을 밖으로 안내했다. 그들이 나가기를 기다려 태민이 이회장에게 무섭게 몰아쳤다.

"대체 무슨 일인 거죠?"

"뭘 말이냐?"

"좀 전에 이 사람에게 하셨던 행동에 대해 여쭙는 겁니다."

"내가 뭘 했기에?"

"제 사람이 아니라 직원처럼 대하셨습니다."

태민이 불쾌한 기색을 드러내며 말했다. 현아는 혹시나 싸움이 커질까 다급하게 나섰다.

"태민 씨, 저 여기, 베이커리 직원으로 온 거예요."

"거 봐라. 그 아이가 그렇게 말하지 않니?"

"아니요, 할아버지께서는 이 사람을 모욕하려고 부르신 겁니다. 제 사람이라고 생각하셨다면 절대 그러시지는 못하셨을 겁니다."

그러자 이회장이 더는 숨기지 않겠다는 듯 편안한 표정으로 대답했다.

"그래, 솔직히 난 저 아이가 마음에 들지 않는구나."

"설마, 지금까지 그런 마음이셨던 겁니까?"

"그렇다면?"

당당하게 되묻는 이회장을 보고 태민은 잠시 할 말을 잃었다.

그런 그를 보며 현아는 고통스러웠다. 차라리 저만 힘들던 때로 돌아갔으면 좋겠다고 생각했다.

"할아버지께선 제가 사랑하는 사람에게 상처를 주셨습니다."

"장차 룩 그룹을 이끌어갈 후계자가, 그런 나약해빠진 소리나 하고 있어야 되겠니?"

"사랑하는 사람도 못 지키는 후계자 따위, 저는 관심 없습니다."

태민이 서늘하게 말하며 이회장을 보았다.

"너, 그 말이 진심이냐?"

"네, 진심입니다."

"그래, 그렇다면, 당장 룩에서 나가거라!"

한 치의 망설임도 없는 대답에 이회장은 단단히 화가 난 듯 소리쳤다. 태민은 천천히 자리에서 일어났다. 그리고 얼이 빠져 저를 보는 현아의 손을 잡고는 뒤돌아보지 않고 걸어 나갔다. 이대로 나갔다간 아마 둘 사이는 영영 멀어질 게 뻔했다. 현아는 그걸 가만히 두고 볼 수만은 없었다. 태민의 손을 뿌리치고 이회장의 앞에 무릎을 꿇었다.

"왜 이래? 당장 일어나."

"회장님, 저는 미워하셔도 괜찮지만 태민 씨는 미워하지 말아주세요. 태민 씨, 회장님을 많이 사랑합니다. 그러니까…."

말을 채 끝내기도 전에 태민이 현아를 끌고 나왔다. 이회장은 입을 굳게 다문 채 두 사람이 나가는 걸 지켜보았다. 둘이 시야에서 완전히 사라지자 이회장이 천천히 몸을 일으켜 창문가로 가 섰다. 창밖의 아름다운 풍경과는 다르게 그의 뒷모습은 쓸쓸해 보였다.

황집사가 조용히 다가가 옆에 섰다.

"회장님, 이제 그만 받아주시는 건 어떠실까요?"

"황집사도 그 녀석 편이였던 건가?"

"저야 항상 룩 그룹에 최선인 것을 생각합니다만."

황집사는 조심스럽게 말을 이어갔다.

"김현아 씨와 함께일 때 도련님은 정말 행복하게 웃으셨습니다."

"난 그 녀석이 행복하길 바라는 거야."

"회장님께서도 이미 알고 계시지 않습니까? 도련님의 행복을 만들어주실 수는 없습니다. 다만 지켜주실 수 있을 뿐이죠."

지나친 욕심이란 걸 너무나 잘 알지만, 그렇다고 쉽게 마음이 정리되는 것은 아니었다. 이회장은 깊은 한숨을 내쉬었다.

그때 수석비서가 다급하게 응접실로 뛰어 들어왔다.

"큰일 났습니다!"

"태민 씨, 그러지 말고 내 말 좀 들어봐요. 당신이 생각하는 것처럼 불쾌한 일은 없었어요. 진짜 별일 아니었다니까요. 잘 해결될 일이었어요. 이렇게까지 하고 나올 필요까지는 없던 일이라구요."

현아가 태민의 마음을 돌려보려 쉬지 않고 말했다. 하지만 태민은 한 마디도 대꾸하지 않았다. 아예 호텔을 나갈 생각인지 엘리베이터에서 내려 차가 주차된 곳으로 발걸음을 옮겼다.

"어디로 가려구요? 그래요, 우리 나가서 바람 좀 쐬고 와요."

현아는 태민을 말려볼까 생각도 했지만 이렇게 내내 입을 꾹 다물고 있는 것보다 잠시 머리를 식혔다 오는 것도 괜찮을 것 같았다. 그래서 그의 뒤를 따랐다.

그때 태민을 향해 차 한 대가 다가왔다. 틀림없이 그를 봤을 텐데도 차는 속도를 줄이지 않고 오히려 속도를 올리며 달려왔다. 하지만 태민은 생각에 빠져 눈치채지 못했다. 뒤따르던 현아가 그걸 보고는 크게 소리 질렀다.

"태민 씨!"

그제야 태민은 자신을 향해 달려드는 차를 발견했다. 하지만 차를 피하기에는 너무 늦었다. 그때 현아가 몸을 날려 태민을 세게 밀쳐냈다.

순간 현아의 몸이 가볍게 날려 공중으로 붕 떴다가 큰소리를 내며 바닥으로 떨어졌다. 차는 순식간에 사라졌다.

"현아야? 김현아!"

태민이 정신없이 현아에게 달려갔다. 바닥에 떨어지면서 머리를 부딪쳤는지 피가 흘러 나왔다. 현아는 태민의 얼굴을 보고는 안도하듯 희미하게 미소를 지었다. 그리곤 의식을 잃었다.

현아는 병원으로 옮겨져 곧장 수술실로 들어갔다. 새하얗게 질린 얼굴로 수술실 앞을 초조하게 서성거리던 태민이 두 손을 모으고 눈을 감았다. 누구에게 해야 하는지, 어떻게 해야 하는지 모르지만, 누구라도 좋으니 현아를 살려달라고 기도했다.

제발, 제발…. 수술이 무사히 끝나기만을 빌고 또 빌었다.

"도련님, 괜찮으십니까?"

어깨를 감싸는 손길에 눈을 떠보니, 황집사였다.

"회장님께서도 오셨습니다."

황집사는 조금 뒤에 선 이회장을 가리켰다. 이회장은 침통한 얼굴로 태민을 보았다. 순간 태민은 화가 났다. 당신이 왜 그렇게 슬픈 얼굴을 하는 건데?

"기뻐하실 일 아닌가요?"

"도련님! 그게 대체 무슨 소립니까?"

"현아, 마음에 안 들어 하셨잖아요? 이렇게 되길 바라신 거 아니었습니까?"

짝! 태민의 뺨을 때린 이회장의 손이 떨렸다. 태민은 그제야 정신이 들었다. 잘 알고 있었다. 이회장의 잘못이 아니란 걸. 하지만 누군가를 탓해야만 할 것 같았다. 그래야만 마음이 덜 아플 것 같았다.

그래, 할아버지도 그래서 나를 미워하셨던 건가?

"다 나 때문이야, 내가 사랑해서 이렇게 된 거야! 부모님도, 현아도, 다 나 때문에…."

태민이 스스로를 탓하며 흐느끼기 시작했다. 황집사가 조용히 다가가 그를 안고 등을 토닥였다. 하지만 쏟아지기 시작한 눈물은 좀처럼 멈춰지지가 않았다.

"누구의 잘못도 아닙니다, 사고였어요. 현아 씨는 괜찮을 겁니다."

이회장은 자책하는 손자의 모습을 보니 가슴이 미어지는 듯했다. 태민의 부모를 보내고 한 번도 품어주지 못했던 일 그리고 되찾은 웃음 끝에 현아가 있다는 걸 보면서도 모른 척 했던 일이 자꾸만 심장을 콕콕 찔러댔다.

수술실로 들어간 지 세 시간이 지나도록 현아는 나오지 않았다. 이회장은 돌아가고, 태민과 황집사가 수술실 앞을 지키고 있었다.

그때 하은이 현아의 아빠, 동명을 모시고 황급히 들어왔다. 동명이 창백한 얼굴로 닫힌 수술문 앞에 섰다. 황집사는 태민을 대신해 그들에게 차분히 상황을 설명해주었다. 그리고 각자 자리에 앉아 현아가 나오기만을 기다렸다.

시간은 아주 더디게 흘러갔다. 동명은 맞은편에 앉은 태민을 보았다. 금방이라도 쓰러질 것 같은 모습이었다. 동명은 천천히 일어서 그의 옆에 가 앉았다.

"이봐, 그쪽이 우리 딸래미 애인이여?"

동명이 태민을 위아래로 훑어보며 물었다. 이렇게 아무 일도 없었던 듯 행동하면 현아에게 나쁜 일이 생기지 않을 것만 같았다. 그래야 이 고통스러운 시간도 견딜 수가 있을 것만 같았다.

"잘생기긴 했네, 우리 딸래미가 나만큼 잘생겼다 하더만."

동명이 자꾸 말을 걸어오자 정신을 차린 태민이 그를 보았다.

"난 그쪽 허락한 적 없응께 다음에 둘이 와서 제대로 허락 받어. 깨끗허게 양복 채려 입고, 술도 좋은 걸로 한 병 받아오고. 와가지고 아버님, 하고 인사하기 전에는 내 딸 못 주니까 알아서 혀."

태연한 그의 말투에 태민은 처음엔 짜증이 일었다가 그 다음엔 위로를 받았다. 나쁜 일은 절대 일어나지 않을 거라고 말해주는 것 같았다. 다음에, 그래, 다음에 현아와 함께 인사를 드리러 가자. 그렇게 생각하니 눈물이 고였다.

"너무 걱정하지 말어. 내 딸래미라 그러는 것은 아니고 현아 그 것이 강단이 있어. 여섯 살 때든가? 동네 친구들이랑 산에 가서 지 몸집보다 훨씬 큰 멧돼지를 만났는데, 친구들 지키겠다고 나무 작대기 하나로 멧돼지를 쫓은 놈이여. 그러니께 이번에도 잘 이겨낼 거여. 난 하나도 걱정 안 혀."

무심한 듯 내뱉는 말이었지만 태민은 그 말속에서 자신을 위로

하려는 따스함을 읽을 수 있었다. 잔뜩 고인 눈물이 주르륵 흘러
내렸다.

"이렇게 눈물이 많은 놈한티는 내 딸 못 주는디, 그만 울어."

말은 그러면서도 동명은 태민의 어깨를 가만히 두드려주었다.
굳게 닫혀 있던 수술실 문이 열리고 지친 표정의 의사가 나왔다.

"김현아 보호자 분?"

동명과 태민이 벌떡 일어나 의사에게 달려갔다.

"수술은 잘 됐습니다, 깨어나는 것도 무리 없을 것 같습니다."

"감사합니다. 정말 감사합니다."

태민이 연신 의사에게 고개를 숙이며 인사했다. 동명은 그제야
마음이 놓였는지 다리에 힘이 풀려 주저앉고 말았다. 태민이 조심
스레 부축해 일으키자 동명이 눈물을 손등으로 훔쳐내며 말했다.

"다행이구면, 다행이야."

현아는 어두운 길을 걷고 있었다. 한참을 걸었는데도 어둠은 끝
이 보이지 않았다. 그냥 주저앉고 싶은 생각이 들었다.

"엄마, 나 너무 무서워."

현아는 멈춰 서서 혼잣말하듯 중얼거렸다. 그때 어렴풋이 엄마
의 목소리가 들려왔다.

-아직도 겁쟁이네, 우리 딸. 내가 뭐랬지? 무서울 때는?

"좋아하는 걸 떠올리라고…."

-그래, 우리 딸 요즘 제일 좋아하는 게 뭐야?

"이태민."

-그래, 그 마음을 떠올리며 걸어봐. 그럼 금방 갈 수 있을 거야.

현아가 고개를 끄덕이고는 다시 걷기 시작했다.

현아는 중환자실에 있다 상태가 호전된 걸 확인한 후에야 VIP 병실로 옮겨졌다. 태민은 지난 이틀 밤을 꼬박 새며 그 옆을 지켰다.

"김현아, 얼른 눈 떠. 널 사랑해도 된다고 했잖아. 니가 저주 따위는 없애준다고 했잖아… 응?"

그때 마치 태민의 말에 답이라도 하듯 현아가 눈을 떴다. 그리고 힘겹게 입을 뗐다. 태민은 그 말을 놓치지 않으려 몸을 가까이 가져갔다.

"태민 씨, 괜찮아요?"

목소리를 쥐어짜내 겨우 묻는 것이 자신의 안부라니, 태민은 눈물이 쏟아졌다.

"어디 아파요? 왜 울어요?"

현아가 걱정스럽게 물었다. 태민은 우는 모습을 보이기 싫어 얼른 고개를 숙였다.

"나 때문에 당신이… 이렇게…."

태민은 아무렇지 않은 듯 말하고 싶었지만 목이 메어 말이 잘 나오지 않았다. 현아는 그런 그의 머리를 따스하게 쓰다듬었다.

"나 죽을까 봐 걱정했어요?"

그 말에 태민이 고개를 들었다. 눈에 그렁그렁 맺힌 눈물이 그가 얼마나 현아를 걱정했는지 대신 말해주고 있었다. 현아가 배시시 웃으며 그의 눈가에 맺힌 눈물을 닦아주었다.

"바보, 내가 태민 씨 저주 풀어준다고 했잖아요?"

태민은 울음이 터져 나올 것만 같아 말없이 고개만 끄덕였다. 현아는 그런 그를 사랑스럽게 바라보며 장난스럽게 물었다.

"내가 그렇게 좋아요?"

"응, 당신 죽으면 따라 죽을 만큼."

"죽을 생각을 왜 해요? 같이 행복하게 오래오래 살아야지."

현아가 못마땅하다는 듯 볼을 꼬집었다. 그제야 태민의 얼굴에 미소가 떠올랐다. 태민은 제 얼굴을 잡은 현아의 손을 살포시 잡았다. 그리고 천천히 몸을 일으켜 다가가 입을 맞췄다.

"사랑해."

황집사는 이회장의 지시를 받아 이번 사고에 대해 조사를 시작했다. 사고를 일으킨 차량이 대포차량이어서 추적에 잠시 어려움을 겪었다. 하지만 룩의 자금력과 정보력을 이용해 사건의 배후에 제인이 있음을 밝혀냈다.

이번 사건뿐만 아니라 이전 오토바이 사건도 제인과 연관되어 있었다. 모든 사실을 알게 된 이회장은 황집사와 함께 보스턴 룩 호텔로 향했다. 갑작스러운 방문에 제인은 놀란 듯했다.

"오라버니가 여기까진 웬일이세요?"

"그동안 니가 하는 짓들, 알면서도 모르는 척했다. 피는 반 밖에 섞이지 않았지만 너는 내 동생이니까. 하지만….'

이회장의 분노 어린 눈빛을 본 제인은 상황이 심상치 않다는 걸 느꼈다.

"이번 일은 용서할 수가 없구나. 넌 내 가장 소중한 사람을 해치려 했어."

"오라버니, 제가 잘못했어요. 용서해주세요."

제인이 바닥에 무릎을 꿇고 손을 모아 빌기 시작했다. 이회장은 눈길도 주지 않고 일어섰다. 그녀가 애원하며 그의 바짓단을 붙잡고 매달렸지만 매섭게 내치고는 사장실을 나갔다. 그가 나가자 경찰들이 사장실로 들어갔다.

늦은 밤, 병실에는 현아만 홀로 있었다. 태민은 동명을 원룸에 데려다주러 나갔다.

병실 옆의 보호자실에서 지낼 수도 있었지만 연인과 함께 있고 싶을 딸을 생각해 그 방을 태민에게 양보하고 원룸으로 가겠다고 했기 때문이다. 태민이 동명을 호텔로 모시겠다고 했지만 집 놔두고 무슨 호텔이냐며 성을 내는 바람에 결국 원룸으로 가기로 하고 나갔다.

현아는 가만히 누워 하얀 천장을 보았다. 태민과 만나고 지금까지 정말 많은 일이 있었다. 처음 만났던 그날, 이렇게 사랑하게 될 줄은 정말 몰랐는데….

피식 웃음이 났다. 앞으로 펼쳐질 날들도 마냥 좋은 날만 있는 건 아닐 테지만 그래도 태민과 함께라면 괜찮을 것 같았다.

똑똑, 문 두드리는 소리가 들렸다. 어? 이 시간에 올 사람이 없는데 누구지? 현아가 천천히 몸을 일으키자 황집사가 병실로 들어왔다.

"황집사님!"

"회장님도 함께 오셨어요."

현아는 저도 모르게 바짝 긴장했다. 이회장이 병실로 들어왔다.

현아가 꾸벅 고개를 숙여 인사하자 그도 가볍게 고개를 끄덕이며 인사를 받아주었다. 그리고는 황집사가 내어주는 의자에 앉았다. 어색함이 병실 안을 가득 채웠다.

"몸은 좀 괜찮은가?"

"네, 많이 괜찮아졌습니다."

긴 침묵을 깨고 먼저 입을 연 것은 이회장이었다. 현아는 잔뜩 긴장해 딱딱하게 대답했다. 그리고는 다시 한참 동안 아무 말이 없었다.

"고맙네."

이회장의 목소리가 조금 떨렸다. 순간 현아는 잘못 들은 게 아닌가 싶어 놀란 얼굴로 그를 보았다.

"그리고 미안하네, 내 욕심 때문에 그 녀석과 자네에게 상처를 줬어. 정말 미안하네. 날 용서해주겠나?"

이회장의 눈빛에 진심이 담겨 있었다. 쉽지 않았을 텐데, 사과를 해준 그가 너무 고마웠다. 현아가 환하게 웃으며 이회장의 손을 조심스럽게 잡았다.

"이미 다 잊은 걸요. 용서하고 말 것도 없어요."

한가한 오후, 동명은 갑갑하다며 바람을 쐬러 나가고, 현아는 만화책을 보고 있었다. 태민은 자신을 보지도 않자 괜히 심통이 났다. 내가 이렇게 떡하니 앞에 있는데, 저렇게 만화책만 보고 있어?

"재밌어?"

"네."

현아가 시선을 만화책에 고정한 채로 대답했다. 태민이 만화책을 끌어내렸다. 그제야 현아가 고개를 돌려 그를 보았다.

"어떻게 나를 한 번 안 보냐?"

"태민 씨는 어쩜 그렇게 나만 봐요?"

"내가 보는 걸 알면서 한 번을 안 보냐고?"

태민이 아이처럼 입술을 내밀며 투정을 부렸다.

현아가 피식 웃고는 쪽, 하고 입을 맞췄다.

"보면 뽀뽀하고 싶어져서 그랬죠."

태민이 현아를 밀어 벽에 가두자 현아가 자연스레 눈을 감았다. 그렇게 부드럽게 다가가 입술을 훔치려는 순간… 똑똑, 하고 노크 소리가 들렸다.

"젠장."

현아가 킥킥거리며 볼에 뽀뽀를 해주고, 태민을 자리에 바로 앉혔다. 문이 열리고 이회장과 황집사가 들어오자 태민이 자리에서 일어났다. 수술실 앞에서 크게 다툰 이후 처음이었다. 태민은 할아버지가 신경 쓰였지만 애써 시선을 피했다. 이회장이 현아에게 다가가 커다란 꽃다발을 건넸다.

"고맙습니다, 할아버님."

"너 주려고 내가 하나하나 골랐단다."

생각지 못한 광경에 태민은 의아했다.

대체 무슨 일이 있었던 거지? 태민이 영문을 모르겠다는 얼굴로 쳐다보자 현아가 이회장에게 팔짱을 끼며 말했다.

"우리 엄청 친해졌어요. 태민 씨 긴장해야 할 걸요? 우리 둘이 싸우면 할아버님은 무조건 제 편 들어주기로 약속하셨거든요. 그죠, 할아버님?"

"그럼, 난 무조건 네 편이다."

이회장이 웃으며 대답했다.

두 사람은 잠시 말없이 서로를 보았다. 미안하다 말하고 싶지만 그러지 못하고 괜히 서로의 눈치만 살폈다. 현아가 도저히 안 되겠는지 두 사람의 손을 가져와 포개어주었다. 순간 당황하긴 했지만, 두 사람은 이내 서로의 온기로 전해지는 진심을 느낄 수 있었다. 그러자 누가 먼저라 할 것도 없이 사과의 말이 입에서 튀어 나왔다.

"미안하구나."

"죄송합니다."

현아와 황집사의 얼굴에도 웃음이 번졌다.

"현아는 사과보다 딸기를 더 좋아혀. 애인이라믄서 그런 것도 몰러?"

동명이 병실로 들어오다 사과를 깎고 있던 태민을 보고 말했다. 그리곤 검은 봉지를 툭 내밀었다. 그 안에는 먹음직스러운 딸기가 들어 있었다.

"얼른 가서 딸기나 씻어와 봐."

"네, 아버님."

동명의 말에 태민이 딸기를 들고 다용도실로 들어갔다. 동명이 사과를 덥석 베어 물었다. 그러자 현아가 눈을 흘기며 말했다.

"아빠, 왜 그래? 태민 씨한테."

"너 벌써 저 녀석 편드는 거야? 언제는 아빠가 최고라더니."

"아니, 그게 아니라…."

"저 녀석 영 못 쓰겠어. 수술실 앞에서 얼마나 펑펑 울던지! 완전 울보여 울보."

"그건 내가 너무 걱정돼서 그런 거잖아."

현아가 꿍얼거리며 태민을 감싸자 동명이 허허, 웃었다.

"좋은 녀석인 거 알어. 너 많이 아끼겠다는 생각이 들고."

"근데 왜 그렇게 타박을 해?"

"처갓집이 무서워야지 더 살뜰하게 챙기는 법이여."

동명의 대답에 현아가 배시시 웃었다.

"근데 아빠, 이렇게 오래 집 비워둬도 돼?"

"당연히 안 되지."

"나 이제 많이 괜찮아졌으니까, 그만 내려 가."

"너 이놈, 저 녀석이랑 단 둘이 있으려고 그러는 겨?"

"아냐, 그런 거."

현아가 눈을 동그랗게 뜨고 손까지 저어가며 부인하자 동명이 허허, 웃었다.

"그렇지 않어두 오늘은 내려가려고 했어. 저 녀석도 든든하고 하니, 걱정 않고 가겠어."

동명이 막상 간다고 하니 현아는 서운한 마음이 들었다.

"저 녀석헌테도 말해뒀지만, 제대로 인사 시켜. 나는 우리 딸 쉽게는 안 보내."

"알았어, 아빠."

태민이 딸기를 접시에 담아 들어왔다. 그리고는 가장 좋은 딸기를 골라 현아에게 쥐어주며 말했다.

"먹어봐."

태민의 행동에 현아는 재빨리 눈짓으로 동명을 가리켰다. 태민이 아차 싶었는지 서둘러 딸기를 하나 집어 내밀었다. 동명은 웃음이 났지만 꾹 참으며 일부러 인상을 썼다.

"됐고, 자네는 잠깐 나랑 이야기 좀 혀."

"여기서 해. 뭘 따로 데리고 들어가려고 해?"

"장인 대 사위로 할 이야기가 있어."

"네, 아버님."

현아가 말리는 데도 동명은 기어이 태민을 데리고 응접실로 갔다. 태민이 돌아보며 걱정 말라는 듯 웃어보였지만 현아는 신경이 쓰였다.

동명이 소파에 떡하니 자리를 잡고 앉더니 근엄한 표정을 지었다.

"거기 앉아봐."

태민은 왠지 모르게 긴장돼 침을 꿀꺽 삼키며 이른바 '각 잡힌 자세'로 앉아 동명을 보았다.

"자네헌테 비하면 택도 안 되겠지만, 내가 시골에서 제법 큰 과수원을 혀. 현아 시집보낼라고 모아둔 돈도 솔찬히 되고. 혼수니 예물이니 그런 거 그 댁이 원하는 대로 다 해줄 것이여, 그 정도는 있어."

"아닙니다, 그런 건 필요 없습니다. 할아버지께서도 현아면 충분하다고 하셨습니다."

"그려? 다행이구먼. 과수원을 팔아도 그 댁에 맞춰서는 못할 거 같았어. 내가 말은 하면서도 쫄린 건 사실이여. 사돈 어르신이 인상이 참말 좋아 보이시더니, 참 된 분이여."

동명의 얼굴이 한결 편해 보였다. 아닌 척했지만 요구하는 대로 못 해줘서 현아가 눈치라도 받을까 봐 이래저래 걱정이 많았다.

"내가 돈은 많이는 없어도 필요한 만큼은 있어. 그러니께 나 도와줄 생각도 말고 나한테 잘 보일 생각도 말고 둘만 잘 살어. 그러면 돼. 나는 현아가 행복하게 잘 살기만 하면 돼. 알었어?"

"네, 아버님."

시원하게 대답하는 태민이 마음에 드는지 동명이 흐뭇한 얼굴로 바라보았다.

"아, 그리고 이런 나를 답답하다 생각헐지 모르겠지만 결혼하기 전에는 손만 잡아."

"네?"

"절대 어떻게 같이 자볼 생각 말아. 내 귀한 딸이여. 그러니께 막막 그르지 말어! 알었어?"

"아버님, 그건 좀…."

"뭐?"

동명이 잡아먹을 듯 매서운 눈으로 태민을 보며 되물었다. 그 눈빛에 차마 토를 달수가 없었다.

"아, 아닙니다."

지금부터라도 그래 보겠습니다.

태민이 동명을 보며 어색하게 웃었다.

현아와 태민이 좁디좁은 환자 침대에 나란히 누워 마주 보았다.

"이태민 씨, 이렇게 땡땡이 쳐도 돼요? 사장이라 월급도 제일 많이 받으면서? 이러다 쫓겨나요."

"내쫓을 거면 내쫓으라 그래."

"그럼 내가 먹여 살려야 하는 건가?"

"그래 줄 거야?"

"까짓 거, 당신 하나 정도는 먹여 살릴게요."

"실은 휴가 냈어."

"오, 다행이다. 정말 먹여 살려야 하는 줄 알고 깜짝 놀랐네."

현아의 너스레에 태민이 작게 웃었다.

"김현아, 사랑해."

"나도 사랑해요, 이태민 씨."

"내 옆에 있어줘서 고마워. 지금처럼 늘 내 옆에 있어줘."

"치, 나중에는 지겹다고 제발 옆에서 떨어지라고 그러는 거 아니에요?"

"절대 그럴 일 없어."

"딴 소리 하면 안 돼요?"

"응, 약속할게."

태민이 새끼손가락을 내밀었다. 현아가 고개를 저으며 말했다.

"손가락 거는 걸로 안 되겠어요, 늘 가지고 다니는 그 반지 정도는 줘야 믿지."

"응? 알고 있었어?"

"어떻게 모를 수가 있어요? 하루에 몇 번씩 주머니를 만지작거리면서 내 눈치를 보는데."

현아의 말에 태민이 쑥스러워하며 주머니에서 반지함을 꺼냈다. 6캐럿짜리 하트 모양 다이아몬드 반지가 눈부시게 반짝거렸다. 반지를 꺼내든 태민이 진지한 눈빛으로 말했다.

"김현아, 나랑 평생 함께 살래?"

"네, 평생 함께 살아요."

현아가 환하게 웃으며 대답했다. 그러자 태민이 약지에 조심스레 반지를 끼웠다. 현아는 제 손에 끼워진 반지를 사랑스럽게 보았다. 영원한 사랑을 약속 받은 기분이 들었다.

"당신 퇴원하면 바로 결혼할까?"

"아뇨, 안 돼요!"

"왜?"

"다이어트 해야죠."

"다이어트를 왜 해?"

"왜 하긴요? 웨딩드레스를 예쁘게 입어야 하니까요."

"그런 거 안 해도 예쁠 거야."

"난 태민 씨 눈에만 아니라 모두에게 예쁘고 싶어요."

"아니, 내 사람이 되는 마당에 그게 무슨 소용이지?"

현아는 태민의 말은 들리지 않는지 곰곰이 계산을 해보고는 말했다.

"두 달 정도면 어느 정도는 뺄 수 있을 거 같으니까, 그때까지만 좀 기다려요."

"안 돼! 그러면 내가 너무 오래 참아야 해."

"네? 뭘 참아요?"

"나, 아버님이랑 약속했어."

"무슨 약속이요?"

"결혼 전까지는 건드리지 않겠다고."

"아, 그렇구나. 그래서 안 건드릴 거예요? 내가 이렇게 유혹해도?"

현아가 환자복 단추를 하나씩 천천히 풀었다. 하얀 속살이 조금씩 드러났다.

태민은 저도 모르게 침을 삼켰다. 하지만 얼른 정신을 차리고 풀어진 단추를 잠가주었다.

"안 돼."

"헐, 언제부터 이렇게 약속을 잘 지켰대?"

"아버님이랑 처음 한 약속이란 말이야."

"난 우리 아빠랑 약속 안 했거든요. 태민 씨는 약속 지켜요. 내가 태민 씨 건드릴 테니까."

현아가 씨익 웃으며 입술을 덮쳤다. 그러자 태민도 못 이기는 척 받아들이며 달콤한 키스를 나누었다.

에필로그

"그러니까 여기가 어머니와 아버지의 역사적인 장소라는 거죠?"

에드워드가 현관문을 열고 집으로 들어섰다. 현아와 태민이 그 뒤를 따라 들어왔다.

에드워드는 현아와 태민의 아들로, 올해 일곱 살이 되었다. 하얀 피부에 동그란 눈, 가느다란 팔 다리, 에드워드는 모든 게 어린 시절의 태민을 쏙 빼닮았다. 심지어 시크하고 도도한 성격까지도.

"오 마이 갓! 이게 정말 집이란 말이에요? 조이의 마구간보다 훨씬 훠얼씬 작다구요!"

에드워드는 집 크기가 꽤나 충격이었는지 들어갈 생각을 못하고 놀란 눈으로 현아를 보았다.

현아는 그 모습에 태민이 떠올라 작게 웃었다. 어쩜 반응하는 게 똑 닮았네.

"에드워드, 그렇게 말하는 건 이곳에 사는 사람들에게 실례되는 말이란다."

"아, 그건 제가 잘못했어요."

엄마의 말에 에드워드가 얼른 잘못을 시인했다.

"하지만 정말 너무 한걸요."

"너무 하는 건 너야, 에드워드."

"여보!"

태민이 에드워드에게 화가 난 듯 퉁명스럽게 말했다. 그러자 현아가 옆구리를 찔러대며 눈치를 주었다. 하지만 태민은 쉽게 마음이 풀리지 않았다. 오랜만에 현아와 단 둘이 와서 연애 기분을 내려고 했는데….

현아와 태민은 일곱 번째 결혼기념일을 특별하게 보내기 위해 처음 함께 살았던 집에서 하룻밤을 지내려 한국으로 왔다. 기념비적인 장소라며 건물을 통째로 사둔 태민 덕분에 집은 그대로였다.

"이런 곳에서 두 분이 함께 지내셨다구요?"

집으로 들어온 에드워드가 도저히 믿기지가 않는다는 듯 물었다.

"그래, 너도 언젠가 이런 곳에서 원어어를 보내야 한단다."

"오 마이 갓! 그건 너무 가혹해요."

에드워드가 현아의 품에 안겨 고개를 저어댔다.

"에드워드, 가혹이라는 말은 대체 어디서 배운 거니? 일곱 살 어린이에게는 어울리지 않는구나."

"아버지, 책에는 모든 지식이 들어 있답니다. 그리고 저처럼 늠름한 일곱 살은 책도 곧잘 읽지요."

꼬꼬마인 주제에 한껏 의젓한 척하는 에드워드의 모습에 현아와 태민은 웃음이 나왔다. 하지만 웃었다가는 에드워드의 기분이 상할 게 분명해, 꾹 참아 넘겼다.

"어머니, 여기는 마치 스위스 산장 같아요. 바람이 슝슝 불어요!"

"그게 외풍이란 거야. 벽이 바람을 제대로 막아주지 못해서 바깥의 바람이 안까지 들어오는 거란다."

현아는 에드워드의 한 마디 한 마디에 다정하게 대답을 해주었다. 순간 에드워드는 걱정스러운 얼굴로 현아를 보며 물었다.

"이런 데서 제가 잘 수 있을까요?"

"일곱 살 어린이가 자기에 이곳은 너무 가혹해 보이는구나. 너는 호텔로 돌아가 할아버지들과 함께 편히 자는 게 어떻겠니?"

태민이 이때다 싶어 호텔을 권했다. 하지만 에드워드는 비장한 표정으로 고개를 저었다.

"아니에요, 가혹하지만 두 분과 함께 이곳을 느껴보고 싶어요."

"그래, 그러려무나."

태민은 자포자기하는 심정으로 대답했다.

아들이 어릴 때는 그나마 재우고 둘만의 시간을 가질 수 있었는데, 이제는 걸핏하면 함께 자겠다고 침실에 들어오고, 문을 잠가놓으면 밖에서 전화를 해댔다. 그래서 현아와 손만 잡고 잔 지 꽤 되었다. 오늘은 해보나 했는데…. 태민은 저도 모르게 한숨을 쉬었다.

에드워드는 탐험이라도 하듯 집 안을 돌아다니며 사진을 찍어댔다. 현아는 그 모습을 흐뭇하게 보았다. 그리곤 아쉬움이 가득해 보이는 태민에게 입을 맞춰주었다. 그러자 그의 표정이 조금 누그러졌다.

"우리 첫 키스 기억나?"

"새해 첫 날, 당신이 다짜고짜 이건 키스가 아니라 인사라고 했던 그거요?"

"아니, 그 전에 당신이 먼저 나한테 했었어."

"네? 그럴 리가요?"

"억울하네, 입술까지 깨물어놓고 기억도 못 해."

"무슨 소리에요?"

"열이 펄펄 끓었던 날, 내 방으로 데려와 약 먹이려는데 내 입술을 확 덮치고는 깨물었잖아, 이렇게."

태민이 부드럽게 입을 맞춰오더니 아랫입술을 살짝 물었다. 현아가 놀라서 토끼눈을 하자 씩 웃으며 자연스럽게 그녀의 입속으로 혀를 넣었다. 에드워드가 둘의 옷 끝을 잡아당기며 방해했다.

"어머니, 아버지! 애정 표현 중이신 건 알지만, 저 너무 배고파요."

태민이 오랜만에 앞치마를 두르고 현아가 가장 좋아하는 프렌치토스트를 만들었다. 현아와 에드워드는 식탁에 앉아 그의 뒷모습을 보며 가만히 기다렸다. 잠시간의 기다림 끝에 계란을 입혀 노릇노릇하게 구운 식빵이 드디어 접시에 올랐다.

"잘 먹겠습니다."

"뜨거우니 조심하렴."

에드워드는 배가 많이 고팠던 모양인지 앙증맞은 손으로 토스트에 딸기잼을 슥슥 바르더니 얼른 입에 가져다 넣었다. 오물오

물, 작은 볼이 볼록하게 부풀어 올랐다.

"아버지, 너무 맛있어요!"

"네 어머니의 식빵이 맛있어서 그런 거야."

그렇게 대꾸한 태민이 칭찬해달라는 듯 쳐다보자 현아가 웃으면서 그의 엉덩이를 톡톡 쳐주었다. 그제야 그도 만족스러운 얼굴로 토스트를 먹기 시작했다.

"어머니, 그런데 저게 뭐에요?"

에드워드가 토스트를 먹다 말고 손가락으로 창문에 있는 검은 점을 가리켰다. 검은 점은 멈춰 있는 게 아니라 이리저리 빠르게 움직였다.

"저건 벌레란다. 바퀴벌레라는 건데, 오래된 집에서는 저런 게 나온단다."

"아악! 너무 징그럽게 생겼어요. 아버지, 저거 좀 치워주세요!"

에드워드가 겁에 질려 소리를 치며 태민을 보았다. 하지만 태민은 현아의 손을 꼬옥 잡고 천천히 고개를 저었다. 현아가 한숨을 푹 내쉬며 자리에서 일어났다.

정말 이 남자들을 어쩌면 좋아.

현아는 키친 타올을 둘둘 감으며 창문가로 가 재빠르게 바퀴벌레를 눌러 잡았다. 그 순간 멀리서 그 모습을 보던 태민과 에드워드가 박수를 치며 크게 환호했다.

"우와!"

"에드워드, 네 엄마 너무 용맹하지 않니? 아마 아빠는 저런 모습 때문에 네 엄마에게 반한 거 같구나."

"네, 아버지! 정말 너무 멋져요!"

눈을 반짝이며 저를 우러러 보는 남자 둘을 보니, 그저 웃음만 나왔다.

"다 먹었으면 얼른 이 닦고 잘 준비해요."

"네!"

현아는 설거지를 하러 싱크대 앞에 섰다.

태민은 캐리어에서 에드워드의 칫솔을 꺼내주었다. 에드워드는 총총 화장실로 가더니 이내 놀란 눈을 하고 돌아왔다.

"어머니, 어머니! 욕조가 없어요."

"에드워드, 넌 정말 네 아버지 아들이 맞구나. 여보, 설명해줘요."

현아는 설명을 태민에게 넘기고 설거지를 했다. 태민은 에드워드를 데리고 화장실 앞에 문을 열고 섰다.

"에드워드, 나도 상당히 놀란 사실이지만 이 집에는 욕조가 없단다."

"네?"

"저기 보이니? 저 세면대 옆에 붙은 샤워기로 몸을 씻는 거란다."

"네에? 오 마이 갓!"

에드워드의 반응에 태민이 다시 한 번 씩 입꼬리를 말아 올렸다. 아들을 호텔로 보낼 수 있는 절호의 찬스였다.

"가혹하지 않니? 지금이라도 호텔로 가는 게 어떻겠니? 네가 가면 할아버지들도 아주 좋아하실 거야."

에드워드는 꽤나 충격이 컸는지, 미동 없이 욕실 앞에 가만히 서 있었다. 태민은 어쩌면 현아와 단 둘이 시간을 보낼 수 있을지도 모른단 생각에 설렜다. 하지만 에드워드는 결의에 찬 표정으로 태민의 기대를 한 방에 무너뜨렸다.

"충격적이긴 하지만 언젠가 저도 원이어를 하게 되면 겪을지 모를 일이에요. 당당하게 맞서겠어요."

에드워드는 말을 마치고 자못 비장하게 욕실로 들어갔다. 에휴, 그러면 그렇지….

태민이 한숨을 길게 내쉬며 부엌으로 갔다. 그리고 설거지를 하는 현아의 허리를 뒤에서 살포시 끌어안았다.

"김현아, 나 너무 힘들어."

현아가 뒤돌더니 태민을 마주 보며 더 가까이 안았다.

"우리 이러고 있으니까 그때로 돌아간 거 같다, 그죠? 그때는 우리 둘만 있었는데 이제는 저렇게 시크한 아들도 있고. 난 행복한데, 당신은 어때요?"

"나도 행복해. 근데 오늘은 저 녀석이 빠져주면 더 행복할 거 같아."

"또 그런다, 또."

현아가 눈을 흘겼다. 그러자 태민이 웃으며 말했다.

"김현아, 결혼 축하해."

"이태민 씨도 결혼 축하해요."

"사랑해, 나랑 결혼해줘서 고마워."

"나도 고마워요."

태민이 현아에게 키스를 했다. 그의 손이 슬며시 셔츠 안으로 진입했다. 말캉이는 허리를 지나 천천히 위로 올라가는 그때, 욕실에서 에드워드의 비명이 터져나왔다.

"물이 너무 차가워요!"

"에드워드, 빨간색 수도꼭지를 돌리렴."

그 소리에 현아가 얼른 엉킨 몸을 떼어내며 큰 소리로 대답했다. 태민이 입술을 쭉 내밀며 불평하자 현아가 양 볼을 잡아당기며 말했다.

"에드워드는?"

"사랑스러운 우리 아들."

"잘했어요."

현아가 상으로 입술에 쪽, 하고 뽀뽀를 했다. 태민은 충분하지 않다는 듯 멀어지는 몸을 확 끌어당겨 깊게 입을 맞췄다.

"이번엔 물이 너무 뜨거워요!"

또다시 터져나온 에드워드의 비명에 두 사람 다 일시정지 상태로 서로를 바라보았다. 태민이 어쩔 수 없다는 듯 한숨을 내쉬며 말했다.

"내가 가볼게."

현아는 어깨를 축 늘어뜨리고 욕실로 향하는 태민의 모습을 행복한 얼굴로 바라보았다.

잘 시간이 되어 태민이 생활했던 방에 이불을 폈다. 에드워드가 떡하니 이불 가운데 자리를 잡고 누웠다. 어쩔 수 없이 아들을 중심으로 현아와 태민이 떨어져 누웠다.

"어머니, 너무 신기해요."

"우리 에드워드, 뭐가 그리 신기할까?"

"방인데 입김이 나요! 이것 보세요, 후우."

에드워드는 신나게 입김을 불었다. 희미한 불빛 아래 하얀 입김이 비쳤다.

"에드워드, 지금이라도 따뜻한 호텔로 가는 게 어떻겠니? 아빠는 네가 혹시 감기라도 걸릴까 걱정이란다."

"괜찮아요, 아버지. 전 튼튼해서 감기는 안 걸려요."

"그렇구나, 에드워드."

태민은 잠시 할 말을 잃고 눈을 껌뻑이더니 좋은 생각이 떠올랐는지 다시 입을 열었다.

"그래, 에드워드. 너 동생 갖고 싶다고 하지 않았니?"

"네! 갖고 싶어요, 아버지!"

에드워드가 눈을 초롱초롱하게 밝혔다. 그러자 태민은 걸려들었다는 듯, 입꼬리를 말아올렸다.

"네게 동생을 만들어 주려면 엄마랑 아빠가 단 둘이 있어야 한단다. 에드워드가 있으면 만들 수가 없어."

"네? 왜요? 왜 어머니, 아버지만 동생을 만들 수 있는 건데요?"

"에드워드, 중요한 건 네가 호텔에 가고 엄마와 아빠에게 시간을 준다면 동생을 가질 수 있단 거란다. 그것만 생각하렴."

동생이란 말에 에드워드는 솔깃한지 한참을 끙끙대며 고민을 했다.

"아버지, 동생은 내일 주세요. 오늘은 괜찮아요."

"아니, 에드워드. 아빠는 오늘 꼭 네게 동생을 만들어주고 싶구나."

"여보, 이태민 씨!"

현아가 허리를 살짝 꼬집자 태민이 입을 꾹 다물었다.

"에드워드, 이렇게 추운 곳에서는 이렇게 이불을 목까지 끌어올려 덮고, 서로를 꼭 껴안는 거란다."

현아가 몸을 돌려 에드워드를 품에 안았다. 그러자 태민도 몸을 돌려 에드워드를 사이에 두고 꼬옥 안아주었다. 에드워드는 두 사람에게 감싸인 기분이 좋은지 방실방실 웃었다. 현아와 태민이 서로에게 짧게 입을 맞추었다.

"어머니, 아버지! 저만 빼는 건가요?"

"아니, 그럴 리가 있니?"

에드워드가 속상한 얼굴로 현아와 태민을 번갈아보았다.

그 모습이 어찌나 귀여운지, 누가 먼저랄 것도 없이 에드워드의 볼에 뽀뽀를 해댔다.

"어머니, 아버지."

"응?"

"너무 따뜻하고 좋아요."

"그래?"

"네, 너무 너무 행복해서 이곳이 너무 좋아질 거 같아요. 저에게도 아주 특별한 장소가 되었어요."

에드워드의 말에 태민과 현아가 서로를 마주보며 행복하게 웃었다.

둘이 다시 한 번 에드워드의 볼에 가볍게 입을 맞췄다.

〈끝〉